HEAT

JAMES PATTERSON

ALEX CROSS

HEAT

THRILLER

Aus dem Amerikanischen von
Leo Strohm

Weltbild

Die amerikanische Originalausgabe erschien 2009 unter dem Titel
I. Alex Cross bei Little, Brown and Company,
Hachette Book Group, Inc., New York.

Besuchen Sie uns im Internet:
www.weltbild.de

Genehmigte Lizenzausgabe für Verlagsgruppe Weltbild GmbH,
Steinerne Furt, 86167 Augsburg

Published by arrangement with Linda Michaels Limited
Übersetzung: Leo Strohm
Umschlaggestaltung: Johannes Frick, Augsburg
Umschlagmotiv: Getty Images, München (© Raul Touzon)

Gesamtherstellung: GGP Media GmbH, Pößneck
Printed in the EU
ISBN 978-3-86800-450-2

2013 2012 2011 2010
Die letzte Jahreszahl gibt die aktuelle Lizenzausgabe an.

Für Judy Torres

Prolog

FIRE AND WATER

1

Hannah Willis studierte im zweiten Jahr Jura an der Virginia. Sie schien eine glänzende, vielversprechende Zukunft vor sich zu haben … abgesehen natürlich davon, dass sie über kurz oder lang inmitten dieses dunklen, bedrückenden und düsteren Waldes sterben würde.

Weiter, Hannah, sagte sie sich. *Immer weiter. Nicht nachdenken. Heulen und jammern bringt dir jetzt gar nichts. Aber rennen vielleicht schon.*

Sie taumelte vorwärts, stolperte, strauchelte, bis ihre Hände einen Baumstamm fanden, an dem sie sich festhalten konnte. Sie lehnte ihren schmerzenden Körper dagegen, wartete, bis sie genügend Kraft gesammelt hatte, um den nächsten Atemzug zu tun. Um wieder ein paar Schritte weiter zu hetzen.

Lauf weiter, sonst musst du sterben, hier, irgendwo in diesem Wald. So einfach ist das.

Die Kugel in ihrem hinteren Lendenbereich machte jede Bewegung, jeden Atemzug zur Qual und bereitete Hannah mehr Schmerzen, als sie jemals für möglich gehalten hätte. Nur die Angst vor einer *zweiten* Kugel oder womöglich noch Schlimmerem hielt sie auf den Beinen und am Laufen.

Mein Gott, hier im Wald war es wirklich pechschwarz. Der Sichelmond ließ kaum einen Lichtstrahl durch das dichte Laubdach auf den Boden zu ihren Füßen fallen. Die Bäume waren nichts als Schatten. Das Unterholz steckte voller unsichtbarer Dornen und Gestrüpp und stach und kratzte ihr die Beine blutig. Das Wenige, das sie zu Anfang einmal am Leib gehabt hatte – nichts weiter als einen teuren, schwarzen Spitzenbody –, hing ihr mittlerweile in Fetzen vom Leib.

Aber nichts von alledem spielte mittlerweile noch eine Rolle oder drang in Hannahs Bewusstsein. Der einzig klare Gedanke, der immer wieder ihre Schmerzen und ihre Panik durchdrang, war: *Lauf weiter!* Alles andere war ein einziger sprachloser, richtungsloser Albtraum.

Plötzlich öffnete sich der tief hängende Baldachin des Waldes. »Was…?« Die Erde unter ihren Füßen wurde zu Schotter, und Hannah stolperte und fiel auf die Knie, weil sie nichts mehr hatte, woran sie sich festhalten konnte.

Im milchigen Schein des Mondes erkannte sie schemenhaft eine Doppellinie, die den Kurvenverlauf einer Landstraße markierte. Es kam ihr vor wie ein Wunder. Zumindest ein halbes, denn ihr war klar, dass sie noch längst nicht alle Probleme hinter sich hatte.

Als in der Ferne ein Motorengeräusch ertönte, stützte Hannah die Hände auf den Schotter und stemmte sich auf die Beine. Ohne zu wissen, woher sie die Kraft dazu nahm, stand sie noch einmal auf und taumelte auf die Straße. Der Schweiß und frische Tränen ließen die Welt vor ihren Augen verschwimmen.

Bitte, lieber Gott, bitte lass es nicht sie sein. Nicht diese beiden Widerlinge.

So grausam kannst du doch nicht sein, oder?

Ein roter Pick-up schlingerte um die Kurve und kam auf sie zu. Schnell. Zu schnell! Mit einem Mal war sie genauso blind wie vorher im Wald, aber dieses Mal wegen der Scheinwerfer.

»Halt! Bitte, anhalten! Bit-teeeeee!«, kreischte sie. *»Halt an, du Schwein!«*

Im letzten Augenblick kreischten die Reifen über den Asphalt. Der rote Pick-up rutschte noch ein Stück auf sie zu und hätte sie wirklich um ein Haar überfahren. Sie konnte die Wärme spüren, die durch den Kühlergrill nach draußen drang.

»Hey, Süße, hübsches Outfit! Du hättest bloß deinen Daumen rauszuhalten brauchen.«

Die Stimme kam ihr nicht bekannt vor, und das war gut. Das war richtig gut. Aus der Fahrerkabine dröhnte laute Country-Musik… *Charlie Daniels Band,* schoss es Hannah noch durch den Kopf, bevor sie mitten auf der Straße zusammenbrach.

Als sie eine Sekunde später das Bewusstsein wiedererlangte, kniete der Fahrer neben ihr. »Oh, mein Gott, das habe ich ja gar nicht… Was ist denn passiert? Sind Sie… *Was ist denn passiert*?«

»Bitte.« Sie brachte kaum einen Ton heraus. »Wenn sie mich hier finden, dann bringen sie uns alle beide um.«

Der Mann nahm sie in seine starken Arme und hob sie auf. Dabei streifte er das Loch in ihrem Rücken, das nicht größer als ein Zehncentstück war. Sie stieß lediglich den Atem aus, zu schwach, um noch zu schreien. Ein paar graue und verschwommene Augenblicke später saßen sie in dem Pick-up und rasten die zweispurige Landstraße entlang.

»Durchhalten, Schätzchen.« Die Stimme des Fahrers zitterte. »Wer hat dir das angetan?«

Hannah spürte, wie sie erneut das Bewusstsein verlor. »Die Männer…«

»Die Männer? *Welche Männer*, Süße? Wen meinst du denn?«

Eine Antwort schwebte schemenhaft durch Hannahs Geist, und sie wusste nicht, ob sie sie ausgesprochen oder vielleicht nur gedacht hatte, bevor alles um sie herum schwarz wurde.

Die Männer aus dem Weißen Haus.

2

Sein Name war Johnny Tucci, aber die Jungs damals in seinem Viertel in South Philadelphia hatten ihn Johnny Twitchy genannt, weil er so mit den Augen zuckte, wenn er nervös war. Also praktisch immer.

Aber nach dem heutigen Abend konnten die Jungs in Philly ihn mal kreuzweise. Denn der heutige Abend war der Abend, an dem Johnny richtig eingestiegen war. Wie ein Mann. Er hatte schließlich »das Paket« dabei, oder etwa nicht?

Es war ein einfacher Job, aber echt gut, weil er ihn alleine erledigte und die ganze Verantwortung auf seinen Schultern lag. Das Paket hatte er bereits abgeholt. Hatte zwar Schiss gehabt, aber alles gut hingekriegt.

Auch wenn nie jemand darüber sprach, aber wenn man einmal mit solchen Lieferungen angefangen hat, dann hatte man was gegen die Familie in der Hand und umgekehrt. Mit anderen Worten: Da war eine Beziehung entstanden. Nach dem heutigen Abend würde Johnny sich nicht mehr mit irgendwelchen Botengängen abgeben müssen, würde nicht mehr mühsam irgendwelche Brotkrumen in den Wohnvierteln im Süden zusammenklauben. Wie hieß noch mal dieser Spruch? *Heute ist der erste Tag vom Rest deines Lebens.*

Also war er natürlich ziemlich gut drauf… und auch ein kleines bisschen nervös.

Onkel Eddies warnende Worte gingen ihm immer und immer wieder durch den Kopf. *Dass du's mir ja nicht versaust, Twitchy,* hatte Eddie gesagt. *Ich hab mich mächtig weit aus dem Fenster gelehnt für dich.* Als ob er ihm mit diesem Job so was wie einen riesengroßen Gefallen getan hätte. Na ja, dachte Johnny, hat er ja vielleicht auch, aber trotzdem. Das brauchte ihm sein Onkel ja nicht ständig unter die Nase zu reiben, oder?

Er schaltete das Radio ein. Sogar die Country-Musik, die hier unten gespielt wurde, war besser, als den ganzen Abend lang Eddies nervtötendes Nölen im Ohr zu haben. Das Stück war ein alter Song der Charlie Daniels Band, »The Devil Went Down to Georgia.« Er kannte sogar ein paar Zeilen auswendig. Doch auch die vertrauten Worte konnten Eddies Stimme nicht aus Johnnys Kopf verjagen.

Dass du's mir ja nicht versaust, Twitchy.

Ich hab mich mächtig weit aus dem Fenster gelehnt für dich.

Ach, du Scheiße!

Blaue Blinklichter tauchten in seinem Rückspiegel auf wie aus dem Nichts. Noch vor zwei, drei Sekunden hätte er schwören können, dass er die ganze Interstate 95 für sich alleine hatte.

Da hatte er sich anscheinend geirrt.

Johnny spürte das Zucken in seinem rechten Augenwinkel.

Er gab Vollgas. Vielleicht ließen sie sich ja abschütteln. Aber dann fiel ihm ein, dass die Schrottkarre, die er auf dem Parkplatz des Motel 6 in Essington geklaut hatte, nur ein beschissener Dodge war. *Gottverdammte Scheiße noch mal! Ich hätte mir beim Marriott einen Japaner besorgen sollen.*

Aber es war immer noch denkbar, dass der Dodge noch gar nicht als gestohlen gemeldet war. Der Besitzer lag wahrscheinlich in seinem Motelbett und schlief. Mit ein bisschen Glück konnte Johnny einfach nur seinen Strafzettel kassieren, und niemand würde etwas erfahren.

Aber so ein Glück hatten immer nur die anderen, niemals er.

Die Bullen brauchten eine halbe Ewigkeit, bis sie endlich

aus ihrem Streifenwagen ausgestiegen waren, und das war ein schlechtes Zeichen… ein sehr schlechtes. Sie kontrollierten den Fahrzeugtyp und die Kennzeichen. Als sie schließlich zu beiden Seiten des Dodge angelangt waren, zuckten Johnnys Augen wie ein Paar mexikanische Springbohnen.

Er versuchte, ganz cool zu bleiben. »n'Abend, Officers. Was gibt es denn…?«

Der Typ auf seiner Seite, ein großer Kerl mit Südstaatenakzent, machte die Fahrertür auf. »Halten Sie einfach nur den Mund. Steigen Sie aus dem Fahrzeug.«

Es dauerte nicht lange, da hatten sie das Paket gefunden. Zuerst schauten sie auf den Vordersitzen und der Rückbank nach, dann ließen sie den Kofferraum aufschnappen, zogen die Abdeckung für das Reserverad beiseite, und das war's dann.

»Heilige Mutter Gottes!« Einer der Polizisten leuchtete mit seiner Taschenlampe hinein. Der andere fing bei dem Anblick sofort an zu würgen. »*Was, zum Teufel, haben Sie getan?*«

Johnny blieb nicht sitzen und gab auch keine Antwort. Er rannte bereits um sein Leben.

3

Noch nie war jemand toter oder dämlicher gewesen als er jetzt. Das war Johnny Tucci schon in dem Moment klar, als er sich am Straßenrand in die Büsche schlug und anfing, in eine steil abfallende Schlucht hinabzurutschen.

Vor diesen Bullen, da konnte er sich womöglich verstecken, aber nicht vor der Familie. Weder im Gefängnis noch sonst irgendwo. Das war eine Tatsache. Ein »Paket« wie dieses zu verlieren, bedeutete automatisch, dass man selbst eins wurde.

Vom oberen Rand des Abhangs drangen Stimmen zu ihm herunter, die Lichtkegel von Taschenlampen zuckten hin und her. Johnny duckte sich und warf sich unter ein Gebüsch. Er zitterte am ganzen Körper, sein Herz schlug so heftig, dass es wehtat, und seine Lungen ächzten vom Rauch zu vieler Zigaretten. Es war fast unmöglich, ruhig dazuliegen und kein Geräusch zu machen.

Oh, Scheiße, ich bin so tot, ich bin so dermaßen tot.

»Siehst du was? Siehst du den kleinen Scheißer? Diesen Irren?«

»Noch nicht. Aber den kriegen wir schon noch. Irgendwo da unten muss er ja stecken. Kann nicht weit sein.«

Die Polizisten schwärmten nach links und rechts aus und arbeiteten sich nach unten. Sehr überlegt, sehr systematisch.

Obwohl er jetzt so langsam wieder zu Atem kam, wurde das Zittern nur noch schlimmer, und das lag nicht alleine an den Bullen. Es lag daran, dass ihm mittlerweile klargeworden war, was er als Nächstes zu tun hatte. Im Grunde genommen hatte er nur zwei Möglichkeiten. Die eine hing mit der Achtunddreißiger zusammen, die in seinem Knöchelhalfter steckte. Die andere mit dem Paket … und mit dessen Besitzer. Es ging lediglich um die Frage, auf welche Art und Weise er sterben wollte.

Aber hier unten, im kalten Licht des Mondes, war die Antwort eigentlich klar.

So langsam wie nur irgend möglich streckte er die Hand aus und zog die Achtunddreißiger aus dem Halfter. Mit erbärmlich zitteriger Hand steckte er sich den Lauf in den Mund. Das verdammte Metall schlug gegen seine Zähne und hinterließ einen säuerlichen Geschmack auf seiner Zunge. Er schämte sich der Tränen, die ihm über das Gesicht rannen, aber das ließ sich nicht ändern, und außerdem würde es sowieso nie jemand erfahren.

Mein Gott, sollte es denn wirklich so zu Ende gehen? Heulend wie ein Penner, einsam und verlassen im Wald? Was war das doch für eine schäbige Welt.

Er konnte die Jungs geradezu hören. *Hätte ja keinen Bock, so abzutreten wie Johnny.* Johnny Twitchy. Das würden sie ihm auf den Grabstein schreiben – aus reiner Gehässigkeit. Diese gottlosen Arschgesichter!

Die ganze Zeit über befahl Johnnys Verstand: *Drück ab*, aber sein Zeigefinger reagierte nicht. Er probierte es erneut, legte diesmal beide Hände an den Griff, aber es ging nicht. Nicht einmal das kriegte er anständig hin.

Schließlich spuckte er den Lauf wieder aus. Er flennte immer noch wie ein Baby. Irgendwie nützte es gar nichts, dass er jetzt vorerst am Leben bleiben würde. Er lag einfach nur da, biss sich auf die Lippen, tat sich selbst leid, so lange, bis die Bullen bei dem Fluss am Grund der Schlucht angelangt waren.

Dann krabbelte Johnny Twitchy schnell den Abhang wieder rauf, rannte quer über den Interstate Highway und stürzte sich auf der anderen Straßenseite in den Wald. Dabei fragte er sich ständig, wie um alles in der Welt er es schaffen sollte, einfach vom Erdboden zu verschwinden. Er wusste, dass er das niemals schaffen würde.

Er hatte *nachgeschaut*. Er hatte gesehen, was in dem »Paket« war.

Erster Teil

FIRESTORM (Earth Crisis)
erschienen 1993

1

Ich beging meinen Geburtstag mit einer kleinen, sehr exklusiven, sehr festlichen und fröhlichen Party in der Fifth Street, genauso, wie ich es haben wollte.

Als besondere Überraschung war Damon aus dem Internat in Massachusetts nach Hause gekommen. Nana hatte die Verantwortung für die Feierlichkeiten übernommen und war allgegenwärtig, genau wie meine beiden Babys Jannie und Ali. Sampson und seine Familie waren da und natürlich auch Bree.

Ich hatte nur die Menschen eingeladen, die mir am allermeisten bedeuteten. Mit wem will man sonst die Tatsache feiern, dass man schon wieder ein Jahr älter und weiser geworden ist?

Ich hielt sogar eine kleine Rede, die ich zum größten Teil sofort wieder vergessen habe, abgesehen von den einleitenden Worten. »Ich, Alex Cross«, fing ich an, »gelobe hiermit feierlich, im Angesicht aller Gäste dieser Geburtstagsparty, dass ich mein Bestes tun werde, um mein häusliches Leben und meine Arbeit in Einklang zu bringen, und dass ich nie wieder auf die dunkle Seite wechseln werde.«

Nana prostete mir mit ihrer Kaffeetasse zu, doch dann sagte sie »Zu spät« und erntete einen Lacher.

Anschließend bemühten sich alle nach Kräften, dafür zu sorgen, dass ich mit einer gewissen Demut, aber auch mit einem Lächeln im Gesicht älter wurde.

»Wisst ihr noch, damals, vorm Redskins-Stadion?«, sagte Damon und gackerte. »Als wir noch das alte Auto hatten und Dad hat abgeschlossen, obwohl der Schlüssel noch gesteckt hat?«

Ich versuchte, dazwischenzugehen. »Aber wenn man ehrlich ist…«

»Hat mich nach Mitternacht aus dem Bett geklingelt«, sagte Sampson grimmig.

»Aber erst, nachdem er eine Stunde lang probiert hat, das Auto aufzubrechen, weil er einfach nicht einsehen wollte, dass er es nicht hinkriegt«, fügte Nana hinzu.

Jannie legte eine Hand ans Ohr. »Weil er nämlich was ist?« Und alle antworteten im Chor: »Der amerikanische Sherlock Holmes.« Das war eine Anspielung auf einen Artikel in einer großen Zeitschrift, der vor ein paar Jahren erschienen war und der mir offensichtlich ewig nachhängen wird.

Ich trank einen Schluck Bier. »Brillante Karriere – das kriege ich jedenfalls immer wieder zu hören –, bedeutende Fälle gleich im Dutzend aufgeklärt, aber was bleibt den Menschen im Gedächtnis haften? Und dabei hatte ich mich so auf einen schönen, harmonischen Geburtstagsabend gefreut.«

»Apropos«, sagte Nana und schaffte es irgendwie, gleichzeitig das Stichwort aufzunehmen und mir das Wort abzuschneiden. »Wir haben noch was zu erledigen. *Kinder*?«

Jannie und Ali sprangen auf. Sie wirkten deutlich aufgeregter als die anderen. Anscheinend konnte ich mich auf eine wirklich große Überraschung gefasst machen. Niemand sagte etwas, aber von Bree hatte ich bereits eine Safarihose bekommen, von Sampson ein kreischbuntes T-Shirt sowie zwei Minifläschchen Tequila und von den Kindern einen Stapel Bücher, unter anderem das neueste Werk von George Pelecanos sowie eine Keith-Richards-Biografie.

Ein weiteres *Indiz*, wenn man es wirklich so nennen konnte, war die Tatsache, dass Bree und ich in letzter Zeit ständig gezwungen waren, unsere Planungen über den Haufen zu werfen. Immer wieder waren unsere langen Wochenenden aus irgendeinem Grund ausgefallen. Man müsste doch eigentlich annehmen, dass die Tatsache, dass wir in derselben Behörde, ja, sogar in derselben Abteilung, nämlich bei der Mordkommission, arbeiteten, es leichter machte, unsere Dienstpläne zu koordinieren, aber meistens war genau das Gegenteil der Fall.

Ich hatte also eine gewisse Vorstellung, was da auf mich zukommen könnte, wenn auch nichts Konkretes.

»Alex, du bleibst, wo du bist«, sagte Ali. Er hatte in letzter Zeit angefangen mich Alex zu nennen, was für mich eigentlich kein Problem war, nur Nana fand es unerträglich.

Bree versprach, mich im Auge zu behalten, und blieb sitzen, während alle anderen sich in die Küche verzogen.

»Die Lage spitzt sich zu«, murmelte ich vor mich hin.

»Sogar, während wir hier sitzen«, erwiderte Bree mit einem Augenzwinkern. »Genauso, wie du es gerne hast.«

Sie saß auf der Couch, und ich saß ihr gegenüber in einem der alten Klubsessel. Bree sah immer gut aus, aber so wie jetzt, locker und bequem in Jeans und barfuß, gefiel sie mir am besten. Sie senkte den Blick in Richtung Fußboden und ließ ihn dann langsam höher wandern, bis er meinem begegnete.

»Sind Sie öfter hier?«, erkundigte sie sich.

»Ab und an, ja. Und Sie?«

Sie nippte an ihrem Bier und legte beiläufig den Kopf ein wenig schief. »Hätten Sie vielleicht Lust, von hier zu verschwinden?«

»Na klar.« Ich zeigte mit dem Daumen in Richtung Küchentür. »Sobald ich mir die da vom Hals geschafft habe, diese lästigen … ähm …«

»Geliebten Angehörigen?«

Ich konnte mich des Eindrucks nicht erwehren, dass dieser Geburtstag immer besser wurde. Jetzt standen mir schon zwei große Überraschungen bevor.

Beziehungsweise drei.

Das Telefon im Flur klingelte. Das war der Festnetzanschluss. Bei der Arbeit wussten alle, dass sie mich nur auf dem Handy anrufen sollten. Außerdem hatte ich noch einen Pager auf die Kommode gelegt, wo ich ihn auf jeden Fall hören konnte. Also konnte ich ohne allzu großes Risiko den Hörer abnehmen. Vielleicht war es ja sogar eine wohlmeinende Seele, die mir alles Gute zum Geburtstag wünschen wollte, oder im schlimmsten Fall irgendjemand, der mir eine Satellitenschüssel andrehen wollte.

Ob ich es jemals begreifen werde? In diesem Leben wahrscheinlich nicht mehr.

2

»Alex, hier Davies. Tut mir leid, dass ich Sie zu Hause belästigen muss.« Ramon Davies war Superintendent bei der Metropolitan Police und gleichzeitig mein Chef.

»Heute ist mein Geburtstag. Wer ist denn das Todesopfer?«, sagte ich. Ich war verärgert, hauptsächlich über mich selbst, weil ich überhaupt ans Telefon gegangen war.

»Caroline Cross«, sagte er, und mir wäre beinahe das Herz stehen geblieben. Genau in diesem Augenblick schwang die Küchentür auf, und meine Familie kam singend heraus. Nana trug ein Tablett mit einem aufwendigen, pink-roten Geburtstagskuchen, an dessen Spitze ein Reisegutschein von American Airlines befestigt war.

»Happy Birthday to you …«

Bree hob die Hand und brachte sie zum Schweigen. Meine Haltung und mein Gesichtsausdruck sprachen wahrscheinlich für sich. Sie blieben wie angewurzelt stehen. Das fröhliche Singen erstarb mitten im Ton. Meine Familie wusste wieder, wer hier eigentlich Geburtstag hatte: *Detective Alex Cross*.

Caroline war meine Nichte, die einzige Tochter meines Bruders. Ich hatte sie vor zwanzig Jahren das letzte Mal gesehen, kurz nachdem Blake gestorben war. Dann musste sie jetzt vierundzwanzig gewesen sein.

Zum Zeitpunkt ihres Todes.

Der Boden unter meinen Füßen schien plötzlich nachzugeben. Eine Stimme in mir wollte Davies einen Lügner nennen. Eine andere Stimme, die Stimme des Polizisten, meldete sich zu Wort. »Wo ist sie?«

»Ich habe gerade eben mit der Virginia State Police telefoniert. Ihre sterblichen Überreste befinden sich in der Gerichtsmedizin in Richmond. Es tut mir leid, Alex. Ich bedaure unendlich, dass ich Ihnen das sagen muss.«

»Sterbliche Überreste?«, murmelte ich vor mich hin. Das war so ein kaltes Wort, aber ich war froh, dass Davies mich nicht mit Samthandschuhen anfasste. Ich verließ das Zimmer und bedauerte, dass ich vor den Ohren meiner Familie überhaupt etwas gesagt hatte.

»Ist sie etwa ermordet worden? Davon kann ich wohl ausgehen, oder?«

»Ich fürchte, ja.«

»Was ist passiert?« Meine Pulsfrequenz erreichte besorgniserregende Dimensionen. Eigentlich wollte ich das gar nicht wissen.

»Das weiß ich auch nicht so im Einzelnen«, sagte er, und sein Tonfall ließ mich sofort stutzig werden – *er verheimlichte mir etwas*.

»Ramon, was ist da los? Sagen Sie's mir. Was wissen Sie über Caroline?«

»Immer eins nach dem anderen, Alex. Wenn Sie sich gleich auf den Weg machen, müssten Sie ungefähr in zwei Stunden hier sein. Ich bitte einen der zuständigen Ermittlungsbeamten, Sie in Empfang zu nehmen.«

»Bin schon unterwegs.«

»Und, Alex?«

Ich hatte fast schon aufgelegt. Tausend unzusammenhängende Gedanken jagten mir gleichzeitig durch den Kopf. »Was denn?«

»Ich finde, Sie sollten nicht alleine fahren.«

3

Die halsbrecherische Fahrt nach Richmond, die Sirene fast ununterbrochen im Einsatz, dauerte keine anderthalb Stunden.

Das Gerichtsmedizinische Institut war in einem Neubau in der Marshall Street untergebracht. Davies hatte dafür gesorgt, dass wir von Detective Corin Fellows vom Criminal Investigation Bureau der State Police in Empfang genommen wurden. Bree und ich.

»Den Wagen haben wir in unsere Werkstatt in der Zentrale oben an der Route One gebracht«, teilte Fellows uns mit. »Aber alles andere ist hier. Die sterblichen Überreste liegen unten in der Leichenhalle. Alle anderen Beweismaterialien befinden sich im Labor hier auf dieser Etage.«

Schon wieder dieses fürchterliche Wort. *Überreste.*

»Was haben Sie denn alles gefunden?«, erkundigte sich Bree.

»Im Kofferraum waren Frauenkleider und eine kleine, schwarze Handtasche, eingewickelt in eine Umzugsdecke. Hier, das wollte ich Ihnen zeigen.«

Er reichte mir eine Plastikhülle mit einem Führerschein, ausgestellt in Rhode Island. Zunächst kam mir nur Carolines Name bekannt vor. Die junge Frau auf dem Foto sah wirklich schön aus, wie eine Tänzerin, mit zurückgekämmten Haaren und einer hohen Stirn. Und die großen Augen – an die konnte ich mich auch noch erinnern.

Augen so groß wie der Himmel. Das hatte mein großer Bruder Blake immer gesagt. Ich sah es ganz genau vor mir, wie er auf der alten Holzbank auf unserer Terrasse in der Fifth Street saß und sie im Arm wiegte und jedes Mal lachte, wenn sie zu ihm hinaufblinzelte. Er liebte dieses Baby. Wie wir alle. Süße Caroline.

Jetzt waren sie beide tot. Mein Bruder wegen der Drogen. Und Caroline? Was war ihr zugestoßen?

Ich gab Detective Fellows den Führerschein zurück und fragte ihn nach dem Weg zum Büro des zuständigen Gerichtsmediziners. Wenn ich das Ganze irgendwie überstehen wollte, dann musste ich in Bewegung bleiben.

Wir trafen die Gerichtsmedizinerin, Dr. Amy Carbondale, im Untergeschoss an. Wir gaben einander die Hand. Ihre fühlte sich immer noch kühl an. Sie hatte die Latexhandschuhe noch nicht lange abgestreift. Sie erschien mir schrecklich jung für eine solche Arbeit, Anfang dreißig vielleicht, und ein kleines bisschen unsicher, wie sie sich jetzt verhalten, was sie sagen sollte.

»Herr Dr. Cross, ich habe Ihre Arbeiten verfolgt. Mein tiefes, tiefes Beileid«, sagte sie in einem fast flüsternden Tonfall, der Mitleid und Respekt verriet.

»Ich wäre Ihnen dankbar, wenn Sie sich an die Fakten halten könnten«, erwiderte ich.

Sie schob ihre Brille zurecht, silbernes Drahtgestell, und sammelte sich. »Mithilfe der Proben, die ich genommen habe, habe ich eine fast vollständige Morcellierung des Körpers festgestellt. Einige wenige Finger sind jedoch unversehrt geblieben, und die Abdrücke passen zu denen auf dem Führerschein.«

»Entschuldigen Sie bitte – Morcellierung?« Ich hatte das Wort noch nie zuvor gehört.

Es ist Dr. Carbondale hoch anzurechnen, dass sie mir direkt in die Augen blickte. »Es besteht Grund zu der Annahme, dass eine Art Zerkleinerer verwendet worden ist… vermutlich ein Häcksler.«

Ihre Worte raubten mir den Atem. Sie setzten sich in meinem Brustkorb fest. *Ein Häcksler?* Dann dachte ich: *Aber wozu ihre Kleidung und den Führerschein aufbewahren?* Als Nachweis für Carolines Identität? Als Souvenir für den Killer?

Dr. Carbondale redete immer noch. »Ich führe gleich noch eine vollständige Giftstoff-Analyse durch, erstelle ein DNA-Profil, und natürlich suchen wir auch nach Geschossfragmenten oder anderen Metallen, aber die eigentliche Todesursache dürfte in diesem Fall nur sehr schwierig, vermutlich gar nicht mehr zu ermitteln sein.«

»Wo ist sie?«, wollte ich wissen und versuchte, mich zu konzentrieren. *Wo waren Carolines sterbliche Überreste*?

»Herr Dr. Cross, sind Sie sicher, dass das der richtige Zeit…«

»Er ist sich sicher«, schaltete Bree sich ein. Sie wusste, was ich brauchte, und deutete auf die Labortür. »Sehen wir zu, dass wir weiterkommen. Bitte, Frau Doktor. Wir sind doch alle Profis.«

Wir folgten Dr. Carbondale durch eine Doppelschwingtür in einen Untersuchungsraum, der stark an einen Bunker erinnerte. Grauer Betonfußboden und eine hohe, geflieste Decke, an der Kameras und Lichtschirme befestigt waren. Überall die üblichen Waschbecken, der übliche Edelstahl sowie ein einziger, weißer Leichensack auf einem der schmalen, silbernen Untersuchungstische.

Ich erkannte sofort, dass da irgendetwas sehr merkwürdig war. Und falsch. *Sowohl als auch.*

Der Leichensack besaß in der Mitte eine Beule, schmiegte sich jedoch an beiden Enden flach an den Tisch. Ich empfand eine Angst, die ich mir vorher nicht einmal hätte vorstellen können.

Die Überreste.

Dr. Carbondale stellte sich auf die andere Seite und zog den Reißverschluss auf. »Die Wärmeversiegelung ist von uns«, sagte sie. »Ich habe sie nach meiner ersten Untersuchung wieder verschlossen.«

In dem Leichensack befand sich ein zweiter Beutel. Das Material sah aus wie eine Art Industrieplastik, milchigweiß und durchscheinend, gerade so klar, dass man die Farben von Fleisch und Blut und Knochen dahinter erkennen konnte.

Ich hatte das Gefühl, als ob mein Verstand sich etliche Sekunden lang einfach ausknipste, und genau so lange konnte ich so tun, als hätte ich nichts gesehen. In diesem Leichensack lag ein toter Mensch, aber keine Leiche.

Caroline und doch nicht Caroline.

4

Die Rückfahrt nach Washington war wie ein böser Traum, der niemals enden wollte. Als Bree und ich endlich nach Hause kamen, war es im Haus auffallend ruhig und still. Ich überlegte, ob ich Nana wecken sollte, doch die Tatsache, dass sie nicht bereits selbst aufgestanden war, sagte mir, dass sie fix und fertig war und ihren Schlaf brauchte. Die schlechten Nachrichten hatten Zeit bis morgen früh.

Mein Geburtstagskuchen stand unangetastet im Kühlschrank, und irgendjemand hatte den American-Airlines-Reisegutschein auf die Theke gelegt. Beim Blick darauf erkannte ich zwei Tickets nach St. John, eine Insel in der Karibik, die ich schon lange einmal besuchen wollte. Es spielte keine Rolle, das musste vorerst warten. Alles musste warten. Ich kam mir vor, als würde ich mich in Zeitlupe bewegen, manche Einzelheiten registrierte ich mit fast gespenstischer Klarheit.

»Du gehörst ins Bett.« Bree nahm mich an der Hand und führte mich zur Küche hinaus. »Und sei es nur, damit du morgen einen klaren Kopf hast und über das alles gründlich nachdenken kannst.«

»Du meinst heute.«

»Ich meine morgen. Nachdem du dich erholt hast.«

Mir fiel auf, dass sie nichts von *schlafen* gesagt hatte. Wir schleppten uns nach oben, stiegen aus den Kleidern und fielen ins Bett. Bree hielt meine Hand fest und ließ sie nicht mehr los.

So ungefähr eine Stunde später starrte ich immer noch an die Zimmerdecke und wälzte die Frage, die mich seit unserer Abfahrt aus Richmond nicht mehr losgelassen hatte: Warum?

Warum war das geschehen? Warum Caroline?

Warum ein gottverdammter Häcksler? Warum Überreste und keine Leiche?

Als Detective bei der Mordkommission hätte ich über die Indizien und die Hinweise, die sich möglicherweise daraus ergaben, nachdenken müssen, aber hier in der Dunkelheit auf meinem Bett fühlte ich mich nicht unbedingt wie ein Detective. Ich fühlte mich wie ein Onkel und Bruder.

In gewisser Weise hatten wir Caroline schon einmal verloren. Nach Blakes Tod hatte ihre Mutter jeden Kontakt mit unserem Teil der Familie abgebrochen. Sie war umgezogen, ohne sich zu verabschieden. Änderte die Telefonnummern. Ließ Geburtstagsgeschenke zurückgehen. Damals war mir das wie das Traurigste überhaupt vorgekommen, aber seither habe ich erfahren, immer und immer wieder, welch unfassbare Begabung die Menschheit besitzt, sich selbst ins Leid und Unglück zu stürzen.

Irgendwann gegen halb fünf schwang ich die Beine über den Bettrand und setzte mich auf. Weder mein Herz noch mein Geist ließen sich irgendwie zur Ruhe bringen.

Brees Stimme hielt mich auf. »Wo willst du denn hin? Es ist immer noch mitten in der Nacht.«

»Ich weiß nicht, Bree«, sagte ich. »Ins Büro vielleicht. Mal probieren, ob ich etwas arbeiten kann. Du solltest dich wieder schlafen legen.«

»Ich habe nicht geschlafen.« Sie setzte sich in meinem Rücken auf und schlang mir die Arme um die Schulter. »Du bist nicht allein. Was immer dir geschieht, geschieht auch mir.«

Ich senkte den Kopf und lauschte dem tröstenden Klang ihrer Stimme. Sie hatte recht – wir würden die ganze Sache gemeinsam durchstehen. So war es immer gewesen, seitdem wir uns kannten, und das war auch gut so.

»Ich werde alles tun, was nötig ist, damit du und deine Familie das alles überstehen könnt«, sagte sie. »Und morgen gehen wir beide gemeinsam hier raus und fangen an, diejenigen zu suchen, die diese grässliche Tat begangen haben. Hast du mich verstanden?«

Zum ersten Mal seit Davies' Anruf spürte ich etwas Warmes in meiner Brust … weit entfernt von Glück oder Erleichterung, aber zumindest Dankbarkeit. Etwas, woran ich mich freuen konnte. Ich hatte den größten Teil meines Lebens ohne Bree verbracht, aber jetzt konnte ich mir nicht mehr vorstellen, wie.

»Wieso habe ich dich bloß gefunden?«, sagte ich zu ihr. »Wieso habe ich bloß so ein Glück?«

»Das hat nichts mit Glück zu tun.« Sie drückte mich noch ein bisschen fester an sich. »Das ist Liebe, Alex.«

5

Gabriel Reese empfand es als passend und ironisch zugleich, dass dieses merkwürdige, fast schon beispiellose nächtliche Treffen in einem Gebäude stattfinden sollte, das ursprünglich als Außen-, Marine- sowie Kriegsministerium errichtet worden war.

Reeses ganzes Leben wurde von einem tiefen Sinn für das Historische bestimmt. Man könnte fast sagen, dass Washington ihm im Blut lag, im Blut seiner Familie, und das seit drei Generationen.

Der Vizepräsident hatte Reese persönlich angerufen und dabei mehr als angespannt geklungen, und Walter Tillman hatte immerhin schon zwei der größten Unternehmen der Welt geleitet. Er konnte also bereits auf die eine oder andere Erfahrung mit Drucksituationen zurückblicken. Er war nicht weiter ins Detail gegangen, sondern hatte Reese nur befohlen, sich *auf der Stelle* im Eisenhower Executive Office Building einzufinden. Formal betrachtet war das der Amtssitz des Vizepräsidenten. Hier hatten Tillmans Vorgänger von Johnson bis Cheney Staatsführer aus allen Teilen der Erde empfangen.

Bedeutsamer war jedoch, dass es sehr weit vom Westflügel mit den Amtsräumen des Staatsoberhauptes und allen möglichen Augen und Ohren entfernt lag, denen dieses geheime Treffen ganz offensichtlich verborgen bleiben sollte.

Bei Reeses Eintreffen war die Tür zum eigentlichen Büro geschlossen. Davor war Dan Cormorant postiert, der Leiter der für den Schutz des Weißen Hauses zuständigen Einheit des Secret Service. Links und rechts von ihm, ein Stück den Flur entlang, stand jeweils einer seiner Agenten.

Reese trat ein. Cormorant folgte ihm und zog die schwere Holztür von innen zu.

»Sir?«, sagte Reese.

Vizepräsident Tillman stand am anderen Ende des Raums. Er hatte ihnen den Rücken zugewandt. In einer Fensterreihe spiegelten sich die nur mit halber Kraft leuchtenden Kugeln des fein gearbeiteten, nach historischem Vorbild angefertigten Gaskronleuchters. Etliche Schiffsmodelle in Glasvitrinen bildeten einen direkten Bezug zur Geschichte des Gebäudes. Dieses Büro war während des Zweiten Weltkrieges von General Pershing genutzt worden.

Tillman drehte sich um und sagte: »Wir haben eine Krise, Gabe. Kommen Sie, setzen Sie sich. Die Situation ist mehr als ungut. Schlimmer hätte es eigentlich kaum kommen können.«

6

Agent Cormorant trat vor und baute sich neben dem Vizepräsidenten auf. Das kam Reese ziemlich merkwürdig vor, und das Ziehen in seinen Eingeweiden wurde noch ein bisschen stärker. Er war der Stabschef – eigentlich gab es so gut wie nichts, was der Secret Service vor ihm wissen durfte. Aber genau das war hier der Fall, eindeutig. Was um alles in der Welt war passiert? Und wem war es passiert?

Der Vizepräsident nickte Cormorant auffordernd zu.

»Danke, Sir. Gabe, wenn du das, was ich dir gleich sagen werde, für dich behältst, machst du dich wahrscheinlich strafbar. Darüber musst du dir im Klaren sein, bevor ich …«

»Spuck's einfach aus, Dan.«

Gabe Reese konnte Cormorant eigentlich ganz gut leiden, nur die Art und Weise, wie er immer wieder seine Kompetenzen überschritt, passte ihm nicht. Sie waren beide alte Wegbegleiter von Tillman, noch aus den Zeiten, als sie gemeinsam Lokalpolitik in Philadelphia gemacht hatten, und niemand erwartete eine strikte Einhaltung der Dienstvorschriften. Es war nur so, dass Cormorant anscheinend immer einen Schritt weiter ging, als Reese für richtig hielt. Andererseits hielt Cormorant Reese vermutlich für einen aufgeblasenen Wichtigtuer.

»Ist dir im Zusammenhang mit deiner Arbeit jemals der Name Zeus begegnet?«, wollte Cormorant jetzt wissen. »*Zeus*, wie der griechische Gott?«

Reese überlegte kurz. Der Secret Service benutzte ständig wechselnde Decknamen für seine Schutzbefohlenen, aber dieser kam ihm nicht bekannt vor. Es musste sich natürlich um eine hochrangige Persönlichkeit handeln. Er schüttelte den

Kopf. »Ich glaube nicht. Muss ich den schon mal gehört haben?«

Cormorant gab ihm keine Antwort und fuhr ungerührt fort. »Im Lauf der vergangenen sechs Monate sind eine ganze Reihe von Personen aus allen Teilen der Zentral-Atlantik-Region verschollen. Überwiegend Frauen, einige wenige Männer. Sie waren alle in einem gewissen beruflichen Umfeld tätig, wenn du verstehst, was ich meine, und da bin ich mir ganz sicher. Bis jetzt gab es keine Verbindung zwischen den einzelnen Fällen.«

»Bis jetzt«, ging Reese dazwischen. »Was zum Teufel ist hier los?«

»Unsere Aufklärungsabteilung hat drei unterschiedliche Funksprüche abgehört, die das Stichwort *Zeus* mit drei verschiedenen Fällen in Zusammenhang bringen. Gestern Abend ist es schon wieder aufgetaucht, aber dieses Mal in Verbindung mit einem eindeutig erwiesenen Mord.« Er machte eine effektvolle Pause. »Das alles unterliegt selbstverständlich strengster Geheimhaltung.«

Reese war mit seiner Geduld am Ende. »Was hat das alles mit dem Vizepräsidenten zu tun? Oder mit dem Präsidentenamt… Immerhin habt ihr mich hierherbestellt! Ich weiß ja nicht einmal, ob wir diese Unterredung überhaupt führen sollten.«

Dann ergriff Tillman das Wort und kam, wie üblich, ohne Umschweife zur Sache. »Dieser Zeus, wer immer das sein mag, steht irgendwie in Verbindung mit dem Weißen Haus, Gabe.«

»*Was?*« Reese sprang auf. »In welcher Verbindung denn? Was genau wollt ihr damit sagen? Was geht hier eigentlich vor?«

»Das wissen wir nicht«, erwiderte Cormorant. »Das ist der

eine Aspekt dieses gottverdammten Problems. Der zweite Aspekt besteht darin, die Regierung davor zu schützen, ganz egal, wer oder was dahintersteckt.«

»Deine Aufgabe besteht darin, Präsident und Vizepräsident zu beschützen, nicht die gesamte Regierung«, gab Reese zurück.

Cormorant behauptete seine Stellung mit verschränkten Armen. »Meine Aufgabe besteht darin, jede potenzielle Gefährdung aufzuspüren und zu verhindern …«

»Haltet die Klappe, alle beide!« Tillman sprach nicht mehr, er brüllte. »Entweder ziehen wir alle an einem Strang, oder ich beende dieses Treffen auf der Stelle. Habt ihr das kapiert? *Alle beide?*«

Die Antwort kam einstimmig. »Ja, Sir.«

»Dan, Ihre Einschätzung kenne ich bereits. Gabe, ich will Ihre ehrliche Meinung hören. Ich weiß beim besten Willen nicht, ob wir das wirklich geheim halten sollten. Es könnte sehr gut sein, dass die ganze Sache auffliegt, und dann stecken wir richtig in der Klemme. Dann geht es um mehr als bloß einen Verweis oder einen Klaps auf die Finger. Nicht bei diesem Kongress. Und auch nicht bei den Medien. Und schon gar nicht, wenn es dabei tatsächlich um Mord gehen sollte.«

Mord? Großer Gott, dachte Reese.

Er fuhr sich mit den Fingern durch die Haare, die schon mit Mitte zwanzig silbergrau geworden waren. »Sir, ich weiß wirklich nicht, ob ich eine solche Frage tatsächlich aus dem Stegreif beantworten sollte, ob das wirklich Ihrem oder dem Präsidentenamt dienlich wäre. Handelt es sich um ein Gerücht? Gibt es irgendwelche eindeutigen Beweise? Und wie sehen die aus? *Weiß das Staatsoberhaupt schon Bescheid?*«

»Das Problem ist, dass wir im Augenblick fast gar nichts wissen. Herrgott noch mal, Gabe, was sagt Ihnen Ihr Bauchgefühl? Ich weiß, dass Sie eine Meinung haben. Und, *nein*, das Staatsoberhaupt weiß nicht Bescheid. Aber *wir*.«

Tillman legte großen Wert auf das Bauchgefühl, und er hatte recht: Reese hatte bereits eine Meinung.

»Wir werden nicht drum rumkommen, die Öffentlichkeit zu informieren. Wir sollten vorher so viel wie irgend möglich in Erfahrung bringen, und zwar innerhalb eines sehr engen Zeitrahmens. Zwei bis drei Tage, würde ich sagen. Es sei denn, Sie ordnen etwas anderes an, Sir«, fügte er hinzu, damit Agent Cormorant zufrieden war. »Und wir brauchen einen Notausstieg. Etwas, womit wir uns distanzieren können, falls irgendetwas rauskommt, bevor wir es wollen.«

»Das sehe ich genauso, Sir«, schaltete sich Cormorant ein. »Im Augenblick tappen wir noch völlig im Dunkeln, so kann es nicht bleiben.«

Tillman holte tief Luft. Reese deutete dies als Geste der Resignation und der Zustimmung gleichermaßen. »Ich will, dass Sie sich gemeinsam dieser Sache annehmen. Aber keine Telefonate und um Gottes willen keine E-Mails. Dan, können Sie mir garantieren, dass der Krisenstab davon absolut nichts erfährt?«

»Das kann ich, Sir. Ich muss noch mit ein paar von meinen Männern reden. Aber es lässt sich unter dem Deckel halten. Für eine Weile.«

»Gabe, Sie haben von einem Notausstieg gesprochen?«

»Ja, Sir.«

»Denken Sie multidimensional, ziehen Sie alle denkbaren Szenarien in Betracht. Rechnen Sie mit allem. Und damit meine ich wirklich *alles*.«

»Das mache ich, Sir. Mein Gehirn läuft jetzt schon auf Hochtouren.«

»Gut so. Noch irgendwelche Fragen?«

Reese hatte bereits begonnen, sein Gedächtnis nach historischen oder juristischen Präzedenzfällen zu durchforsten, mehr aus Gewohnheit als aus einem bestimmten aktuellen Anlass. Die Frage der Loyalität stand hier nicht zur Debatte. Seine Bedenken waren ausschließlich durch die Situation bedingt. Allmächtiger … *was, wenn es wirklich eine Verbindung zwischen dem Weißen Haus und einem Serienmörder gab? Überhaupt zu einem Mörder?*

»Sir, wenn irgendjemand davon Wind bekommen sollte, wie sollen wir diesen Jemand – der hoffentlich kein Journalist ist – daran hindern, es auszuplaudern?«

Cormorant wirkte beleidigt, ließ aber dem Vizepräsidenten das Wort.

»Wir reden hier vom Secret Service, Gabe, und nicht von irgendeiner öffentlich zugänglichen Quelle.«

Cormorant trat ab, und Reese verspannte sich.

»Aber ich will mich auch nicht einzig und allein darauf verlassen. Meine Herren, ich will, dass diese ganze Angelegenheit zügig erledigt wird. Zügig, sauber, gründlich. Wir brauchen ein paar Fakten. *Und Klarheit*. Wir müssen dahinterkommen, wer zum Teufel dieser Zeus ist und was er angestellt hat. Und dann müssen wir das Ganze so behandeln, *als wäre es niemals geschehen*.

7

Die Schläge prasselten auf mich ein, harte Schläge, wollten einfach nicht aufhören. Carolines Führerschein war zwar in Rhode Island ausgestellt worden, aber sie hatte seit sechs Monaten in Washington gelebt. Trotzdem hatte sie nicht ein einziges Mal versucht, mit mir Kontakt aufzunehmen. Gewohnt hatte sie in einer Souterrainwohnung in der C Street unweit des Seward Square – nur einen guten Kilometer von unserem Haus in der Fifth Street entfernt. Ich war Dutzende Male an ihrem Haus vorbeigejoggt.

»Sie hatte einen guten Geschmack«, meinte Bree, während sie sich in dem kleinen, aber elegant eingerichteten Wohnzimmer umsah.

Die Inneneinrichtung besaß asiatisches Flair – viel dunkles Holz, Bambus und üppige Pflanzen. Auf einem lackierten Tisch an der Wohnungstür lagen drei Kieselsteine. In einen war das Wort *Gelassenheit* eingraviert.

Sollte ich das als Hohn oder doch eher als Ermahnung verstehen? Carolines Wohnung war jedenfalls kein Ort, wo ich mich im Augenblick aufhalten wollte. Ich war noch nicht bereit dazu.

»Teilen wir uns auf«, sagte ich zu Bree. »Dann sind wir schneller durch.«

Ich fing mit dem Schlafzimmer an, zwang mich dann weiterzumachen. *Wer warst du, Caroline? Was ist mit dir geschehen? Wie kommt es, dass du solch einen Tod erleiden musstest?*

Gleich zu Beginn fiel mein Blick auf einen kleinen, braunen, ledergebundenen Terminkalender auf dem Schreibtisch neben ihrem Bett. Als ich ihn in die Hand nahm, fielen ein paar Visitenkarten heraus und landeten auf dem Boden.

Ich hob sie auf. Die Namen der Personen kannte ich nicht, wohl aber die der darauf vermerkten Beratungsfirmen. Beide Karten stammten von Lobbyisten, die auf dem Capitol Hill ihren Einfluss geltend zu machen versuchten.

Die eine Hälfte der Seiten in Carolines Terminkalender war leer, die anderen waren mit Buchstabenkombinationen versehen. Es fing am Jahresanfang an und zog sich über ungefähr zwei Monate. Was mir sofort ins Auge fiel, war, dass jede Kombination aus genau zehn Buchstaben bestand. Der letzte Eintrag, fast zwei Wochen vor Carolines Tod, lautete SODBBLZHII. Zehn Buchstaben.

Meine erste Assoziation war, dass es sich um Telefonnummern handelte, wahrscheinlich verschlüsselt.

Und wenn ich mir an diesem Punkt die Frage nach dem *Warum* stellte, dann nur deshalb, weil ich einer unumgänglichen Schlussfolgerung ausweichen wollte. Nachdem ich die große Rosenholzkommode in ihrem Schrankzimmer durchsucht hatte, konnte es kaum noch einen Zweifel geben, wie meine Nichte diese wunderschöne Wohnung mitsamt der ganzen Einrichtung finanziert hatte.

Die obersten Schubladen enthielten alle Arten von Dessous, die ich mir vorstellen konnte, und ich verfüge über ein gutes Vorstellungsvermögen. Was mich wenig überraschte, waren die vielfältigen Spitzen- und Seidenteile, aber es gab auch welche aus Leder, mit und ohne Nieten, aus Latex, aus Gummi … allesamt fein säuberlich zusammengefaltet und sortiert. Genau so, wie ihre Mutter es ihr wahrscheinlich beigebracht hatte. Die unteren Schubladen enthielten diverse Fesseln, Handschellen, Dildos, Sex-Spielzeuge und andere Geräte, deren Sinn und Zweck ich zum Teil nur erraten konnte.

Für sich genommen war jedes einzelne Stück nicht mehr als ein Indiz. Zusammengenommen machte mich das alles sehr schnell sehr deprimiert.

War das der Grund für Carolines Umzug nach Washington gewesen? Und war das auch der Grund dafür, dass sie so gestorben war, wie sie gestorben war?

Völlig benebelt betrat ich das Wohnzimmer. Ich wusste nicht einmal, ob ich einen Ton herausbekommen würde. Bree saß auf dem Fußboden. Vor ihr lagen eine aufgeklappte Schachtel und ein paar Fotos.

Sie hielt mir eines davon hin. »Dich würde ich überall erkennen«, sagte sie.

Die Aufnahme zeigte Nana, Blake und mich. Ich konnte mich sogar an das Datum erinnern: 4. Juli 1976, im Sommer der Zweihundert-Jahr-Feier. Mein Bruder und ich hatten Plastik-Strohhüte, geschmückt mit weißen, roten und blauen Bändern, auf dem Kopf. Nana sah unglaublich jung und hübsch aus.

Bree stellte sich neben mich, den Blick auf das Foto gerichtet. »Sie hat dich nicht vergessen, Alex. Irgendwie wusste Caroline, dass es dich gibt. Aber warum hat sie nach ihrem Umzug nach Washington nicht versucht, mit dir Kontakt aufzunehmen?«

Ich hätte das Bild von Nana, meinem Bruder und mir eigentlich nicht an mich nehmen dürfen, aber ich steckte es trotzdem ein. »Ich nehme an, sie wollte nicht entdeckt werden«, sagte ich. »Zumindest nicht von mir oder von sonst jemandem, den sie kannte. Sie hat als Hostess gearbeitet, Bree. Als Edelhure. Ganz oben. Alles ist möglich.«

8

Wieder zurück im Büro, das vor Aktivität und Lärm nur so brummte, erhielt ich eine Nachricht von Detective Fellows aus Virginia. Die Fingerabdrücke auf dem gestohlenen Wagen gehörten einem gewissen John Tucci aus Philadelphia, der sich immer noch auf der Flucht befand.

Ich knüpfte schnell ein paar Kontakte – von Fellows in Virginia über einen Bekannten beim FBI in Washington zu deren Niederlassung in Philly und zu einer Agentin namens Cass Murdoch, die mir ein weiteres Puzzle-Teilchen präsentieren konnte: Tucci war ein zwar bekanntes, aber unbedeutendes Mitglied der Martino-Familie. Organisiertes Verbrechen.

Diese Information war gut und schlecht zugleich. Zum einen lieferte sie uns eine eindeutige Spur – und das bereits im Anfangsstadium der Ermittlungen. Zum anderen musste man davon ausgehen, dass der Fahrer nicht identisch war mit dem Mörder. Tucci war vermutlich nur Teil von etwas Größerem.

»Haben Sie eine Ahnung, was Tucci hier unten zu suchen gehabt haben könnte?«, erkundigte ich mich bei Agentin Murdoch. Ich hatte den Lautsprecher eingeschaltet, damit Bree mithören konnte.

»Ich würde sagen, er hat entweder einen neuen Aufgabenbereich übernommen oder ist sonst wie in der Hierarchie der Organisation aufgestiegen. Bedeutendere Aufträge, mehr Verantwortung. Er ist zwar schon ein paarmal festgenommen, aber bis jetzt noch nie rechtskräftig verurteilt worden.«

»Das Auto wurde in Philadelphia gestohlen«, sagte Bree.

»Also gut, dann war er im Auftrag seiner Familie unterwegs – Betonung auf *war*. Ich gehe davon aus, dass er mittlerweile tot ist nach so einem Reinfall, ganz egal, was genau da draußen auf der Interstate 95 passiert sein mag.«

»Wie sieht es denn mit potenziellen Kunden hier in Washington aus?«, wollte ich wissen. »Hat die Martino-Familie irgendwelche geschäftlichen Verbindungen hierher?«

»Nicht dass ich wüsste«, erwiderte Murdoch. »Aber irgendjemanden muss es geben. John Tucci war ein viel zu kleiner Fisch, um so etwas alleine durchzuziehen. Er hat sich wahrscheinlich tierisch gefreut, dass er überhaupt so einen Auftrag gekriegt hat. So ein Arschloch.«

Ich legte auf und nahm mir etwas Zeit, um mir ein paar Notizen zu machen und das Gehörte zusammenzufassen. Aber leider warf jede Antwort nur die nächste Frage auf.

Eines allerdings schien mir relativ klar zu sein. Hier ging es nicht mehr nur um einen Mord, und es war auch keine isolierte Tat gewesen. Vielleicht war der Täter ein gewalt- und sexbesessener Perverser … aber vielleicht war das Ganze auch nur ein Ablenkungsmanöver. Oder beides?

9

Natürlich kam da noch mehr, noch sehr viel mehr, und zwar genau die verstörenden Einzelheiten, die dafür sorgen, dass manche Geschichten sich monatelang in den Medien halten. Ein paar dieser Einzelheiten kamen zur Abwechslung sogar sofort heraus. Dr. Carbondale erreichte mich auf dem Nachhauseweg im Auto. Bree hatte ihren eigenen Wagen genommen. »Der toxikologische Befund hat keinerlei bekannte Giftstoffe ergeben«, sagte Dr. Carbondale. »Keine Drogen und andere Rauschmittel, abgesehen von 0,7 Promille Blutalkohol. Zum Zeitpunkt ihres Todes war sie höchstens ein klein wenig angeheitert, mehr nicht.«

Caroline hatte also weder unter Drogeneinfluss gestanden, noch war sie vergiftet worden. Das überraschte mich nicht sonderlich. »Wie sieht es mit anderen potenziellen Todesursachen aus?«, erkundigte ich mich.

»Ich bin mir mittlerweile fast sicher, dass diese Frage sich nicht eindeutig beantworten lässt. Mir bleibt nichts weiter übrig, als bestimmte Möglichkeiten auszuschließen. So kann ich beispielsweise überhaupt nicht feststellen, ob sie vor ihrem Tod geschlagen oder gewürgt oder …«

Sie unterbrach sich.

Ich spuckte die Worte aus wie Galle. »Oder ob sie einfach so in diesen Häcksler gesteckt worden ist.«

»Ja«, presste sie hervor. »Aber da gibt es noch etwas, was ich Ihnen sagen muss.«

Ich biss die Zähne zusammen und hätte am liebsten mit der Faust auf einen festen Gegenstand geschlagen. Aber ich musste ihr weiter zuhören.

»Wir haben die wenigen erhaltenen Körperfragmente mittlerweile isoliert und untersucht. Wir glauben, dass wir daran postmortale Gebissspuren festgestellt haben.«

»Gebissspuren?« Ich suchte nach einer Haltebucht, um stehen zu bleiben. »Menschliche Gebissspuren?«

»Ich glaube, ja, aber mit Sicherheit kann ich das zum jetzigen Zeitpunkt noch nicht sagen. Selbst im besten Fall besitzen Bisswunden eine sehr große Ähnlichkeit mit Prellungen. Darum habe ich einen forensischen Kieferspezialisten hinzugebeten. Als Material haben wir lediglich ein paar Knochenfragmente mit Geweberesten, sodass ich höchstens versuchen kann…«

»Ich melde mich später noch mal«, sagte ich.

Dann zog ich den Wagen an den Fahrbahnrand der Pennsylvania Avenue und ließ die anderen Autofahrer hupen und mich umkurven. Das war einfach zu viel – zu viel Ungerechtigkeit, zu viel Grausamkeit, zu viel Gewalt, zu viel von alledem, womit ich normalerweise so gut zurechtkomme.

Ich warf den Kopf in den Nacken und fluchte den Dachhimmel meines Wagens an. Vielleicht auch Gott. Vielleicht sogar beide. *Wer ließ so etwas zu?* Dann ließ ich die Stirn gegen das Lenkrad sinken und fing an zu schluchzen. Und während ich dort saß, sprach ich ein Gebet für Caroline, die niemanden an ihrer Seite gehabt hatte, als es am nötigsten gewesen wäre.

10

Eddie Tucci war klar, dass er dieses Mal wirklich Scheiße gebaut hatte. *Unglaublich!* Was für ein grandioser Fehler, diesen Job seinem Neffen Johnny anzuvertrauen. Nicht umsonst wurde der Kerl von allen nur Twitchy genannt. Jetzt war er untergetaucht, und Eddie wartete seit drei Tagen nur noch darauf, dass ihm die ganze Kacke um die Ohren flog.

Trotzdem machte er sich nicht allzu viele Gedanken, als am Mittwochabend, kurz nachdem er abgeschlossen hatte, plötzlich das Licht in seiner Kneipe ausging. Das ganze Gebäude war am Verrotten, genau wie das Viertel. Da brannte ständig eine Sicherung durch.

Er schob die Kassenschublade zu und kam in der Dunkelheit hinter der Theke vor. Ging durch die Schwingtür ins Hinterzimmer. Dort war ein Schaltkasten an der Wand montiert, den wollte er suchen.

Doch so weit kam er gar nicht.

Ohne jede Vorwarnung wurde ihm plötzlich ein Sack über den Kopf gestülpt. Gleichzeitig erhielt er von der Seite einen harten Schlag gegen das Knie. Er hörte das Gelenk knacken, stöhnte auf und stürzte zu Boden.

Jemand nahm ihn kräftig in den Schwitzkasten, während jemand anderes seine Füße aneinanderfesselte. Er hatte keine Chance, einen Schlag, einen Tritt, irgendwas zu landen. Sie hatten ihn überwältigt.

»Ihr Wichser! Ich bring euch um. Habt ihr mich verstanden? *Habt ihr mich verstanden?*«

Anscheinend nicht. Sie wuchteten ihn auf den großen Tisch im Hinterzimmer und fesselten seine Hände mit Handschellen links und rechts an die Tischbeine. Eddie zerrte daran, erreichte aber nur, dass sie ihm in die Handgelenke schnitten. Und selbst wenn er hätte aufstehen können… sein Knie fühlte sich nicht so an, als würde es je wieder richtig funktionieren. Er war von jetzt an ein Krüppel.

Dann wurde ein Wasserhahn aufgedreht, und zwar volles Rohr.

Was hatte das denn zu bedeuten?

11

Als sie ihm den Sack vom Kopf zogen, brannte auch das Licht wieder. Das war doch ein gutes Zeichen, oder?

Nun ja, wie man's nimmt. Eddie blickte in zwei Gesichter. Eines gehörte einem Weißen, das andere einem Braunen, Puerto-Ricaner vielleicht. Ihrer Kleidung nach passten sie hier ins Viertel, aber ihrem Haarschnitt und ihren Bewegungen nach zu urteilen, waren sie Geheimdienstler oder Militärs.

In diesem Augenblick wusste Eddie, dass er große Angst, gewaltige Angst haben musste. Die ganze Kiste, die sein Neffe, dieser Totalversager, da angerichtet hatte, war offensichtlich völlig aus dem Ruder gelaufen.

»Wir suchen Johnny«, sagte der Weiße. »Hast du vielleicht 'ne Ahnung, wo er stecken könnte?«

»Ich hab nicht das Geringste von ihm gehört!« Das war die reine Wahrheit und nichts als die Wahrheit. Diese Typen würden sich nicht verarschen lassen, so viel stand fest.

»Das war nicht die Frage, Ed. Die Frage war, ob du weißt, wo er steckt.« Die Stimme klang cool, und die beiden betrachteten ihn wie einen Untersuchungsgegenstand im Labor.

»Ich schwöre bei Gott, ich weiß nicht, wo Johnny ist. Das müsst ihr mir glauben.«

»Okay, ich hab's kapiert.« Der Dunkle nickte. »Ich glaub's dir ja, Ed. Aber wir müssen uns wirklich ganz sicher sein.«

Eddies Herz klopfte bis zum Hals, noch bevor sie sich von der Stelle gerührt hatten. Der Weiße nahm ihn erneut in den Schwitzkasten, packte seinen Unterkiefer und drückte ihm einen Schraubenziehergriff in den Mund. Dann hielt er Eddie mit zwei Fingern die Nase zu.

Jetzt kam der andere Kerl in den Blick. Er hatte das Ende eines grünen Gartenschlauchs in der Hand. Den hielt er über Eddies Gesicht und ließ ihm das Wasser in den Mund laufen.

Eddie rang um Atem. Das war nicht gut! Viel zu viel Wasser, um es zu schlucken. Er konnte nicht atmen. Um ein Haar hätte er den Schraubenziehergriff durchgebissen bei dem Versuch, ihn auszuspucken.

Ziemlich bald fing seine Brust an zu brennen, gierten seine Lungen nach Luft. Er bäumte sich auf, doch die Handschellen rissen ihn wieder zurück. Hinter seinen Augen und seiner Nase stieg der Druck, und dann kam schlagartig die Erkenntnis, dass er gleich sterben würde.

In diesem Augenblick erfasste ihn endgültig die Panik. Er empfand keinen Schmerz mehr, nahm sein ersticktes Röcheln nicht mehr wahr – da war nur noch blanke, überwältigende Angst. Schlimmer als jeder Albtraum, den er sich vorstellen konnte, weil es die Realität war. Die Realität, die sich im Hinterzimmer seiner eigenen Pinte in Philly abspielte.

Zuerst bekam Eddie gar nicht mit, dass das Wasser nicht mehr lief. Der Weiße drehte ihm den Kopf zur Seite, zog ihm den Schraubenzieher aus dem Mund und ließ ihn eine Minute lang würgen, röcheln und keuchen. Es fühlte sich an, als würde er einen ganzen Lungenflügel raushusten.

»Die meisten halten ein paar Minuten lang durch, bevor sie einbrechen. Aber das sind dann natürlich Soldaten.« Einer der beiden tätschelte ihm den Bauch. »So kann man dich ja wohl nicht gerade bezeichnen, Ed. Ich frage dich also noch einmal: *Weißt du, wo Johnny steckt?*«

Eddie konnte kaum sprechen, aber er presste eine Antwort hervor. »Ich finde ihn! Ich schwöre bei Gott, ich finde ihn!«

»Weißt du, das ist genau das, was mir an euch Mafiatypen immer auf den Geist geht.« Die Stimme kam jetzt etwas dichter an sein linkes Ohr. »Ihr sagt einfach immer das, was euch gerade passt, und zwar immer dann, wann es euch gerade passt. Ihr habt keinen Charakter. Auf nichts kann man sich verlassen.«

»Gebt mir eine Chance! Ich flehe euch an!«

»Du kapierst es nicht, Ed. Das hier ist deine Chance. Entweder, du weißt, wo Johnny steckt, oder nicht. Also, was ist?«

»Ich weiß es nicht!« Er heulte und schluchzte, schon halb wahnsinnig vor Angst. »Bitte… *Ich weiß es nicht*!«

Es kostete ihn ein paar Zähne, dann hatten sie ihm den Schraubenzieher wieder in den Mund gerammt. Eddie biss so fest zu, wie er konnte, bäumte sich auf und flehte um sein Leben, aber nur, bis der Wasserstrahl jeden Laut erstickte. Es dauerte nicht lange, dann war er wieder genau am selben Punkt wie eine Minute zuvor, vollkommen überzeugt, dass jetzt sein letztes Stündlein geschlagen hatte.

Und dieses Mal behielt er recht.

12

Der bizarre Mordfall breitete sich spinnwebartig immer weiter in alle Richtungen aus, aber über allem hing eine Frage: *Waren noch mehr Menschen den Tod gestorben, den Caroline gestorben war? War das denkbar? War es wahrscheinlich?*

In Washington eine vollständige Liste aller vermissten Personen aufzutreiben, ist schwieriger, als man meinen könnte. Nachdem ich erst mit jemandem bei der Jugendschutzbehörde gesprochen hatte, die über eine zentrale Datenbank verfügt, musste ich Bezirk für Bezirk persönlich abklappern und Gespräche mit Detectives in der ganzen Stadt führen. Polizeiberichte sind allgemein öffentlich zugänglich, aber ich suchte nach Vermisstenmeldungen, und die werden vertraulich behandelt.

Dann erst konnte ich anfangen, gezielt nach Studentinnen, Ausreißern und vor allem nach all denjenigen zu suchen, die als Prostituierte aktenkundig oder zumindest schon einmal in den Verdacht gekommen waren.

Ich schleppte sämtliche Akten zu mir nach Hause und nahm sie nach dem Abendessen mit nach oben in mein Arbeitszimmer unter dem Dach. Ich räumte eine ganze Wand frei und fing an, sie mit dem Inhalt der Aktenmappen zu bepflastern: Bilder der Vermissten und eigenhändig beschriftete Karteikarten mit den wichtigsten Daten der jeweiligen Fälle. Auch eine Straßenkarte von Washington war dabei. Jede Stelle, an der eines der mutmaßlichen Opfer zum letzten Mal gesehen worden war, markierte ich mit einem Fähnchen.

Als ich damit fertig war, trat ich ein paar Schritte zurück und starrte die Wand an. Ich hoffte auf ein bestimmtes Muster, das sich von selbst offenbarte.

Da war Jasmine Arenas, neunzehn Jahre alt, zwei Festnahmen wegen Prostitution. Sie arbeitete an der Ecke Forth/K Street. Dort war sie auch zum letzten Mal gesehen worden, als sie am 12. Oktober letzten Jahres gegen zwei Uhr nachts in einen blauen BMW eingestiegen war.

Becca York war erst sechzehn, sehr hübsch und eine hervorragende Schülerin. Seit sie am Nachmittag des 21. Dezember die Dunbar Highschool verlassen hatte, war sie von niemandem mehr gesehen worden. Ihre Pflegeeltern gingen davon aus, dass sie nach New York oder an die Westküste ausgebüxt war.

Timothy O'Neill war ein dreiundzwanzigjähriger Callboy, der zum Zeitpunkt seines Verschwindens bei seinen Eltern in Spring Valley gewohnt hatte. Er war am 29. Mai gegen zehn Uhr abends mit seinem Auto weggefahren und nie wieder zurückgekommen.

Ich rechnete nicht ernsthaft damit, sofort ein eindeutiges Bild erkennen zu können. Diese Phase ließ sich eher mit dem *Aufschütten des Heuhaufens* vergleichen. Morgen würden wir anfangen, nach der Stecknadel zu suchen.

Das bedeutete haufenweise zähe Ermittlungsarbeit. Wir mussten jede einzelne dieser tränenseligen Akten abarbeiten. Und wenn sich nur irgendeine Verbindung zu Caroline erkennen ließ, dann konnte das ein gewaltiger Fortschritt sein. Es war einer der Mordfälle, bei dem ich mich regelmäßig frage, warum ich eigentlich immer noch nicht genug davon habe, warum ich mir das Jahr für Jahr wieder antue. Mir war klar, dass ich in gewisser Weise süchtig war nach der Jagd, aber eigentlich hatte ich gedacht, dass dieses Verlangen deutlich nachlassen würde, sobald ich den Grund dafür kannte, dass ich vielleicht sogar den Dienst quittieren konnte. Aber das war nicht passiert. Sondern das Gegenteil.

Auch wenn Caroline nicht meine Nichte gewesen wäre, hätte ich jetzt um zwei Uhr nachts in meiner Dachkammer gestanden und auf diese Wand des Grauens gestarrt, wäre genau so wild entschlossen gewesen herauszufinden, wer sie und vielleicht auch diese anderen jungen Menschen umgebracht hatte … und warum.

Überreste.

Das war das Wort oder vielleicht auch das Programm, das ich einfach nicht mehr loswurde, das ich nicht aus meinen Gedanken verbannen konnte.

13

In dieser Nacht schlief ich nur sehr schwer ein, und das Aufwachen war genauso mühsam. Erst war ich in den Schlaf eingetaucht, dann wurde ich gewaltsam wieder herausgerissen. Ich frühstückte mit Nana, Bree und den Kindern, aber als ich aus dem Haus ging, war ich immer noch nicht richtig wach. Das war kein gutes Omen, wenn man an so etwas wie Omen glaubt.

Ich hatte heute einen einzigen Termin, den ich unbedingt wahrnehmen wollte, und das war das Treffen mit Marcella Weaver. Vor drei Jahren war ihr exklusiver Escort-Service aufgeflogen, was ihr landesweite Schlagzeilen sowie den Spitznamen »Vorstadt-Madame« eingetragen hatte. Eine angeblich existierende Kundenliste war zwar nie an die Öffentlichkeit gelangt, sorgte aber nach wie vor für große Nervosität bei den Mächtigen der Stadt mit ihren maßgefertigten Lederschuhen.

Nach dem Skandal war sie, ganz im Stil ihrer berühmten Kollegin Heidi Fleiss, an die Öffentlichkeit gegangen, moderierte eine überregionale Radiosendung, besaß diverse Dessous-Boutiquen und bekam angeblich für jeden öffentlichen Auftritt eine Gage von fünftausend Dollar. Pro *Stunde*, was nicht einer gewissen Ironie entbehrte.

Das alles war mir herzlich egal. Ich wollte einfach nur wissen, wie sie als Kennerin der Szene diese mutmaßlichen Hostessenmorde beurteilte. Als ich mich einverstanden erklärt hatte, dass auch ihr Anwalt an dem Gespräch teilnahm, hatte sie mich zu sich nach Hause eingeladen.

Sie bewohnte ein prächtiges Doppelhaus in der Nähe des Dupont Circle und machte mir persönlich die Tür auf. Sie trug Jeans und einen schwarzen Kaschmir-Pullover, was ihr ein zwangloses und zugleich kultiviertes Aussehen verlieh. Außerdem trug sie Diamant-Ohrringe und ein mit Diamanten besetztes Kreuz.

»Soll ich Sie Detective oder Dr. Cross nennen?«, sagte sie zur Begrüßung.

»Detective, aber ich muss gestehen, ich bin beeindruckt, dass Sie überhaupt gefragt haben.«

»Die Macht der Gewohnheit, denke ich. Ich bin vorsichtig. Ich ziehe Erkundigungen ein.« Sie schenkte mir ein Lächeln und wirkte sehr viel entspannter, als ich erwartet hatte. »Dann kommen Sie mal rein, Detective.«

Im Wohnzimmer stellte sie mich ihrem Rechtsanwalt vor, David Shupike. Er war kein Unbekannter und bereits an etlichen aufsehenerregenden Fällen in Washington beteiligt gewesen. Er sah aus wie der typische, verkniffene, glatzköpfige Einzelgänger, und ich konnte mir sehr gut vorstellen, auf welchem Weg er und Marcella einander kennengelernt hatten.

Sie goss mir ein großes Glas Pellegrino ein, und wir setzten uns auf ein Ledersofa mit Blick auf die Stadt.

»Damit wir das gleich hinter uns haben«, sagte ich und schob ein Foto von Caroline über den Couchtisch. »Haben Sie diese Frau schon einmal gesehen?«

»Darauf antworten Sie nicht, Marcella.« Shupike wollte das Bild gleich wieder zurückschieben, doch Ms. Weaver hielt ihn auf. Sie starrte es an und flüsterte ihm anschließend etwas ins Ohr, so lange, bis er nickte.

»Ich kenne sie nicht«, sagte sie dann zu mir. »Und, nur um das klarzustellen: Wenn ich sie erkannt hätte, dann hätte ich Davids Rat ignoriert. Ich möchte Ihnen wirklich behilflich sein, so gut ich kann.«

Sie schien es ernst zu meinen, und ich beschloss, ihr zu glauben.

»Ich möchte herausfinden, für wen Caroline zum Zeitpunkt ihrer Ermordung gearbeitet hat. Können Sie mir da vielleicht irgendwie behilflich sein?«, sagte ich.

Sie hob ihre kleinen, nackten Füße auf die Couch und überlegte.

»Wie viel Miete hat sie bezahlt?«

»Ungefähr dreitausend im Monat.«

»Tja, so viel hat sie garantiert nicht auf der Straße verdient. Überprüfen Sie doch mal, falls Sie das nicht schon längst getan haben, ob sie bei einer Escort-Agentur registriert war. Die haben mittlerweile fast alle eine Webseite. Wenn sie allerdings in richtig exklusiven Kreisen verkehrt hat, dürfte es sehr viel schwieriger werden.«

»Warum denn das?«

Sie lächelte, keineswegs unhöflich. »Weil nicht jeder die Kundschaft bedient, die ihre Mädchen über Google sucht.«

»Verstehe. Die Escort-Agenturen habe ich schon überprüft.« Ich mochte diese Frau, trotz ihrer zweifelhaften beruflichen Vergangenheit. »Was noch?«

»Es wäre gut zu wissen, ob sie nur bei sich zu Hause gearbeitet hat oder nur beim Kunden oder vielleicht auch beides. Und auch, ob sie eine besondere Spezialität hatte, also etwa, ob sie dominant war, unterwürfig, ob sie lesbische Spiele, Massagen, Gruppen-Partys oder so was gemacht hat.«

Ich nickte, aber das Ganze fiel mir nicht leicht und es wurde immer schlimmer. Jede neue Entwicklung in diesem Fall brachte etwas Neues über Caroline zum Vorschein, das ich gar nicht wissen wollte. Ich trank einen Schluck Mineralwasser.

»Was ist mit den Frauen? Wo kommen die eigentlich her?«

»Ich will Ihnen mal was verraten – College-Zeitungen waren für mich die reinste Goldgrube. Diese jungen Dinger glauben ja, dass sie mit allem klarkommen. Viele von ihnen haben schon jetzt nur Verachtung für die Männer übrig. Manche suchen einfach nur ein Abenteuer. Ich habe an Orten Werbung gemacht, von denen Sie vermutlich ziemlich überrascht wären.« Sie deutete auf meine Brusttasche, in der Carolines Foto steckte. »Kann gut sein, dass sie sich ein Jurastudium finanziert hat. Vielleicht sogar ein Medizinstudium, ob Sie's glauben oder nicht. Eines meiner allerbesten Mädchen war eine angehende Chirurgin.«

Sie unterbrach sich und beugte sich nach vorn, um mir direkt in die Augen zu schauen. »Es tut mir leid, aber … hat diese junge Frau Ihnen etwas bedeutet? Bitte entschuldigen Sie, dass ich Sie so direkt danach frage. Aber Sie wirken so … traurig.«

Normalerweise hätte ich mir das nicht gefallen lassen, aber Marcella Weaver hatte sich bis jetzt sehr hilfsbereit und offen verhalten.

»Caroline war meine Nichte.«

Sie schlug ihre manikürte Hand vor den Mund und ließ sich gegen die Lehne sinken. »Bei meinen Mädchen habe ich nie auch nur die Andeutung von Gewalttätigkeit mitbekommen. Wer das getan hat, der hat einen grausamen Tod verdient, wenn Sie mich fragen.«

Ich hatte das Gefühl, als hätte ich schon genug gesagt, aber wenn dieser Rechtsanwalt nicht daneben gesessen hätte, dann hätte ich Marcella Weaver vermutlich gestanden, dass ich ganz genauso empfand.

14

Es gab sicherlich ein paar positive Entwicklungen in unserem Fall, aber der Rest des Tages bestand in lästiger, dröger Ermittlungsarbeit. Am Nachmittag tat sich Sampson mit mir zusammen, und wir befragten die Angehörigen der Vermissten, ein schwermütiges Familienmitglied nach dem anderen.

Als wir schließlich bei den Eltern von Timothy O'Neill klingelten, hatten wir das Gefühl, als ob wir lediglich hässliche Gefühle aufgewühlt, aber ansonsten nicht das Geringste erreicht hatten.

Die O'Neills bewohnten ein Backsteinhaus im Kolonialstil in Spring Valley. Es sah relativ bescheiden für die Gegend aus, war aber trotzdem sicher mehr als eine Million wert. Die O'Neills gehörten, wie viele Menschen hier oben, zum Politikbetrieb der Hauptstadt. Der erste Eindruck war der einer »gutkatholischen«, irischstämmigen Familie, und ich fragte mich, wie das zu der Geschichte ihres vermissten Sohnes passte.

»Wir lieben Timothy sehr«, lautete Mrs. O'Neills erste Antwort auf meine Frage. »Ich weiß, was in dieser Akte da steht, und Sie halten uns bestimmt für naiv, aber unsere Liebe zu Timmy kennt keine Bedingungen.«

Wir standen in ihrem Wohnzimmer neben einem kleinen Flügel, auf dem Familienfotos ausgebreitet waren. Mrs. O'Neill hatte ein Bild von Timothy in der Hand, eine Vergrößerung der Aufnahme, die zu Hause an meiner Pinwand hing. Ich hoffte um ihretwillen, dass er einfach nur aus Washington weggezogen war.

»Sie haben gesagt, er hat als Barkeeper gearbeitet?«, meldete sich Sampson zu Wort.

»Soweit wir wissen«, erwiderte Mr. O'Neill. »Tim hat gespart, damit er sich eine eigene Wohnung leisten konnte.«

»Und wo hat er gearbeitet?«

Sie tauschten zunächst einen Blick. Mrs. O'Neill war bereits in Tränen ausgebrochen. »Das war ja das Furchtbare«, sagte sie. »Wir wissen es nicht. Es war so eine Art Privatklub. Timothy musste zu Anfang unterschreiben, dass er absolutes Stillschweigen bewahrt. Er hat gesagt, dass er uns absolut nichts darüber sagen darf… zu seiner eigenen Sicherheit.«

Mr. O'Neill nahm den Faden auf. »Damals dachten wir, dass er vielleicht ein bisschen übertreibt, aber jetzt… jetzt weiß ich nicht mehr, was ich glauben soll.«

Ich denke, er wusste genau, was er glauben sollte, aber es war nicht meine Aufgabe, die O'Neills in dieser Hinsicht irgendwie zu belehren. Diese Leute waren verzweifelt, sie wollten ihren Sohn zurückhaben. Ich hatte nicht die Absicht, ihnen die Kraft zu rauben, die nötig war, um ein Gespräch mit zwei Detectives durchzustehen.

Zum Schluss fragte ich sie, ob wir uns Timothys Zimmer ansehen durften.

Wir folgten den beiden durch die Küche und eine dahinter liegende Waschküche und gelangten in den ehemaligen Dienstmädchentrakt. Er besaß einen separaten Zugang vom hinteren Flur her und bestand aus einem Zimmer mit angeschlossenem kleinem Bad – klein, aber sehr abgeschieden.

»Wir haben nichts angerührt«, sagte Mr. O'Neill und fügte dann fast schon zärtlich hinzu: »Sie sehen ja, was für ein Schmutzfink er ist.«

Mein erster Gedanke war, dass Unordnung ein gutes Mittel ist, um etwas zu verstecken. An jeder erdenklichen Stelle lagen Sachen herum, auch auf dem Boden. Timothy war vermutlich nie richtig erwachsen geworden.

Überall stapelten sich Klamotten – auf dem Bett, auf dem Schaukelstuhl, auf dem Schreibtisch. Etliche Jeans und T-Shirts, aber auch eine Menge sehr kostspielig wirkender Sachen. Das Einzige, das er anscheinend auf Kleiderbügel gehängt hatte, waren eine Auswahl an Anzügen und Jacketts sowie drei Ledermäntel, zwei von Polo und einer von Hermès.

Dann entdeckte ich die Stecknadel im Heuhaufen. Sampson und ich hatten schon rund eine Viertelstunde lang herumgesucht, da fand ich in einer der Jackettaschen einen Zettel.

Darauf war eine zehnstellige Buchstabenreihe notiert, genau wie die in Carolines Terminkalender. Diese hier lautete AFIOZMBHCP.

Ich hielt Sampson den Zettel hin. »Da, schau dir das mal an, John.«

Mrs. O'Neill betrat das Zimmer. Sie hatte vor der Tür gewartet. »Was haben Sie gefunden? Bitte, sagen Sie's uns.«

»Es könnte sich um eine Telefonnummer handeln, aber so genau weiß ich das nicht«, erwiderte ich. »Timothy hat nicht zufällig sein Handy hiergelassen, oder?«

»Nein, das Ding hatte er wirklich ständig bei sich, Tag und Nacht. Ich meine, wer nicht, heutzutage?«

Sie versuchte ein müdes Lächeln, und ich versuchte es ebenfalls, aber es war nicht leicht. Ich musste immerzu daran denken, dass die Wahrscheinlichkeit auf ein Wiedersehen mit Timothy mit einem Mal sehr gering geworden war.

15

Seitdem er von dem Streifenwagen auf der I-95 angehalten worden war, hatte Johnny Tucci sich an einen strikten Überlebensplan gehalten. Zunächst einmal war er nie länger als zwei Tage am Stück in dieselbe Richtung gereist und hatte sich nirgendwo länger als vierundzwanzig Stunden lang aufgehalten. Und wenn dieses dürre Mädchen an der Kasse des 7-Eleven in Cuttingsville nicht so ein williges, junges Ding gewesen wäre oder wenn er wenigstens noch gewusst hätte, wann er das letzte Mal eine Frau flachgelegt hatte, dann wäre er wahrscheinlich schon längst über alle Berge gewesen.

Wäre, könnte, müsste, dachte er.

Er war gerade mitten in der zweiten Runde mit der Kassiererin, als die schmächtige Tür von Zimmer Nummer 5 des Park-It-Motel sich öffnete. Zwei Männer in grauen Anzügen spazierten herein, als ob sie einen Schlüssel hatten oder so. Wie hatten sie die Tür bloß aufgekriegt? Na ja, egal. Jetzt waren sie jedenfalls drin.

Johnny sprang auf und schnappte sich eine Decke, um seine Blöße zu bedecken. Das Mädchen ebenfalls. Liz? Lisl?

»Johnny Tucci? *Der* Johny Tucci?«

Einer der Eindringlinge – der, der geredet hatte – war weiß, der andere ein Latino. Brasilianer vielleicht? Johnny hatte keine Ahnung, wer die beiden waren, aber er wusste ganz genau, wieso sie in dieses Motel gekommen waren. Trotzdem, er tat, was er konnte. »Ihr seid im falschen Zimmer, Mann. Hab noch nie was von einem John Wie-auch-immer gehört. Und jetzt verzieht euch, bitte!«

Der Latino schoss, noch bevor Johnny die Waffe gesehen

hatte. Er zuckte gewaltig zusammen und hätte beinahe einen Herzinfarkt bekommen. Als er sich umdrehte, lehnte das Mädchen schielend am Kopfbrett des Bettes. Aus einem Loch in ihrer Stirn sickerte Blut auf ihre Nase und tropfte von dort auf ihre Brüste.

»Großer Gott!« Johnny fiel eher vom Bett, als dass er aufstand, und rutschte dann im Krebsgang in eine Zimmerecke. Noch nie im Leben hatte jemand auf ihn geschossen.

»Neuer Versuch. Johnny Tucci?«, sagte der weiße Typ. »*Der* Johnny Tucci?«

»Ja. Ja. *Okay!*« Er hatte die Hände gehoben. Mit der einen schirmte er seinen Blick ab, damit er das tote und blutende Mädchen neben sich nicht sehen musste. »Wie habt ihr mich gefunden? Was wollt ihr? Warum habt ihr sie umgebracht?«

Die beiden Typen schauten einander an, dann lachten sie ihn aus.

Die gehörten offensichtlich nicht zur Familie. Dazu waren sie zu »weiß«, auch der Dunkle. »Was seid ihr denn für Typen, verdammt noch mal? CIA oder was?«

»Viel schlimmer, John. Wir waren mal bei der DEA. *Früher*. Aber mittlerweile haben wir deutlich weniger Papierkram, wenn du verstehst, was ich meine.«

Da war sich Johnny ziemlich sicher. Sie würden kein Protokoll darüber anfertigen, was der armen Liz oder Lisl zugestoßen war. Was hätte da auch drin stehen sollen? Dass sie aus ihrer Muschi eine Waffe gezogen hatte?

Der Weiße kam nun mit ein paar schnellen Schritten auf ihn zu und verpasste ihm einen satten Tritt in die Lenden. »Das heißt aber nicht, dass wir gerne unsere Zeit damit vertrödeln, irgendwelchem jämmerlichen Abschaum wie dir hinterherzulaufen. Also los jetzt. Zieh deine Hose an.«

»Ich … kann nicht. Wo gehen wir hin?« Johnny wurde einfach zusammengeklappt, die Hände im Schoß, und wünschte sich nichts sehnlicher, als kotzen zu können. Es fühlte sich an, als würde sein Magen nach außen gestülpt. »Er… erschießt mich doch einfach, dann haben wir's hinter uns.«

»Ja, das hättest du wohl gerne, stimmt's? Deiner kleinen Freundin in die ewigen Jagdgründe hinterherreiten. Aber ich fürchte, so einfach wird es nicht werden, mein Freund.«

Die beiden Typen wickelten ihn in ein Bettlaken. Sie packten es an allen vier Ecken und verknoteten sie fest miteinander. Johnny konnte nicht mal die Pfoten von seinem Schwanz nehmen und irgendetwas unternehmen. Dann schleiften sie ihn zur Tür hinaus wie einen Sack Schmutzwäsche.

Wenn er die Luft dazu gehabt hätte, dann hätte Johnny Tucci jetzt angefangen zu schreien, denn genau in diesem Augenblick war ihm klar geworden, wohin sie fuhren und was als Nächstes passieren würde.

16

Als Carolines Mutter ihren schwarzen Chevrolet Suburban auf den Parkplatz des Rock Creek Cemetery lenkte, war das unsere erste Begegnung seit über zwanzig Jahren. Wir hatten zwar schon am Telefon über die Bestattungsformalitäten gesprochen, aber jetzt, wo es so weit war, wusste ich nicht, was ich erwarten, und erst recht nicht, was ich sagen sollte.

Ich machte ihr die Wagentür auf. »Michelle, hallo.«

Sie sah immer noch so aus, wie ich sie in Erinnerung hatte, immer noch schön, dieselben wilden Haare, wenn auch mittlerweile mit etlichen grauen Strähnen, die halbwegs gebändigt als Zopf über ihre Schultern hingen.

Aber ihre Augen, die waren anders. Sie waren immer so lebendig gewesen. Ich sah, dass sie geweint hatte, aber jetzt nicht mehr. Ihre Augen waren trocken, rot gerändert und sehr, sehr müde.

»Ich habe vergessen, wie sehr du ihm ähnlich siehst«, sagte sie.

Sie meinte Blake. Er und ich waren immer eindeutig als Brüder zu erkennen gewesen, zumindest in körperlicher Hinsicht, vor allem im Gesicht. Blake war auch hier auf dem Friedhof von Rock Creek beerdigt.

Ich reichte ihr meinen Arm und war etwas verblüfft, als sie ihre Hand darauflegte. Wir machten uns auf den Weg zur St.-Pauls-Kirche, der Rest der Familie dicht hinter uns.

»Michelle, ich wollte dir noch sagen, dass ich selbst die Ermittlungen wegen Carolines Tod leite. Falls du irgendetwas von mir brauchst …«

»Ich brauche nichts, Alex.«

Ein schneller Satz, eine einfache Tatsache. Als sie weitersprach, zitterte ihre Stimme ein wenig. »Ich lege jetzt mein Baby ins Grab…« Sie unterbrach sich und holte einmal tief Luft. »Und dann fahre ich zurück nach Providence, nach Hause. Mehr schaffe ich im Augenblick beim besten Willen nicht.«

»Du musst das alles nicht alleine durchstehen. Du kannst bei uns wohnen. Nana und ich würden uns freuen. Ich weiß, es ist lange her…«

»Lange her, seitdem du dich von deinem Bruder abgewandt hast.«

Also das war es. Ein zwanzig Jahre altes Missverständnis, einfach so ausgesprochen.

Blakes Sucht hatte am Schluss von seinem gesamten Leben Besitz ergriffen. Er hatte den Kontakt mit mir abgebrochen, als ich ihm unmissverständlich deutlich gemacht habe, dass er sich endlich einer Entziehungskur unterziehen musste, aber ganz offensichtlich hatte er Michelle etwas anderes erzählt. Sie war damals ebenfalls heroinsüchtig gewesen, sogar schon während der Schwangerschaft mit Caroline.

»Ehrlich gesagt, war es genau andersrum«, erwiderte ich so behutsam wie möglich.

Zum ersten Mal wurde sie lauter. »Ich kann nicht, Alex! Ich kann dieses Haus nicht wieder betreten, also bitte lass mich.«

»Aber natürlich kannst du.«

Wir drehten uns um. Das war Nanas Stimme. Bree, Jannie und Ali waren auch da, hatten sich links und rechts von Nana aufgebaut, ihre Ehrenwache, ihre Beschützer.

Dann ging sie auf Michelle zu und nahm sie in die Arme.

»Wir haben dich und Caroline schon vor langer Zeit aus dem Blick verloren, und jetzt haben wir sie endgültig verloren.

Aber du gehörst immer noch zu unserer Familie. Und so wird es auch immer bleiben.«

Nana trat wieder zurück und legte Jannie eine Hand auf die Schulter. »Janelle, Ali, das ist eure Tante Michelle.«

»Mein herzliches Beileid«, sagte Jannie.

Nana fuhr fort. »Was immer vor dem heutigen Tag geschehen ist, was immer morgen geschehen wird, alles das spielt jetzt überhaupt keine Rolle.« Ihre Stimme wurde weicher, gefühlvoller, und ich registrierte die eine oder andere Andeutung ihres baptistischen Südstaatenerbes. »Wir sind hierhergekommen, um mit aller Liebe, die wir in unseren Herzen tragen, Carolines zu gedenken. Erst, wenn wir uns von ihr verabschiedet haben, kümmern wir uns wieder um andere Dinge.«

Michelle wirkte unentschlossen. Sie sah uns einen nach dem anderen an, ohne ein Wort zu sagen.

»Also gut, dann«, sagte Nana. Sie klopfte sich ein paarmal auf die Brust. »Oh, Gott, diese ganze Trauer schlägt mir wirklich aufs Gemüt. Michelle, hakst du dich bei mir ein, bist du so nett?«

Ich wusste, dass auch Nana das Herz brach. Caroline war ihre Enkelin gewesen, auch wenn sie sie nie richtig gekannt hatte, aber jetzt war sie für immer tot. Und hier war jemand, der ihre Hilfe benötigte. *Vielleicht ist es das,* dachte ich. Manchmal besteht die beste oder die einzige Möglichkeit, der Toten zu gedenken, darin, sich der Lebenden anzunehmen.

17

Michelle flog noch am selben Abend zurück nach Rhode Island. Ich brachte sie persönlich zum Flughafen, nicht ohne ihr meine Telefonnummern mitzugeben und ihr zu sagen, dass ich mich sehr freuen würde, wenn sie sich bei uns meldete… sobald sie so weit war.

Am nächsten Morgen stürzte ich mich sofort wieder auf die Untersuchung des bestialischen Mordes an Michelles Tochter und vielleicht noch anderen.

Nach der Ankunft im Büro beschäftigte ich mich als Erstes mit den Telefonnummern, die wir in Carolines Wohnung und in Timothy O'Neills Schlafzimmer gefunden hatten.

Falls ich selbst nicht weiterkam, konnte ich immer noch das FBI um Hilfe bitten, aber ich hatte so eine Ahnung, was diese Nummern anging. Falls es irgendeinen Code gab, mit dem man sie entschlüsseln konnte, dann musste er so gestaltet sein, dass Caroline oder Timothy O'Neill ihn regelmäßig selbst anwenden konnten. Ich hätte wetten können, dass ich da auch alleine dahinterkam.

Zunächst einmal schrieb ich alle Buchstabenketten, die ich schon hatte, auf ein Blatt Papier, um meinen Geist schon mal ein bisschen in Schwung zu bringen.

Eine simple Übertragung der Buchstaben in Zahlen von eins bis sechsundzwanzig ergab wenig Sinn, da alles ab J beziehungsweise 10 auf der Telefontastatur nicht vorkam. Aber wenn die Tastatur selbst der Schlüssel war?

Ich klappte mein Handy auf und schrieb das ab, was ich sah.

ABC – 2
DEF – 3
GHI – 4 (I=0?)
JKL – 5
MNO – 6 (O=0?)
PQRS – 7
TUV – 8
WXYZ – 9

Den Tasten eins und null waren keine Buchstaben zugewiesen, doch das I und das O erschienen mir als naheliegender Ersatz.

Damit blieben für die Vier immer noch G und H, für die Sechs M und N.

Als ich mithilfe dieses Systems die erste Buchstabenkette BGEOGZAPMO entschlüsselte, bekam ich die Nummer 2430492760. Die ersten drei Zahlen mussten die Vorwahl sein. Ich googelte die 243, doch die kam im Vorwahlverzeichnis nicht vor.

Es war noch zu früh, um die Idee ganz fallen zu lassen, und so spielte ich noch ein bisschen länger damit herum. Ich übersetzte meine ganze Liste in das Zahlensystem und reihte sie in einer Spalte untereinander auf. Vielleicht fiel mir ja etwas auf.

Und genauso war es auch. Fast die Hälfte aller Nummern begann mit einer *Zwei*.

Von da war es nicht mehr weit bis zu der Erkenntnis, dass alle diese Nummern an der vierten Stelle eine Null und an der siebten wieder eine Zwei besaßen.

Die Vorwahl von Washington lautet 202.

Ich wandte mich wieder der ersten Nummer zu und unterstrich.

2430492760

So langsam fügte sich etwas zusammen. Als ich mir die gleichen Positionen bei den Nicht-202-Nummern anschaute, ergaben sie alle bis auf drei entweder 703 oder 301, zwei Regionen in Virginia beziehungsweise Maryland und beide dicht bei Washington.

Die letzten drei Vorwahlnummern gehörten zu Anschlüssen in Florida, South Carolina und Illinois – auswärtige Klienten vermutlich.

Wieder wandte ich mich der ersten Reihe zu. Wenn die Positionen eins, vier und sieben die Vorwahl bildeten, wäre es dann nicht logisch, auf den Positionen zwei, fünf und acht die Unterbezirke zu vermuten? Ich fing wieder an zu kritzeln:

2430492760 = 202
2430492760 = 447
2430492760 = 3960
202-447-3960

Nächste Frage: War 447 tatsächlich ein Unterbezirk des Telefonnetzes von Washington, D. C.? Ich griff nach dem Telefonbuch und fand die Bestätigung.

So langsam hatte ich das Gefühl, als könnte das der erste gute Tag meiner Ermittlungen werden. Ein sehr guter Tag.

Sobald alle Nummern, die ich bis jetzt beisammenhatte, entschlüsselt waren, rief ich eine gute Freundin bei der Telefongesellschaft an, Esperanza Cruz. Ich wusste, dass die Rückwärtsverzeichnisse, die wir bei der Arbeit benutzten, nur die Nummern aus dem öffentlichen Telefonverzeichnis enthielten. Esperanza brauchte vielleicht fünfzehn Sekunden, dann hatte sie den ersten Eintrag entdeckt.

»Okay, jetzt machst du mich aber neugierig«, sagte sie. »Das ist die Geheimnummer von Ryan Willoughby. Was hat er denn angestellt? Abgesehen davon, dass er ein wahnsinniger Langweiler ist?«

Ich war überrascht, aber keineswegs schockiert. Ryan Willoughby moderierte die Sechs-Uhr-Nachrichten bei einem lokalen Fernsehsender im Großraum Washington.

»Esperanza, wenn du und ich tatsächlich diese Unterhaltung führen würden, dann könnte ich es dir erzählen, aber da wir heute kein einziges Wort miteinander gewechselt haben…«

»Ja, ja, ja, das kenn ich zur Genüge, Alex. Wie lautet die nächste Nummer?«

Wenige Minuten später hatte ich fünfzehn Namen beisammen. Sechs davon kannte ich, unter anderem ein Kongressabgeordneter, ein Footballprofi und der Vorstandsvorsitzende einer sehr angesehenen Energieberatungsfirma aus der Stadt. Die ganze Angelegenheit fing langsam an, Blasen zu werfen, und das war nicht gut. Als ich darüber nachdachte, woher diese Männer Caroline gekannt hatten, wurde mir übel, richtiggehend körperlich schlecht.

Als Nächstes wählte ich Brees Nummer. Sie erkannte noch zwei weitere Namen. Einer war Teilhaber bei Brainard & Truss, einer politischen Beratungsagentur auf dem Capitol Hill, und Randy Varrick, der Pressesprecher des Bürgermeisters, stellte sich als Pressesprecherin heraus.

»Hier wird es bald ganz schön hässlich zugehen«, sagte Bree. »Das sind alles Leute mit hervorragenden Beziehungen, und ich fürchte, die werden sich mit allen Mitteln zur Wehr setzen.«

»Sollen sie doch«, erwiderte ich. »Wir sind darauf vorbereitet. Weißt du was? Den Ersten nehme ich mir auf der Stelle zur Brust. Höchstpersönlich.«

18

Leute mit hervorragenden Beziehungen, und allem Anschein nach waren viele von der Sorte in die Angelegenheit verwickelt. Worum ging es hier überhaupt, und wie hing das Ganze mit dem Tod von Caroline Cross zusammen? Wo würden unsere Ermittlungen uns noch hinführen?

Ich brauchte keine Viertelstunde für den Weg vom Daly Building in der Indiana Avenue bis zum Studio von Channel Nine oben in der Wisconsin Avenue. Bei meiner Ankunft war ich kein bisschen ruhiger geworden. Mithilfe meiner Dienstmarke passierte ich den Wachposten im Foyer und gelangte zu einem Empfangsschalter im dritten Stock. An der Wand hinter der Empfangsdame hingen eine riesige Neun und dazu große Porträts ihres Moderatorenteams.

Ich zeigte ihr meinen Ausweis und deutete auf die Wand. »Ich suche *den* da.«

Sie drückte auf eine Taste, ohne mich eine Sekunde lang aus den Augen zu lassen. »Judy? Hier ist jemand von der Polizei, der möchte Ryan sprechen.«

Sie legte die Hand über die Sprechmuschel und fragte mich: »Worum geht es denn?«

»Richten Sie ihm aus, dass ich das liebend gerne jedem erzähle, der es hören will, wenn ich ihm nicht spätestens in zwei Minuten gegenübersitze.«

Ungefähr neunzig Sekunden später geleitete man mich an der Rezeption und dem Eingang zum Nachrichtenstudio vorbei in einen Büroflur im hinteren Teil des Gebäudes. Ryan Willoughby erwartete mich bereits. Er sah aus, als hätte er seine Krawatte ein bisschen zu fest gebunden. Ich hatte ihn

Dutzende Male im Fernsehen gesehen, aber jetzt war von seinem glatt polierten, blonden Charme weit und breit nichts zu erkennen.

»Was, zum Teufel, soll denn das?«, sagte er, nachdem er die Tür hinter mir zugemacht hatte. »Sie kommen hier reingestürmt und machen einen Aufstand wie Eliot Ness oder Rudolph Giuliani damals, als er noch bei der Staatsanwaltschaft war.«

Ich hielt ihm ein Foto von Caroline hin. »Es geht um diese Frau«, sagte ich so ruhig, wie es mir nur irgend möglich war.

Es dauerte eine Sekunde, dann sah ich einen Blitz der Erkenntnis über sein Gesicht huschen. Genauso blitzartig war sie wieder verschwunden. Er war schlauer, als er aussah.

»Hübsches Mädchen. Wer ist das?«

»Wollen Sie damit sagen, dass Sie sie noch nie zuvor gesehen haben?«

Er lachte misstrauisch, und der Nachrichtensprecher machte sich in seiner Stimme bemerkbar. »Soll ich mir etwa einen Anwalt nehmen?«

»Wir haben Ihre Telefonnummer in der Wohnung dieser jungen Frau gefunden. Sie wurde ermordet.«

»Das tut mir leid. Aber viele Menschen haben meine Telefonnummer. Die ist leicht zu finden.«

»Viele Callgirls?«, hakte ich nach.

»Hören Sie, ich weiß zwar nicht, was Sie von mir wollen, aber es handelt sich hier ganz offensichtlich um ein Missverständnis.«

Wie immer sich der Kerl in der Öffentlichkeit präsentieren mochte, für mich war er im Augenblick nichts weiter als ein Stück Dreck. Es war ihm eindeutig vollkommen gleichgültig, was mit Caroline geschehen war.

»Sie war erst vierundzwanzig«, sagte ich.

Ich hielt ihm erneut das Bild vor die Nase.

»Irgendjemand hat Stücke von ihr abgebissen. Wahrscheinlich wurde sie vor ihrer Ermordung auch noch vergewaltigt. Dann hat man ihren Körper in einen Häcksler gestopft. Das, was von ihr übrig war – ihre sterblichen Überreste –, haben wir in einem Plastiksack im Auto eines Mafia-Gangsters gefunden.«

»Was wollen Sie … Warum erzählen Sie mir das? Ich kenne das Mädchen doch gar nicht.«

Ich blickte auf meine Armbanduhr. »Ich biete Ihnen hiermit einen Deal an, Ryan. Das Angebot gilt genau dreißig Sekunden lang, ab jetzt. Sie verraten mir, wie der Kontakt zu ihr zustande gekommen ist, und zwar jetzt sofort. Dann streiche ich Ihren Namen aus meinen Ermittlungsunterlagen. Es sei denn, Sie haben sich etwas Schlimmeres zuschulden kommen lassen als nur Förderung der Prostitution.«

»Soll das eine Drohung sein?«

»Zwanzig Sekunden.«

»Selbst, wenn ich den Hauch einer Ahnung hätte, wovon Sie da reden, woher weiß ich, dass Sie derjenige sind, als der Sie sich ausgeben?«

»Wissen Sie nicht. Fünfzehn Sekunden.«

»Ich bitte um Verzeihung, Detective, aber scheren Sie sich zum Teufel.«

Ich ballte eine Hand zur Faust, konnte mich aber gerade noch beherrschen. Willoughby zuckte zusammen und wich ein Stück zurück.

»Verschwinden Sie aus meinem Büro, sonst lasse ich Sie hinauswerfen.«

Ich wartete ab, bis die dreißig Sekunden abgelaufen waren.

»Ich sehe Sie dann in den Nachrichten«, sagte ich. »Aber nicht als Sprecher, das können Sie mir glauben.«

19

Die dichten, altehrwürdigen Wälder Virginias umschlossen die Hütte von Remy Williams in einem Umkreis von gut dreißig Kilometern und isolierten ihn von praktisch allen anderen Dingen dieser Welt. Es war eine unberührte Wildnis, die ihm so viel Abgeschiedenheit bot, wie er sich nur wünschen konnte. Hier draußen konnte man die ganze Nacht lang brüllen, ohne dass einen jemand hörte.

Nicht, dass hier draußen jemals viel gebrüllt oder sonst wie Theater gemacht würde. Remy war ein großer Freund der Effektivität und das, was er machte, machte er gut.

Entsorgung.

Was er aber gar nicht mochte, das waren Überraschungen – wie zum Beispiel die hellen Scheinwerferlichter, die kurz nach Einbruch der Dunkelheit über das Fenster seiner Hütte strichen.

Nur wenige Sekunden später war er mit einer seiner drei Remington 870 zur Hintertür hinausgeschlüpft. Genau aus diesem Grund hatte er die Gewehre hier deponiert – ungebetene Besucher. Er huschte an die Seite der Hütte und legte sich auf die Lauer, mit optimaler Sicht auf die dunkle Limousine, die jetzt vor seiner Behausung anhielt.

Es war ein Pontiac, schwarz oder dunkelblau.

Zwei Männer stiegen aus. »Ist jemand da?«, rief einer der beiden. Die Stimme kam ihm bekannt vor, aber Remy behielt die Remington trotzdem im Anschlag.

»Was wollt ihr hier?«, rief er den beiden zu. »Niemand hat euch angekündigt.«

Ihre Schatten wandten sich in seine Richtung. »Nur die Ruhe, Remy. Wir haben ihn gefunden.«

»Lebt er?«

»Noch.«

Gemächlich kam Remy nach vorn zur Eingangsterrasse und tauschte das Gewehr gegen eine Batterielaterne. Er schaltete sie ein.

»Was ist mit der anderen? Dem Mädchen, das abgehauen ist?«

»Ist noch in Arbeit«, sagte der Freche, der weiße Kerl. Remy wusste nicht, wie sie hießen, und wollte es auch gar nicht wissen. Aber ihm war klar, dass der Latino der Schlauere der beiden war, und der Gefährlichere. Schweigsam, aber tödlich.

Er ging um den Wagen herum zum Kofferraum und klopfte mit der Laterne darauf.

»Aufmachen.«

20

Der junge Mistkerl im Kofferraum war nackt wie ein Neugeborenes, halb eingewickelt in ein schmutziges Bettlaken und mit einer doppelten Lage Klebeband über dem Mund. Sobald er Remy sah, fing er an zu zappeln und zu strampeln, als ob es irgendwo in diesem Kofferraum eine Ecke gab, in die er sich verkriechen konnte.

»Warum hat er denn nichts an, verdammt noch mal? Was soll denn das?«

»Als wir ihn gefunden haben, hat er gerade ein Mädchen gebumst.«

»Und sie…«

»Haben wir erledigt.«

»Aaaach, ihr hättet sie auch mitbringen sollen, zur Sicherheit.«

Remy wandte sich wieder dem Bürschchen zu, das mittlerweile ganz ruhig geworden war, abgesehen von seinen Augen. Die waren ständig in Bewegung.

»Unsere lustige, kleine Rennmaus, was?«

Er packte das Kerlchen, hievte es heraus und drehte es um, sodass es den zwanzig Jahre alten Baumhäcksler im Scheinwerferlicht sehen konnte.

»Na gut, du weißt ja, wieso du hier bist, also will ich mich nicht lange mit irgendwelchen Details aufhalten«, sagte er. »Ich habe nur eine einzige Frage an dich, aber ich will, dass du dir ganz genau überlegst, was du sagst. Hast du jemals mit irgendjemandem über diesen Ort hier gesprochen? Denk scharf nach!«

Das Bürschchen schüttelte den Kopf, viel öfter, als es eigentlich notwendig gewesen wäre … *nein, nein, nein, nein, nein.*

»Du würdest mich doch ganz bestimmt nicht anlügen, oder? Schon gar nicht jetzt. Bist du dir wirklich ganz sicher, mein Junge?«

Der Kopf wechselte die Richtung und machte jetzt *ja, ja, ja.*

Remy brach in lautes Lachen aus. »Habt ihr gesehen? Er sieht aus wie so ein dämlicher Wackeldackel auf der Hutablage.« Er ging in die Knie, damit er auf Augenhöhe mit dem Jungen war, und nahm seinen Kopf zwischen die Hände. Dann fing er an, ihn nach oben und unten zu bewegen, nach links und rechts, und dabei lachte er die ganze Zeit.

»Ja, ja, ja … nein, nein, nein … ja, ja, ja …«

Und dann, urplötzlich, riss er den Kopf mit einer ruckartigen Bewegung nach hinten. Ein lautes Knacken ertönte, und er ließ den Jungen wie ein kaputtes Spielzeug zu Boden fallen.

»Das war alles? Damit du ihm den Hals brechen kannst?«, sagte einer der beiden anderen. »Darum sollten wir ihn lebend hier anschleppen?«

»Aaach, war doch alles beeesteeens«, erwiderte Remy und ließ seinen Akzent noch ein bisschen breiter werden. »So was mach ich immer nach Gefühl.« Sie schüttelten beide den Kopf, als hielten sie ihn für einen ignoranten Südstaatentrottel. Remy fasste das als Kompliment für seine schauspielerischen Fähigkeiten auf.

»He, ihr zwei, wollt ihr vielleicht noch auf ein Gläschen hierbleiben? Ich hab da hinten ein paar richtig gute Flaschen stehen.«

»Wir müssen los«, erwiderte der dunkelhäutige Geist. »Danke für das Angebot. Ein andermal vielleicht, Denny.«

»Wie ihr wollt. No problema.«

In Wirklichkeit war auf seinem ganzen Grundstück kein einziger Tropfen Alkohol zu finden. Remy trank nur Wasser aus der Flasche, das er kistenweise einkaufte, sowie den Eistee, den er sich manchmal selbst daraus zubereitete. Alkohol war Gift für den Körper. Aber sollten diese scheinheiligen Volltrottel doch von ihm denken, was sie wollten.

Typische Regierungsbeamte, diese beiden, wie sie gleichzeitig alles und nichts sahen. Wenn sie ein bisschen besser aufpassen würden, dann wüssten sie, wann sie auf die Probe gestellt wurden und mit wem sie es zu tun hatten.

»Noch was«, sagte er dann. »Keine Fremden mehr.« Er stieß den toten Jungen mit dem Fuß an. »Hat sich nicht so besonders bewährt, versteht ihr? Ich übernehm ab jetzt die Entsorgung, und mit dem da fang ich an.«

»Einverstanden. Er gehört dir.«

Sie fuhren ohne Abschiedsgruß davon. Remy winkte ihnen nach und wartete so lange ab, bis das Auto nicht mehr zu hören war. Dann machte er sich an die Arbeit.

Das Bürschchen bestand nur aus Haut und Knochen, und er brauchte nicht mehr Schnitte als bei einem Mädchen, um ihn fertig zu machen. Zwei an den Knien, zwei an den Hüften, zwei an den Schultern, einen am Hals. Dann zog er die Klinge noch einmal der Länge nach über seinen dürren, schmalen Oberkörper. Mit dem Messer war die Schweinerei vielleicht größer als mit der Kettensäge oder dem Beil, aber Remy hatte es gern, wenn es spritzte. Immer schon.

Als das erledigt war, dauerte es nur noch zehn Minuten, um den Flitzer aus Philly durch die Maschine zu schicken und in einem Plastiksack zu verstauen. Er wunderte sich jedes Mal wieder, wie leicht diese Säcke waren … als würde mehr als nur ein bisschen Schaum und Fasern im Häcksler bleiben.

Er holte eine Schaufel und eine Taschenlampe aus der Hütte und warf den Sack in eine Schubkarre. Dann machte er sich auf den Weg in den Wald. Die Richtung spielte keine Rolle. Ganz egal, wohin er dieses Bürschchen brachte, er würde jedenfalls für immer verschwinden.

»Niemand wird je wieder was von dir hören oder sehen«, murmelte Remy vor sich hin. Er nickte, dann schüttelte er den Kopf und fing an zu lachen. »Nein. Nein. Nein. Nein. Niemals. Nein. Nein. Nein. Nein.«

21

Ein lauter, dumpfer Schlag ließ mich mitten in der Nacht aufschrecken. Im Erdgeschoss war irgendetwas auf den Boden gefallen und kaputt gegangen. Da war ich mir so gut wie sicher.

Ich warf einen Blick auf den Wecker. Es war kurz nach halb fünf. »Hast du das gehört?«

Bree hob den Kopf. »Was denn gehört? Ich bin gerade erst aufgewacht. Falls ich überhaupt wach bin.«

Ich war schon aufgestanden und schlüpfte in meine Jogginghose.

»Alex, was ist denn?«

»Ich weiß nicht. Ich gehe mal nachsehen. Bin gleich wieder da.«

In der Mitte der Treppe blieb ich stehen und lauschte, aber es wirkte alles ruhig. Draußen am Himmel war das erste Blau zu erkennen, aber im Haus war es immer noch dunkel.

»Nana?« Meine Stimme war kaum lauter als ein Flüstern.

Ich bekam keine Antwort.

Bree war jetzt auch aufgestanden und stand auf der obersten Treppenstufe, nur wenige Meter entfernt. »Ich bin da.«

Als ich unten im Flur ankam, konnte ich direkt bis in die Küche sehen.

Die Kühlschranktür stand offen. Es drang gerade so viel Licht heraus, dass ich Nana auf dem Boden liegen sehen konnte. Sie rührte sich nicht.

»Bree! Schnell, die Notrufnummer.«

22

Nana lag auf der Seite. Sie trug ihren alten Lieblingsbademantel und Hausschuhe. Die Splitter einer Glasschüssel waren überall auf dem Boden verstreut, und ihr Gesicht war verzerrt, als hätte sie bei ihrem Sturz schreckliche Schmerzen erlitten.

»Nana! Hörst du mich?«, sagte ich, noch während ich in die Küche eilte.

Ich kniete mich neben sie und tastete nach ihrem Puls.

Er war schwach, aber er war da. Mein eigener Puls raste wie wahnsinnig.

Bitte nicht. Nicht jetzt. Nicht so.

»Alex, hier!« Bree kam herein und gab mir das Telefon.

»Hier neun-eins-eins. Welchen Notfall wollen Sie melden?«

»Meine Großmutter ist gerade eben zusammengebrochen. Ich habe sie bewusstlos auf dem Boden gefunden.« Mein Blick strich suchend über ihr Gesicht, ihre Arme und Beine. »Ich kann keine äußeren Verletzungen erkennen, aber ich weiß nicht, was womöglich kurz vor dem Sturz passiert ist. Der Puls ist sehr schwach.«

Bree nahm die Küchenuhr zu Hilfe und versuchte, Nanas Puls zu messen, während ich der Notrufzentrale meinen Namen und Adresse durchgab.

»Ich schicke sofort einen Notarztwagen los, Sir. Bitte versichern Sie sich, ob sie noch atmet, aber versuchen Sie, sie nicht zu bewegen. Es ist möglich, dass sie sich bei dem Sturz die Wirbelsäule verletzt hat.«

»Ich verstehe. Ich rühr sie nicht an. Einen Moment bitte.«

Nanas Gesicht lag dicht über dem Boden. Ich beugte mich

nach unten und hielt ihr meinen Handrücken vor den Mund. Zunächst – es kam mir vor wie eine Ewigkeit – merkte ich gar nichts, doch dann spürte ich einen leisen Lufthauch.

»Sie atmet, aber nur sehr schwach«, sagte ich ins Telefon.

Aus Nanas Brustkorb drang ein leises Rasseln.

»Bitte, beeilen Sie sich. Ich glaube, sie stirbt!«

23

Unter telefonischer Anleitung der Notrufzentrale führte ich einen sogenannten »modifizierten Unterkiefergriff« durch, um Nana die Atmung zu erleichtern. Das Ganze war ein einziger, surrealer Albtraum, wie ich ihn mir schlimmer nicht hätte ausmalen können. Ich packte ihren Unterkiefer und schob ihn nach vorn und gleichzeitig nach oben. Dabei sorgte ich mit dem Daumen dafür, dass ihre Lippen geöffnet blieben.

Ihr Atem wurde ein wenig kräftiger, ging allerdings immer noch sehr unregelmäßig.

Dann hörte ich hinter mir Alis Stimme, leise und verängstigt. »Warum liegt Nana auf dem Boden? Was ist denn passiert, Daddy?«

Er stand in der Küchentür und hielt sich am Türrahmen fest, als wollte er auf keinen Fall einen Fuß in die Küche setzen.

Bree legte ihre Hand auf meine, die an Nanas Wange lag. »Ich hab sie«, sagte sie, und ich wandte mich Ali zu.

»Nana geht es nicht gut, sie ist gestürzt. Das ist alles«, erklärte ich ihm. »Gleich kommt der Notarztwagen und bringt sie ins Krankenhaus.«

»Muss sie sterben?«, wollte Ali wissen, während ihm die Tränen in die Augen schossen.

Ich gab keine Antwort, sondern nahm ihn fest in den Arm. So standen wir beide in der Türöffnung zwischen Flur und Küche. Ich konnte Nana jetzt auf keinen Fall alleine lassen. »Wir bleiben einfach hier und denken ganz fest daran, wie doll wir Nana lieb haben. Okay?«

Ali nickte langsam, ohne den Blick von ihr zu wenden.

»Daddy?«

Ich drehte mich um und sah Jannie im Flur stehen. Sie wirkte noch schockierter und verängstigter als ihr Bruder. Ich winkte sie zu uns, und dann warteten wir alle gemeinsam auf die Ankunft des Notarztwagens.

Schließlich hörten wir draußen die Sirene. Es war merkwürdig, aber irgendwie schien dadurch alles noch schlimmer zu werden.

Die Sanitäter prüften Nanas Vitalfunktionen und gaben ihr Sauerstoff.

»Wie heißt die Patientin?«, wollte einer der beiden wissen.

»Regina.« Das Wort blieb mir fast im Halse stecken. Regina bedeutet »Königin«, und genau das ist sie auch – unsere Königin.

»Regina! Können Sie mich hören?« Der Sanitäter drückte ihr mit den Fingerknöcheln auf das Brustbein, aber sie rührte sich nicht. »Keine Schmerzreaktion. Wir sollten den Herzrhythmus prüfen.«

Sie stellten mir noch ein paar Fragen, ohne ihre Arbeit zu unterbrechen. Ob sie regelmäßig Medikamente nahm? Ob ihr Zustand sich seit unserem Anruf bei der Notrufzentrale verändert hatte? Ob es bei ihr oder in der Familie schon öfter Herzprobleme gegeben hatte?

Die ganze Zeit hatte ich den Arm um Ali gelegt, um ihn spüren zu lassen, dass ich da war, aber auch, um mich spüren zu lassen, dass er da war. Auch Jannie wich nicht von meiner Seite.

Binnen weniger Minuten hatten die Sanitäter sie an eine Infusion mit Kochsalzlösung angeschlossen. Dann legten sie ihr eine Halskrause an und hoben sie auf ein Wirbelsäulenbrett. Jetzt endlich drückte Jannie sich leise schluchzend mit dem Gesicht an mich.

Dadurch fing auch Ali wieder an zu weinen. Und Bree ebenfalls.

»Wir sind ja vollkommen durch den Wind«, stieß ich schließlich hervor. »Und genau darum kann sie uns noch nicht verlassen.«

Sie hoben Nanas winzigen Körper auf eine Trage, und wir folgten ihnen durch das Ess- und das Wohnzimmer, dann zur Haustür hinaus. Ich empfand die vertraute Umgebung als trübsinnig und beängstigend zugleich.

Bree war kurz weg gewesen, aber jetzt tauchte sie wieder auf und reichte mir mein Handy, ein Hemd und ein Paar Schuhe. Dann zog sie Ali zu sich heran und legte den Arm um Jannie. In ihren Gesichtern spiegelte sich all das, was ich fühlte.

»Fahr du mit Nana, Alex. Wir kommen mit dem Auto nach.«

24

Gabe Reese hatte die Arme vor der Brust verschränkt und lief hinter der Tür zum Foyer des Westflügels unruhig auf und ab. Eine solche Ungewissheit, diesen totalen Mangel an Informationen, dieses ganze, gottverdammte Mysterium war er einfach nicht gewöhnt. Er hätte zwar im Grunde genommen jede Menge Quellen anzapfen können, nur ging das in diesem Fall eben nicht. Nicht, solange er nicht ganz genau wusste, womit sie es hier eigentlich zu tun hatten.

Er wartete auf den Vizepräsidenten. Das Gesprächsthema war klar: Zeus und die Erkenntnisse, die sie bis jetzt gewonnen hatten, und dass sich das Ganze zu einem nie da gewesenen Skandal auswachsen konnte. Tillman sollte um halb eins eine Rede vor dem Nationalen Verband der Kleingewerbetreibenden im Convention Center halten. Das lag ungefähr zwei Kilometer entfernt, also mit dem Wagen ungefähr fünf Minuten. Reese würde jede Sekunde brauchen.

Exakt um zehn vor halb betrat der Vizepräsident das Foyer, flankiert vom Leiter des Secret Service, Dan Cormorant, auf der einen und einem stellvertretenden Direktor für Öffentlichkeitsarbeit auf der anderen Seite.

Dahinter kamen zwei Assistenten und ein weiterer Agent des Secret Service. Der übliche Hofstaat also, die Insignien der Macht und der Arroganz.

Tillman zeigte sich von Reeses Anblick überrascht. In der Hand hielt er sein Markenzeichen, den Filzhut.

»Gabe, wollen Sie etwa auch mitkommen?«

»Ja, Sir. Das will ich mir nicht entgehen lassen. Kein Wort. Keine einzige, gerunzelte Augenbraue.«

»Okay. Okay. Also los.«

Sie gingen nach draußen, wo der Cadillac des Vizepräsidenten, zwei schwarze Geländewagen sowie drei Polizeimotorräder sie mit laufenden Motoren erwarteten. Als der Vizepräsident in seinen Wagen stieg, legte Reese Cormorant die Hand auf die Schulter.

»Dan, wir sollten besser unter uns bleiben.«

Der hochrangige Agent kniff verärgert die Augen zusammen, dann wandte er sich an seine Nummer zwei. »Bender, Sie nehmen das Personalfahrzeug. Ich komme hier alleine klar.«

»Ja, Sir.«

»Dir ist doch klar, dass das im Bericht dokumentiert werden muss«, sagte Cormorant, sobald der andere Agent außer Hörweite war.

»Muss es nicht«, erwiderte Reese. Eine solche Bitte war alles andere als ungewöhnlich, und Reese hatte schon mehrfach von dieser Möglichkeit Gebrauch gemacht. Sobald Reese und der Vizepräsident im Wagen saßen, stieg Cormorant ebenfalls ein. Dann gab er per Funk den Befehl zur Abfahrt, und der Tross setzte sich in Richtung Fifteenth Street in Bewegung.

25

Die Trennscheibe war hochgefahren, und sie waren von getönten, kugel- und schallsicheren Glasfenstern umgeben. Mehr Privatsphäre würden sie angesichts des dicht gedrängten Terminkalenders des Vizepräsidenten heute nicht mehr bekommen.

Reese holte einmal tief Luft, dann fing er mit den Ergebnissen seiner Recherchen an. Zunächst einmal wurde der Fall sowohl vom FBI als auch von der Metro Police verfolgt – zumindest als Morduntersuchung. Anscheinend waren mehrere Prostituierte darin verwickelt, weibliche wie männliche. Zeus war noch nicht identifiziert worden … falls es überhaupt einen Zeus gab.

»Gerade eben habe ich von einer zusätzlichen Schwierigkeit erfahren.« Er wandte sich dem Secret-Service-Agenten auf dem Klappsitz zu. »Dan, kennst du einen gewissen Alex Cross?«

»Detective der Metropolitan Police, Spezialist für die besonders aufsehenerregenden Fälle. Morde, Serienkiller. Er hat mit einem der betreffenden Mordfälle zu tun.« Cormorant hatte alles mitbekommen. »Wir wissen, dass Cross involviert ist. Wir haben ihn unter Beobachtung.«

»Und warum muss ich da erst *selbst* dahinterkommen?«

Cormorant zählte an zwei Fingern die Anweisungen des Vizepräsidenten ab: »Kein Telefon, keine E-Mails, schon vergessen? Ich informiere dich, sobald es irgend möglich ist, Gabe. Es geht ja einfach nur um einen Detective der Mordkommission.«

»Moment mal«, schaltete sich der Vizepräsident ein. »Wo stehen wir in Bezug auf Zeus, Dan?«

»Bitte, mach schnell«, fügte Reese hinzu. Sie näherten sich

bereits der K Street, wo zu allem Überfluss auch noch weniger Verkehr herrschte als sonst.

»Das ist kompliziert. Wir müssen sehr viele Möglichkeiten abklopfen. Es existieren nachrichtendienstliche Erkenntnisse über einen Privatklub in Virginia. Eine sehr diskrete Adresse. Ein Sexklub, Sir. Möglicherweise hat Zeus sich dort aufgehalten. Wahrscheinlich sogar. Immer wieder begegnet uns bei unseren Recherchen das Weiße Haus, das Kabinett, um genau zu sein, aber das könnte auch mit dem Codenamen *Zeus* zusammenhängen. Ich hoffe, dass sich nicht noch mehr dahinter verbirgt.«

Tillmans Miene verfinsterte sich, und er beugte sich zu seinem Geheimdienstchef. »Und das ist alles? Mehr haben Sie nicht zu bieten?«

»Es handelt sich immerhin um einen Mord. Die klären sich in der Regel nicht von alleine auf. Das Etablissement heißt Blacksmith Farms. Wir kennen die Namen etlicher Kunden. Die Besitzer gehören zur Mafia.«

Tillman brüllte los. »Warum können wir nicht *selber* rauskriegen, wer Zeus ist?«

»Tut mit leid, Sir, aber ich kann nicht allzu viele Steine umdrehen, ohne noch mehr Aufmerksamkeit zu erregen, und genau das wollen wir nicht. Wir sind ja noch nicht einmal sicher, ob Zeus diesen Klub tatsächlich aufgesucht hat. Bis jetzt gibt es zwar eine Menge Gerüchte, aber nichts Eindeutiges.«

Der Ton, den Cormorant dem Vizepräsidenten gegenüber anschlug, gefiel Reese genauso wenig wie die Art und Weise, wie er ihm selbst gegenüber auftrat. »Gerüchte. Wer weiß denn sonst noch alles Bescheid?«, wollte er wissen.

»Zwei leitende Agenten im Joint Operations Center, ein Geheimdienstoffizier, aber alles unter strengster Geheimhaltung. Keinerlei Verbindung zum Büro des Vizepräsidenten.«

Cormorant schickte Reese noch einen seiner zusammengekniffenen Blicke. »Reg dich wieder ab. Das bringt uns nicht weiter. Wir machen wirklich so schnell wir können, aber es sind auch sehr viele Dinge zu berücksichtigen. Die Umstände könnten gar nicht ungünstiger sein.«

Leck mich doch am Arsch, schoss es Reese durch den Kopf, aber er war schlau genug, sich in Tillmans Gegenwart zusammenzureißen. Trotzdem … diese Krisensituation konnte sich zu einem der größten Skandale auswachsen, die Washington seit Langem erlebt hatte. Ein Serienkiller mit Beziehungen zum Kabinett … oder direkt ins Weiße Haus?

»Sir, ich schlage vor, dass Sie bis auf Weiteres sämtliche Berichte Ihrer Secret-Service-Einheit als sensible, nicht öffentlich zugängliche Informationen klassifizieren.«

»Sir, mit einer solchen Anweisung hinterlassen Sie Ihre Fingerabdrücke genau da, wo wir sie auf gar keinen Fall haben wollen«, widersprach Cormorant.

»Aber gleichzeitig sorgen wir dafür, dass die entsprechenden Informationen nicht in falsche Hände geraten können«, erwiderte Reese. Tillman besaß das Recht, in einem solchen Fall nicht nur die Sicherheitsbehörden des Weißen Hauses zu umgehen, sondern auch das Informationsfreiheitsgesetz.

»Okay.« Tillman signalisierte Übereinstimmung mit dem Stabschef. Das war erledigt. Dann sagte er: »Was ist mit diesem Detective Cross? Wie sehr müssen wir uns wegen ihm Sorgen machen?«

Cormorant dachte kurz nach. »Schwer zu sagen, solange er nicht mit irgendwelchen Ergebnissen kommt. *Wenn* überhaupt. Ich halte Augen und Ohren offen. Sobald sich irgendetwas tut, melde ich mich sofort bei Ihnen …«

»*Nicht bei mir*«, unterbrach Tillman bestimmt. »Sie wenden sich an Gabe. Ab sofort läuft alles über Gabe.«

»Selbstverständlich.«

Reese ertappte sich dabei, wie er sich mehrfach mit der Hand durch die Haare fuhr, völlig unbewusst. Sie hatten das Convention Center erreicht. Sie mussten dieses Gespräch unbedingt zu Ende bringen.

Schnell sagte er: »Gibt es noch etwas, was ich wissen sollte? Irgendwas, das du bis jetzt für dich behalten hast? Wie zum Beispiel die Antwort auf die Frage, *wer, verdammt noch mal, dieser Zeus ist*?«

Cormorant wurde rot im Gesicht, doch er sagte lediglich: »Wir sind da, Sir.«

26

Nana lebte. Das war das Entscheidende, das Einzige, was im Moment für mich zählte. Woran liegt es bloß, dass, wenn man einen wichtigen Menschen verliert oder zu verlieren droht, dieser Mensch mit einem Mal unentbehrlicher wird als je zuvor?

Ich musste warten, bis sie von diversen Untersuchungen wieder in ihr Krankenzimmer zurückgebracht wurde, und die Warterei war die Hölle. Stundenlang hockte ich in einem unpersönlichen, mit Neonröhren beleuchteten Korridor herum, während ich in Gedanken sämtliche denkbaren Katastrophenszenarien durchspielte. Das ist eine schlechte Angewohnheit, bedingt durch meine Arbeit. Ich versuchte, mir alle möglichen Erinnerungen an Nana ins Gedächtnis zu rufen, angefangen damals, als ich zehn Jahre alt war und sie die Elternrolle in meinem Leben übernommen hatte.

Als sie sie schließlich auf den Flur schoben und ich ihr in die Augen sehen konnte, war das ein großes Geschenk. Bei unserer Ankunft war sie bewusstlos gewesen, und niemand hatte mir sagen können, ob ich sie je wieder lebend zu Gesicht bekommen würde.

Aber jetzt sah ich sie hier vor mir liegen und hörte sie sogar mit mir reden.

»Hab dir einen kleinen Schrecken eingejagt, was?« Ihre Stimme klang schwach und rasselnd, und als sie sich auf dem Rollbett aufsetzte, da wirkte sie noch zerbrechlicher als sonst, aber sie war hellwach.

»Mehr als einen kleinen«, entgegnete ich. Ich musste mich zusammenreißen, um nicht das ganze Leben wieder aus ihr herauszuquetschen. Also entschied ich mich für einen sanften Kuss auf die Wange.

»Herzlich willkommen im Leben, altes Haus«, flüsterte ich ihr ins Ohr, um sie zum Lächeln zu bringen. Das gelang mir.

»Tut gut, wieder zurück zu sein. Und jetzt lass uns von hier verschwinden.«

27

Sobald wir es Nana – *in einem Krankenhausbett* – bequem gemacht hatten, kam die diensthabende Kardiologin zu uns. Sie hieß Dr. Englefield und war wohl so um die fünfzig, mit mitfühlender Miene, aber gleichzeitig einer gewissen professionellen Distanz.

Während sie sprach, beschäftigte sie sich mit Nanas Krankenblatt.

»Mrs. Cross, die allgemeine Diagnose in Ihrem Fall lautet chronische Herzinsuffizienz. Das bedeutet in erster Linie, dass Ihr Herz die Blutversorgung Ihres Körpers nicht mehr in ausreichendem Maß bewältigen kann. Sie bekommen also zu wenig Sauerstoff beziehungsweise Nährstoffe, und das dürfte höchstwahrscheinlich die Ursache für Ihren Zusammenbruch heute Morgen gewesen sein.«

Nana nickte ohne erkennbare Gefühlsregung. Ihre erste Frage lautete: »Wann kann ich wieder nach Hause?«

»Die durchschnittliche Aufenthaltsdauer in solch einem Fall beträgt vier bis fünf Tage. Ich würde gerne Ihre Blutdruckmedikamente richtig einstellen, und dann wollen wir mal sehen, wo wir in ein paar Tagen sind.«

»Oh, also ich bin dann zu Hause, Frau Doktor. Und Sie?«

Frau Dr. Englefield lachte höflich. Sie dachte wahrscheinlich, Nana hätte sich einen Scherz erlaubt. Doch sobald sie das Zimmer verlassen hatte, wandte Nana sich an mich.

»Du musst unbedingt mit jemand anderem reden, Alex. Ich will nach Hause.«

»Ach, tatsächlich?« Ich wollte die scherzhafte Stimmung nicht zerstören.

»Ja, tatsächlich.« Sie machte eine Handbewegung, mit der sie mich aus dem Zimmer scheuchen wollte. »Mach schon. Unternimm was.«

So langsam bekam ich ein mulmiges Gefühl. Noch nie hatte ich Nana irgendwelche Vorschriften gemacht, und jetzt musste ich genau das tun.

»Ich finde, wir sollten uns in diesem Fall nach der Ärztin richten«, sagte ich. »Wenn ein paar Tage im Krankenhaus bedeuten, dass wir so etwas wie den heutigen Vormittag nie wieder erleben müssen, dann bin ich voll und ganz dafür.«

»Du hast mir nicht zugehört, Alex.« Der Klang ihrer Stimme hatte sich schlagartig verändert, und sie packte mich am Handgelenk. »Ich werde nicht noch einen Tag in diesem Krankenhausbett zubringen, hast du mich verstanden? Ich *weigere* mich. Das ist mein gutes Recht.«

»Nana …«

»Nein!« Sie ließ mich los und richtete ihren zitternden Zeigefinger auf mich. »Und schon gar nicht in diesem Ton! Also, bist du jetzt bereit, meine Wünsche zu respektieren, oder nicht? Ich kann auch aufstehen und alles alleine erledigen, wenn es sein muss. Du weißt, dass ich das tun würde, Alex.«

Es war ein scheußliches Gefühl, ihrem ausgestreckten Finger gegenüberzustehen. Nana stellte sich stur, appellierte aber gleichzeitig an mich, mich ihren Wünschen nicht zu verschließen.

Ich setzte mich auf die Bettkante und beugte mich zu ihr nach unten, bis mein Kopf sich direkt neben ihrem befand. Bevor ich anfing zu sprechen, machte ich die Augen zu.

»Nana, du musst deine gesundheitliche Situation unbedingt ernst nehmen. Nimm mal ein bisschen Gas raus und akzeptier das. Du musst. Also sei schlau.«

Den letzten Satz hatte Nana seit meinem zehnten Lebensjahr immer wieder zu mir gesagt. *Sei schlau.*

Es war vollkommen still im Zimmer, nur das leise Rascheln, als sie sich in das Kissen sinken ließ, war zu hören. Als ich die Augen wieder aufschlug, liefen ihr die Tränen über die Wangen. »Dann war's das also? Dann soll ich also hier sterben?«

Ich zog mir einen Stuhl heran und setzte mich neben ihr Bett. Später würde ich auf diesem Stuhl auch schlafen. »Heute stirbt hier niemand«, sagte ich.

Zweiter Teil

FIRE WITH FIRE (Wild Blue)
Erschienen 1986

28

Tony Nicholson war sowieso schon nervös, um nicht zu sagen *total in Panik*, und jetzt hatte er dank eines umgekippten Sattelschleppers auf dem Weg aus der Stadt auch noch Verspätung. Als er das Blacksmith Farms erreichte, war es kurz nach halb zehn am Abend, und seine wichtigen Gäste wurden bereits in einer knappen halben Stunde erwartet. Darunter auch ein ganz besonders wichtiger Gast.

Er blieb im Wagen sitzen und drückte auf den Summer.

»Ja?«, ertönte eine weibliche Stimme. Kultiviert. Britisch. Seine Assistentin, Mary Claire.

»Ich bin's, M. C.«

»Guten Abend, Mr. Nicholson. Sie sind ein wenig spät dran.« *Was du nicht sagst, Sherlock*, dachte Nicholson, hielt aber den Mund.

Das Tor schwang auf und hinter seinem Porsche Cayman S wieder zu.

Die eineinhalb Kilometer lange Zufahrtsstraße führte erst über offenes Gelände, dann durch ein Wäldchen, überwiegend Hickory und Eiche. Erst danach kam das Haupthaus in den Blick. Nicholson stellte den Cayman in der alten Kutschenscheune ab und betrat das Haus durch die Verandatür.

»Ich bin da, ich bin da. Tut mir leid.«

Seine Hausdame für den heutigen Abend, eine Schönheit aus Trinidad namens Esther, arrangierte gerade ledergebundene »Speisekarten« mit den Angeboten des Hauses auf einem Chippendale-Tisch im Foyer.

»Gibt es etwas Wichtiges?«, erkundigte er sich. »Irgendwelche unvorhergesehenen Probleme?«

»Nein, Mr. Nicholson. Alles bestens.« Esther besaß eine wunderbar gelassene Art, die Nicholson sehr mochte. Er wurde sofort ein kleines bisschen ruhiger. »Der Bollinger liegt auf Eis, die Humidore sind mit Flor de Farach Coronas bestückt, die Mädchen sind alle wunderschön und ausführlich instruiert worden, und Sie …« Sie zog eine Armbanduhr aus der Tasche. Im ganzen Haus gab es keine einzige Uhr. »… haben noch mindestens zwanzig Minuten, bis die Gäste eintreffen. Sie haben vorhin angerufen und werden pünktlich da sein. Sie klangen sehr … *enthusiastisch*.«

»Also gut. Hervorragende Arbeit. Wenn du mich brauchst, du weißt, wo ich zu finden bin.«

Bevor er nach oben ging, verschaffte sich Nicholson noch einen kurzen Eindruck vom Erdgeschoss. Das Foyer und die Lounges mit ihrer Mahagonitäfelung, den Messingarmaturen der Bars sowie den zahlreichen, lächerlich kostspieligen Antiquitäten erinnerten sehr stark an einen englischen Herrenklub – eine Institution, die sein Vater in der widerwärtigen, englischen Klassengesellschaft höchstens im Traum hätte betreten können. Nicholson war als Sohn einer Arbeiterfamilie in Brighton zur Welt gekommen, aber er hatte diesen ganzen trostlosen Scheiß schon längst hinter sich gelassen. Hier war er König. Oder zumindest Kronprinz.

Er ging über die Haupttreppe in den ersten Stock, wo etliche Mädchen sich bereits fertig gemacht hatten und auf die ersten Gäste warteten, die »frühen Vögler«.

Atemberaubend schöne Mädchen, elegant *und* sexy, so saßen sie auf den niedrigen Sofas im Zwischengeschoss, wo überall bequeme Fußbodenkissen herumlagen. Auch leichte Gardinen, die für mehr oder weniger Öffentlichkeit sorgen konnten, waren vorhanden, je nach dem, was die Partygäste wünschten.

»n'Abend, die Damen«, sagte er und musterte eine nach der anderen mit Kennerblick. »O ja, o ja, sehr hübsch. Ihr seid wunderschön. Perfekt, jede Einzelne, in jeder Hinsicht.«

»Danke, Tony.« Eines der Mädchen sprach ein bisschen lauter als die übrigen. Das war selbstverständlich Katherine, deren Blick aus ihren graublauen Augen immer ein kleines bisschen länger auf seinen nordischen Zügen verharrte als der der anderen. Sie hätte liebend gerne mal einen Versuch mit dem Chef gewagt, wenn auch, das war ihm klar, aus einer völlig falschen Motivation heraus. *Zum Beispiel, um die Stelle seiner Frau einzunehmen.*

Nicholson beugte sich zu ihr hinunter und flüsterte ihr, während er den Saum ihres weißen Minirocks befingerte, ins Ohr. »Obwohl, vielleicht solltest du doch ein anderes Kleid anziehen, Kat. Wir wollen doch nicht, dass die Nutten wie Nutten aussehen, nicht wahr?«

Er sah, welche Mühe die junge Frau hatte, auch weiterhin ein strahlendes Lächeln zu zeigen – ganz so, als hätte er gerade etwas Charmantes, Zärtliches zu ihr gesagt. Wortlos erhob sie sich und ging hinaus. »Ich muss mal für kleine Mädchen«, flüsterte sie.

Nachdem er sich davon überzeugt hatte, dass sonst alles in bester Ordnung war, stieg Nicholson noch eine Treppe höher und schloss sein Büro im zweiten Stock auf. Das war der einzige Bereich des Hauses, in dem er weder Gäste noch Hilfspersonal duldete.

Dann schenkte er sich zuerst einmal ein Glas aus einer Siebenhundert-Dollar-Flasche Bollinger ein – eine milde Gabe, die er sich aus dem Kundenbestand gegönnt hatte – und setzte sich. Ein hektischer Tag lag hinter ihm. Jetzt konnte er sich endlich entspannen. Na ja, entspannen vielleicht nicht gerade, aber wenigstens hatte er den Champagner.

Sein Schreibtisch wurde von zwei großen Flachbildmonitoren dominiert. Er fuhr den Computer hoch und gab ein langes Passwort ein.

Auf einem der beiden Bildschirme klappten jetzt wie Dominosteine etliche Reihen mit kleinen Vorschaubildchen auf.

Auf den ersten Blick wirkten sie wie kleine Stillleben aus verschiedenen Teilen des Hauses – Foyer, Zwischengeschoss, Gästesuiten, Massagezimmer, Folterkeller, Vorführräume. Sechsunddreißig insgesamt.

Nicholson nahm sich einen kurzen Augenblick Zeit und beobachtete die scheinheilige Katherine … knappes Höschen, wogende Brüste, so stand sie in einem der Umkleideräume vor dem Spiegel und tupfte wie wild an ihrem zerfließenden Augen-Make-up herum. So schön sie auch war, Katherine war ein Fehler gewesen. Zu geltungssüchtig, zu raffiniert. Aber im Augenblick hatte er sich um andere Dinge zu kümmern.

Er klickte auf das Bild mit der Einfahrt vor dem Haus und zog es auf den anderen Monitor, wo es den ganzen Bildschirm ausfüllte. Am unteren Rand wurde eine digitale Zeitanzeige eingeblendet.

Dann folgte noch ein Klick, dieses Mal auf ein dreieckiges, rotes Symbol am Bildschirmrand, das »Aufnahme« signalisierte.

Jetzt trafen die ersten Autos ein. Dem Beginn der Party stand nun nichts mehr im Weg.

»Möge das Ficken beginnen – in Fantasie und Realität. Was immer ihre kleinen Schwänze begehren.«

29

Eine halbe Stunde vor Mitternacht war das Treiben im außerordentlich kostspieligen und exklusiven Blacksmith Farms in vollem Gang. Die Gästesuiten waren alle belegt, in den Massagezimmern, im Folterkeller, selbst im Zwischengeschoss, überall waren leidenschaftliche Vögeleien und alle möglichen artverwandten Aktivitäten im Gang – Mann-Frau, Mann-Mann, Frau-Frau, Frau-Mann-Frau, was immer die Kundschaft begehrte.

An diesem Abend war das ganze Haus für eine Junggesellenparty gebucht worden: fünf Callboys, vierunddreißig Mädchen, einundzwanzig ausgesprochen aufgeheizte Gäste, ein Honorar von einhundertfünfzigtausend US-Dollar, das bereits auf dem Nummernkonto des Klubs eingegangen war.

Der Gastgeber – und Trauzeuge – war Nicholson gut bekannt. Es handelte sich um Temple Suiter, Teilhaber einer der renommiertesten Anwaltskanzleien Washingtons mit zahlreichen Beziehungen in höchste gesellschaftliche Kreise. Zu ihren Klienten gehörten unter anderem das religiös-konservative Family Research Council, das saudi-arabische Königshaus sowie ehemalige Regierungsangehörige.

Nicholson hatte seine Hausaufgaben gemacht, wie immer.

Benjamin Painter, der Mann, dessen Junggesellenabschied hier feierlich begangen wurde, würde in eine der großen Familiendynastien von Washington einheiraten. Schon in der nächsten Woche würde er den dienstälteren der beiden Senatoren von Virginia »Dad« und eines der umschwärmtesten Opfer der Schönheitschirurgie in der ganzen Stadt »Mom« nennen. Außerdem wurde allgemein angenommen, dass er selbst einen Anlauf auf einen Senatorenposten vorbereitete. Das alles zusammengenommen machte aus Mr. Painter einen ausgesprochen wertvollen Gast – zumindest aus Nicholsons Perspektive.

Im Augenblick hing der zukünftige Bräutigam und Senator sehr entspannt in einem Klubsessel in der Suite A. Zwei der jüngsten, hübschesten und am wenigsten bedrohlich wirkenden Mädchen, Sasha und Liz, waren gerade dabei, sich auf dem Bett gegenseitig auszuziehen, während eine Neue, Ana, ihn durch die Baumwolle seiner Boxershorts hindurch bearbeitete. Die drei Mädchen sahen alle aus wie fünfzehn, aber sie waren volljährig. Neunzehn, um genau zu sein.

Nicholson ließ den Finger über das Touchpad gleiten, um das Bild zu justieren. Die Kameras – fingernagelgroß, drehbar, schwenkbar und mit Zoomfunktion – waren funkgesteuert. Die, die er im Moment bediente, war zum Beispiel im Rauchmelder versteckt.

Ein Mikrofon, nicht größer als ein Streichholzkopf, war fest in dem Kronleuchter direkt über dem großen Doppelbett montiert, wo Sasha sich gerade unbeschwert aufrichtete und ein paar genüssliche Laute von sich gab.

Sie setzte sich mit gespreizten Beinen auf Liz. Abgesehen von dem teuer wirkenden Modeschmuck waren sie mittlerweile beide nackt, ihre hautengen Cocktailkleidchen lagen als kleine Haufen auf dem Boden.

Sasha beugte sich hinüber zum Nachttisch, zog die Schublade auf und holte einen dicken, fleischfarbenen Dildo hervor. Sie wedelte ein bisschen damit herum, damit Benjamin Painter ihn sehen konnte. Seine Augen wurden groß vor Anerkennung.

»Möchtest du, dass ich es Liz besorge?«, sagte sie mit sittsamem Lächeln. »Ich würd's ihr *gerne* besorgen. Ich würd's ihr so *richtig* gerne besorgen.«

»Hervorragende Idee«, erwiderte Ben, als hätte er es mit einem hilfsbereiten Untergebenen in der Kanzlei seines Vaters zu tun. »Mach sie schön feucht für mich, Sasha. Und du…« Er legte die Hand auf Anas Kopf, die vor ihm kniete. »Du lässt dich nicht hetzen, Ana. Mit Geduld und Zeit kommt man weit, hab ich recht?«

»Oh, was anderes kommt gar nicht infrage, Benjamin. Mir macht das ganz genauso viel Spaß wie dir.«

Während Mr. Painter sich bemühte, Nicholson ein paar hervorragende Videobilder zur späteren Verwendung zu liefern, war sein guter Freund aus Studientagen an der New York University, Mr. Suiter, gerade dabei, einen Blankoscheck zu unterschreiben.

Suiter hatte sich mit zwei der hübschesten Asiatinnen, Maya und Justine, in den Wellnessbereich zurückgezogen. Maya lag auf dem gefliesten Fußboden vor der Badewanne auf dem Rücken, die kurzen, wohlgeformten Beine in die Luft gestreckt, während Suiter sie wie entfesselt vögelte. Es schien ihr Spaß zu machen, was aber nicht besonders wahrscheinlich war, da Maya und Justine als Paar zusammenlebten und erst vor Kurzem in ihrer Heimat Massachusetts geheiratet hatten.

Jetzt war der Augenblick gekommen, wo Justine ihm »den Hauptgewinn« bescherte. Sie stellte sich mit gespreizten Beinen über Suiter, die Knie leicht angewinkelt, hielt sich an einem Griff an der Decke fest und ließ der Natur über Schultern und Rücken des Kunden freien Lauf.

Suiter keuchte im Rhythmus seiner Stöße, seine Stimme wurde immer lauter, je näher der Höhepunkt kam. »Das ist gut… das ist gut… braves Mädchen, oh, Scheiße, jaaaa.«

Nicholson verdrehte die Augen und schaltete die Kopulationsgeräusche stumm. Das Gebrabbel dieses Idioten konnte er im Augenblick wirklich nicht gebrauchen. In ein paar Tagen würde er sich dann einen hübschen Dreißig-Sekunden-Clip heraussuchen und an Mr. Suiters Büroadresse schicken. Am geeignetsten erwiesen sich eigentlich immer Aufnahmen mit nackten Körpern und erlesenen Wortbeiträgen.

Angesichts der Summen, die diese Männer zu zahlen bereit waren, um sich an einem Samstagabend auspeitschen zu lassen oder auch einfach nur, um eine Frau zu vögeln, die hinterher nicht fragte, was sie gerade dachten, wusste Tony Nicholson, dass sie auch immer – *immer* – bereit waren, noch mehr zu bezahlen, um in den Genuss des Privilegs zu kommen, ihre schmutzigen kleinen Geheimnisse für sich behalten zu dürfen.

Alle … bis auf Zeus.

30

»Wen hast du im Visier?«

»Einen dunkelblauen Mercedes McLaren, Kennzeichen DLY 224. Geleast von einem gewissen Temple Suiter.«

»Der Rechtsanwalt?«

»Vermutlich. Wer sonst? Der Typ hat mehr Geld als Gott.«

Carl Villanovich legte die Kamera beiseite und rieb sich die Augen. Das war die dritte Nacht hintereinander, die er damit zubrachte, Blacksmith Farms hier im Wald zu beobachten, und er hatte die Schnauze gestrichen voll.

Er holte ein Stativ aus seinem Rucksack und schraubte die Kamera darauf fest, um sich eine kleine Pause zu gönnen. Das Bild wurde auf einen neben ihm stehenden Laptop übertragen, und er zoomte heraus, um den Außenbereich des Hauses aufzunehmen.

Es war ein gewaltiges Anwesen, Sandstein, so sah es zumindest aus. Die Säulen am Eingang waren drei Stockwerke hoch. Irgendwann war es vermutlich mal das Haupthaus einer Plantage gewesen. Dahinter befanden sich noch eine umgebaute Scheune und ein paar andere Nebengebäude, die aber heute Abend allesamt unbeleuchtet waren.

»Da kommt schon der Nächste.«

Sein Partner, Tommy Skuba, machte mehrere Aufnahmen mit seiner digitalen Hochgeschwindigkeits-Spiegelreflexkamera, als ein weinroter Jaguar zwischen den Bäumen sichtbar wurde. Villanovich visierte das Kennzeichen an, als der Jaguar die Zufahrt vor dem Haus erreicht hatte.

»Habt ihr das?«, wollte er wissen.

»Haben wir«, bestätigte die Stimme in seinem Headset. Die

Einsatzzentrale befand sich hundertzwanzig Kilometer entfernt in Washington und konnte alles in Echtzeit mitverfolgen.

Parkwächter gab es hier keine. Der Neuankömmling stellte den Wagen ab und klingelte an der Tür. Es dauerte nur einen kurzen Augenblick, bis eine groß gewachsene, wunderschöne Schwarze in einem glänzenden Kleid öffnete und ihn lächelnd hereinbat.

»Skuba, behalt die Fenster im Blick.«

»Ich weiß, ich weiß. Ich tu wirklich alles dafür, dass Steven Spielberg stolz auf mich wäre. Der Jaguarfahrer muss ein Stammgast sein.«

Villanovich rieb sich mit den Händen das Gesicht, versuchte, weiterhin konzentriert zu bleiben. »Können wir heute Abend vielleicht früher Schluss machen? Wir haben doch schon mehr Material, als wir eigentlich brauchen, oder?«

»Negativ«, erwiderte die Einsatzzentrale postwendend. »Wir wollen, dass ihr auch die Abfahrt mitkriegt.«

Die nächste Serie von Skubas Kamera sorgte dafür, dass Villanovich seine Aufmerksamkeit wieder auf das Haus richtete. Der Jaguarfahrer war gerade mit einem Mädchen am Arm an einem Fenster vorbeigekommen. Sie gingen die Treppe hinauf. Das Mädchen war groß und schwarz, aber es war nicht die Frau vom Eingang.

»Alter Falter.« Skuba ließ die Kamera sinken und schaltete sein Headset stumm. »Hast du die Möpse gesehen? Also, ganz ehrlich, so langsam werde ich ein bisschen neidisch. Und außerdem, ähm, geil.«

»Lieber nicht. Quantico hat sich mittlerweile auch eingeschaltet«, erwiderte Villanovich, ohne das leere Fenster aus den Augen zu lassen. »Wenn der Laden hier auffliegt, dann kommt keiner von denen ungeschoren davon.«

31

Bevor Nana nach Hause durfte, hatte ich noch ein letztes Gespräch mit Frau Dr. Englefield. In ihrem Büroraum im Erdgeschoss von St. Anthony's machte die Ärztin einen deutlich entspannteren, gelasseneren und menschlicheren Eindruck.

»Wir haben die Flüssigkeit aus dem Brustkorb Ihrer Großmutter abgesaugt und ihren Blutdruck stabilisiert, aber das ist erst der Anfang. Sie muss sehr wachsam sein … und das müssen Sie auch. Regina will es zwar nicht einsehen, aber sie ist über neunzig Jahre alt. Und das ist ein ernsthaftes Problem.«

»Ich verstehe«, sagte ich. »Und meine Großmutter auch, ob Sie's glauben oder nicht.«

Nana hatte bereits jede Menge neuer Medikamente verschrieben bekommen – Gerinnungshemmer, Diuretika und eine Hydralazin-Nitrat-Kombination, die sich aus irgendeinem Grund vor allem bei afroamerikanischen Patienten als besonders wirksam erwiesen hatte. Außerdem mussten wir uns Gedanken über eine salzarme Diät machen sowie täglich ihr Gewicht überwachen, falls ihr Körper wieder anfing, Flüssigkeit einzulagern.

»Das ist sehr viel Neues auf einmal«, sagte Dr. Englefield und zeigte eines ihrer seltenen, angedeuteten Lächeln. »Mangelnde Einsicht ist bei solchen Menschen die Hauptursache für einen Herzstillstand, und die Unterstützung der Angehörigen ist dabei sehr wichtig. Lebenswichtig.«

»Wir werden alles tun, was nötig ist, koste es, was es wolle, das können Sie mir glauben«, sagte ich. Sogar Jannie hatte sich im Internet über chronische Herzinsuffizienz informiert.

»Außerdem würde ich Ihnen empfehlen, sie von einer ambulanten Pflegekraft betreuen zu lassen, wenn Sie und Ihre Frau nicht zu Hause sind.« Dr. Englefield hatte Bree nur einmal im Vorbeigehen gesehen, und ich machte mir nicht die Mühe, sie zu verbessern. »Obwohl das bei Ihrer Großmutter ein schwieriges Unterfangen werden könnte. Nach meiner Einschätzung zumindest.«

Ich grinste zum ersten Mal. »Wie ich sehe, haben Sie sie ein bisschen kennengelernt. Aber, ja, wir haben schon angefangen, uns mit dieser Frage zu beschäftigen.«

Die Ärztin lächelte ebenfalls … eine Zehntelsekunde lang vielleicht. »Regina hat großes Glück gehabt, dass jemand in ihrer Nähe war, als sie ihren Zusammenbruch erlitten hat. Sie sollten wirklich dafür sorgen, dass das auch bei einem möglichen weiteren Mal der Fall ist.«

Mir war klar, wieso Nana diese Ärztin »Dr. Sonnenschein« getauft hatte. Und wenn sie versucht hatte, mir Angst einzujagen, dann hatte sie es jetzt geschafft.

32

Die Ärztin und ich gingen gemeinsam nach oben zu Nana. Wie heißt es so schön? Gemeinsam sind wir stark, nicht wahr?

»Mrs. Cross«, sagte Frau Dr. Englefield. »Alles in allem machen Sie sich schon recht gut. Ich empfehle Ihnen noch eine weitere Nacht hier im Krankenhaus, dann können wir Sie nach Hause schicken.«

»Sie *empfehlen*, das hört sich gut an«, erwiderte Nana. »Und ich danke Ihnen für Ihre Empfehlung. Ich weiß das wirklich zu schätzen. Aber wenn Sie mich jetzt bitte entschuldigen wollen, mein Enkel bringt mich nach Hause. Ich habe heute noch etliches zu erledigen. Ich muss Kuchen backen und Dankesbriefe schreiben und so weiter und so fort.«

Nach einem kurzen Achselzucken von Dr. Englefield hielt ich den Mund. Genau wie sie. Fünfundvierzig Minuten später waren Nana und ich auf dem Weg nach Hause.

Im Wagen erinnerte sie mich stark an den alten, schokoladenbraunen Labrador, den wir in North Carolina gehabt hatten, als ich noch ein Kind war, kurz vor dem Tod meiner Eltern. Sie hatte das Fenster heruntergelassen und ließ sich den Wind um die Nase wehen, während die Welt an ihr vorbeiflog. Wahrscheinlich fing sie jeden Moment an, Martin Luther King zu zitieren. *Endlich frei, endlich frei …*

Oder ein paar ausgewählte Sätze von Morgan Freeman aus dem Film *Das Beste kommt zum Schluss*.

Sie drehte sich zu mir um und tätschelte mit beiden Händen die Sitzpolster. »Wie kriegen die bloß diese bequemen Sitze hin? Hier könnte ich jedenfalls sehr viel besser schlafen als in diesem Krankenhaus, das kann ich dir sagen.«

»Dann macht es dir ja bestimmt nichts aus, dass wir dein Zimmer ausgeräumt haben«, gab ich zurück. »Jetzt ist es ein Büro.«

Sie kicherte und fing an, die Rückenlehne nach hinten zu stellen. »Pass mal gut auf.« Aber irgendwann war sie zu tief unten, und ihr Lachen mündete in einen Hustenanfall. Ihre Lungen waren immer noch empfindlich. Sie krümmte sich unter heiserem Bellen zusammen, und ich spürte einen Stich in meinen Eingeweiden.

Ich fuhr an den Straßenrand und half ihr, sich aufzusetzen und den Sitz wieder aufzurichten.

Immer noch hustend, wenn auch nicht mehr ganz so schlimm, wehrte sie mich ab. Mein Herz klopfte doppelt so schnell wie sonst. Nanas Rekonvaleszenz würde eine interessante Angelegenheit werden, so viel stand fest.

Der Hustenanfall schien jedenfalls ein gutes Stichwort zu sein, darum sagte ich, während ich weiterfuhr: »Hör mal. Bree und ich haben überlegt, ob wir jemanden zu uns ins Haus holen sollen …«

Nana gab ein undefinierbares Knurren von sich.

»Nur, wenn wir beide bei der Arbeit sind. Einen halben Tag vielleicht.«

»Ich brauche keine übereifrigen Fremden, die um mich rumschleichen und mir die Kissen aufschütteln. Das ist doch peinlich. Und teuer. Was wir brauchen, ist ein neues Dach, Alex, und kein Kindermädchen.«

»Schon klar«, sagte ich. Ich hatte mit dieser Antwort gerechnet. »Aber ich fühle mich dann nicht wohl, wenn ich nicht zu Hause bin. Und Geld haben wir genug.«

»Ach so.« Sie legte die gefalteten Hände in den Schoß. »Hier geht es nur darum, was *du* willst. Jetzt verstehe ich.«

»Ach, komm schon, jetzt lass uns nicht streiten. Ich bring

dich doch nach Hause«, sagte ich, aber dann fing ich ein zartes Augenrollen von ihr auf. Sie zerrte mit voller Absicht an meinem Nervenkostüm, einfach, weil es ihr solchen Spaß machte.

Was nicht bedeutete, dass sie auch nur ansatzweise mit einem »Kindermädchen« einverstanden gewesen wäre.

»Na, wenigstens hat die Patientin gute Laune«, stellte ich fest.

»Ja, in der Tat«, erwiderte Nana. Wir bogen in die Fifth Street ein, und sie setzte sich noch etwas aufrechter hin. »Und niemand, nicht einmal der viel gerühmte Alex Cross, kann sie an einem so herrlichen Tag aus der Ruhe bringen.«

Einige Sekunden später fügte sie hinzu: »*Keine Kindermädchen!*«

33

Ein hastig gekritzeltes Spruchband hing über der Haustür. Darauf stand in sechs Farben: *Willkommen zu Hause, Nana!*

Die Kinder kamen sofort, als sie uns gesehen hatten, nach draußen gestürmt. Ich schnitt ihnen mit schnellen Schritten den Weg ab und nahm Ali auf den Arm, bevor er Nana um den Hals fallen konnte.

»Vorsichtig!«, rief ich Jannie zu, die aber bereits zu einer Vollbremsung angesetzt hatte.

»Du hast uns so sehr gefehlt!«, krakeelte sie. »Oh, Nana, schön, dass du wieder da bist. Herzlich willkommen, herzlich willkommen!«

»Du darfst mich gerne richtig in den Arm nehmen, Janelle. Ich werd schon nicht kaputtgehen.« Nana fing an zu strahlen wie eine Glühbirne und grinste über das ganze Gesicht.

Ali bestand darauf, Nanas Koffer zu tragen und rumms-rumms-rummste damit hinter uns die Treppe hinauf, während Nana sich bei mir auf der einen und bei Jannie auf der anderen Seite einhakte.

Als wir in die Küche kamen, telefonierte Bree gerade.

Sie lächelte Nana an und bedeutete ihr mit dem Zeigefinger: *Nur eine Sekunde.*

»Ja, Sir. Das mache ich. Ganz herzlichen Dank!«, sagte sie in den Hörer.

»Wer war das?«, wollte ich wissen, aber sie war bereits unterwegs, um Nana in die Arme zu schließen.

»Vorsichtig!«, sagte Ali, und Nana brach in schallendes Gelächter aus.

»Ich bin doch kein Korb mit Hühnereiern«, sagte sie. »Ich bin ein zähes, altes Huhn.«

Nachdem Nana uns dankenswerterweise klargemacht hatte, dass sie erst »zur ganz normalen Zeit« ins Bett gehen würde, versammelten wir uns alle um den Küchentisch.

Bree räusperte sich, als hätte sie etwas bekanntzugeben. Sie blickte uns alle der Reihe nach an, dann legte sie los. »Ich habe mir gedacht, dass unsere Idee, vielleicht jemanden zu engagieren, der auf Nana aufpasst, nicht auf allzu viel Begeisterung stoßen könnte. Habe ich recht?«

»Mm-hmm.« Nana schenkte mir einen Blick, der besagte: *Siehst du? So schwer bin ich doch gar nicht zu begreifen.*

»Darum ... arbeite ich vorerst etwas weniger und bleibe für eine Weile hier bei dir, Nana. Nur unter der Voraussetzung natürlich, dass du das auch willst.«

Nana strahlte. »Wie überaus umsichtig, Bree. Und auch so schön formuliert. Mit so einem Therapieplan kann ich gut leben.«

Ich war verblüfft. »Weniger arbeiten?«, fragte ich nach.

»Ganz genau. Ich stehe dir jederzeit zur Verfügung, wenn ich dir bei der Aufklärung von Carolines Fall irgendwie unter die Arme greifen kann, aber alles andere gebe ich ab. Oh, und Nana ... *hier.*« Sie stand auf und nahm einen Stapel Papier von der Theke. »Das sind alles Rezepte, die ich aus dem Internet besorgt habe. Vielleicht kannst du dich ja mit dem einen oder anderen anfreunden. Oder auch nicht. Wie du willst. Möchtest du eine Tasse Tee?«

Während Nana sich in die Lektüre vertiefte, trat ich zu Bree an den Herd. Ein Blick in ihre Augen sagte mir, dass ich sie nicht fragen sollte, ob sie das wirklich wollte. Bree hat schon immer nur das gemacht, was sie wollte, und das meine ich absolut positiv.

»Danke«, sagte ich leise. »Du bist die Beste.« Sie lächelte, um mir zu signalisieren, dass ein Dankeschön nicht nötig war, dass sie aber definitiv die Beste war. »Ich hab sie auch sehr lieb«, flüsterte sie.

»Auberginen?« Nana hielt eine der Seiten, die sie gerade gelesen hatte, in die Höhe. »Auberginen ohne Salz, das schmeckt einfach nicht. Ausgeschlossen.«

»Na ja, dann lies weiter«, erwiderte Bree und setzte sich wieder neben sie. »Es gibt da ja noch jede Menge anderer Rezepte. Was ist denn mit den Krabbenpuffern?«

»Krabbenpuffer könnten gehen«, meinte Nana.

Ich hielt mich im Hintergrund und sah den beiden eine Weile zu. Es war ein Erlebnis, das mir immer im Gedächtnis bleiben wird. Ich bemerkte, wie Bree sich beim Lachen an Nana lehnte und wie Nanas Hand immer Kontakt zu Bree hielt, ganz so, als seien sie seit Urzeiten dick befreundet. So Gott will, dachte ich, werden sie es noch lange Zeit bleiben.

»Engelskuchen mit Schokoladenguss?«, sagte Nana mit verschmitztem Lächeln. »Steht der auch auf deiner Liste der guten Speisen, Bree? Müsste er aber.«

34

Als ich am nächsten Tag einen Anruf meines guten Freundes Ned Mahoney vom FBI erhielt, hätte ich niemals gedacht, dass das irgendetwas mit dem Mord an Caroline zu tun haben könnte. Am Telefon meinte er lediglich, dass ich mich im Restaurantbereich eines riesigen Einkaufszentrums, des Tysons Corner Center in McLean, mit ihm treffen sollte. Bei jedem anderen hätte sich das ziemlich seltsam angehört. Doch da ich Ned hundertprozentig vertraute, wusste ich, dass es wichtig sein musste.

Ned war ein ziemlich hohes Tier beim FBI. Früher hatte er die Geiselrettungseinheit am Schulungszentrum draußen in Quantico geleitet. Jetzt, als Führungsoffizier der aktiven Agenten an der gesamten Ostküste, besaß er noch mehr Verantwortung. Schon während meiner Zeit beim FBI hatten wir zusammengearbeitet und erst vor Kurzem wieder, im Zusammenhang mit einem bizarren Showdown zwischen korrupten Polizeibeamten aus den Reihen der Sondereinsatzkommandos und ein paar Drogendealern in Washington.

Ich setzte mich Ned gegenüber auf einen der weißen Plastikstühle an dem orangefarbenen Plastiktisch, wo er gerade seinen Kaffee schlürfte.

»Ich hab ’ne Menge um die Ohren im Moment, also was willst du von mir, verdammt noch mal?«, sagte ich mit breitem Grinsen.

»Gehen wir«, sagte er, und wir standen sofort wieder auf. »Ich hab auch ’ne Menge um die Ohren. Ich soll dich übrigens von Monnie Donnelly grüßen.«

»Schöne Grüße zurück. Also, Ned, was hast du auf dem

Herzen? Wozu dieses ganze Versteckspiel à la John le Carré?«, wollte ich wissen, während wir den Restaurantbereich mit langen Schritten hinter uns ließen.

»Ich habe ein paar interessante Dinge über Caroline erfahren«, kam er direkt zur Sache. »Und, ganz ehrlich, Alex, wenn sie nicht deine Nichte gewesen wäre, dann wäre ich jetzt nicht hier. Die ganze Chose wird mit jedem Tag undurchschaubarer und gefährlicher.«

Vor einem Schaufenster, in dem stapelweise Bücher von David Sedaris ausgestellt waren, blieb ich stehen. »*Welche* Chose denn? Ned, bitte, fang doch mit dem Anfang an.« Mahoney ist einer der scharfsinnigsten Polizisten, die ich kenne, aber manchmal sausen die Informationen einfach zu schnell durch seine Gehirnwindungen.

Er setzte sich wieder in Bewegung, während sein Blick durch das Einkaufszentrum schweifte. So langsam machte er mich nervös. »Wir haben ein gewisses Etablissement in Virginia überwachen lassen. Einen Privatklub. Sehr einflussreiche Klientel, Alex. Ich spreche von Leuten, die in einer ganz anderen Liga spielen als wir beide, und zwar in mehr als nur einer Hinsicht.«

»Sprich weiter«, sagte ich. »Ich bin ganz Ohr.«

Er senkte den Blick. »Ich weiß, dass deine Nichte … ähm …«

»Ja, ja, ich kenne den Befund und alle anderen Einzelheiten auch. Ich habe sie in der Gerichtsmedizin gesehen.«

Er warf seinen Kaffeebecher mit einem Rest Kaffee in einen Mülleimer. »Es ist möglich, ja, sogar wahrscheinlich, dass Caroline in diesem Klub ermordet worden ist.«

»Moment mal.« Wir blieben schon wieder stehen. Ich wartete, bis eine blonde Mutter mit drei kleinen Flachsköpfen und einem ganzen Arm voller Taschen an uns vorbeigegangen war. »Wieso hat sich das FBI da eigentlich eingeschaltet?«

»Die formale Begründung, Alex? Weil eine Leiche von einem Bundesstaat in einen anderen transportiert worden ist.«

Ich musste an den Mafioso denken, der erst geschnappt worden und dann wieder entwischt war: Johnny Tucci. »Meinst du diesen Vollidioten aus Philly?«

»Der interessiert uns nicht. Kann sowieso gut sein, dass er mittlerweile gar nicht mehr am Leben ist. Alex, in diesem Klub verkehren etliche richtig einflussreiche Figuren aus Washington. Es ist in den letzten Tagen ziemlich unruhig geworden bei uns. *Sehr* unruhig.«

»Das soll vermutlich heißen, dass Burns sich eingeschaltet hat.« Ron Burns war der Direktor des FBI und ein netter Kerl. Mahoney signalisierte mit einem Kopfschütteln, dass er mir keine direkte Antwort geben wollte, aber die konnte ich mir auch selbst zusammenreimen.

»Ned, egal, was passiert, ich werde dir helfen.«

»Hab ich mir schon gedacht. Aber hör zu, Alex. Du musst damit rechnen, dass du beobachtet wirst. Das wird noch richtig eklig werden, so eklig, wie du's dir kaum vorstellen kannst.«

»Je ekliger, desto besser. Das heißt ja, dass es jemanden gibt, dem ich nicht gleichgültig bin. Das Risiko gehe ich ein.«

»Hast du ja schon gemacht.« Ned klopfte mir auf die Schulter und lächelte mich grimmig an. »Du hast es bloß bis eben noch nicht gewusst.«

35

Die Begegnung mit Ned war nützlich gewesen, hatte mir aber auch Kopfschmerzen bereitet, also hörte ich im Wagen auf der Rückfahrt zum Judiciary Square ein bisschen Brahms. So glitt ich durch die Straßen von Washington und checkte nebenbei meine Mailbox. Ramon Davies' Sekretärin hatte angerufen. Der Superintendent wollte mich so schnell wie möglich persönlich sprechen. Ich hatte Neds Warnung noch im Ohr und spürte unwillkürlich ein mulmiges Ziehen in der Magengegend. Bei seinem letzten Anruf hatte Davies mir mitgeteilt, dass Caroline ermordet worden war.

Im Daly Building angekommen, ließ ich den Fahrstuhl links liegen und lief die Treppe hinauf in den zweiten Stock. Davies' Bürotür stand offen, und ich klopfte an den Türrahmen.

Er saß an seinem Schreibtisch und las in irgendwelchen Papieren. An der Wand in seinem Rücken hing eine Auswahl aus seiner großen Sammlung an Auszeichnungen, darunter auch die Urkunde für den Titel Detective des Jahres 2002. Ich hatte diese Ehrung 2004 bekommen, allerdings besaß ich kein großes Büro, um die Urkunde aufzuhängen. Ehrlich gesagt lag sie irgendwo in einer Schublade bei mir zu Hause … glaube ich zumindest.

Davies nickte mir zu. Wir waren nicht gerade enge Freunde, aber unsere Zusammenarbeit funktionierte reibungslos, und wir respektierten einander. »Kommen Sie rein und machen Sie die Tür zu.«

Ich setzte mich. Auf seinem Schreibtisch lagen ein paar kopierte Zettel mit meiner eigenen Handschrift.

»Ist das Carolines Akte?«, wollte ich wissen.

Zunächst gab Davies keine Antwort. Er ließ sich gegen die Stuhllehne sinken und starrte mich ein paar Sekunden lang an. Dann sagte er: »Heute früh habe ich einen Anruf von der Internen Ermittlung bekommen.«

Da hatte ich es … wirklich so ungefähr das Allerletzte, mit dem ich mich im Moment befassen wollte. Die Interne Ermittlung hieß früher Dienststelle für professionelle Integrität. Und davor – Interne Ermittlung. Die Metro Police ist in dieser Hinsicht ununterbrochen im Wandel.

»Was wollten die denn?«, fragte ich ihn.

»Ich glaube, das wissen Sie sehr gut. Haben Sie dieses Arschloch von Nachrichtensprecher, diesen Ryan Willoughby von Channel Nine, haben Sie den bedroht? Das behauptet er nämlich. Und seine Sekretärin auch.«

Ich lehnte mich zurück und holte erst einmal tief Luft, bevor ich ihm antwortete. »Das ist völliger Blödsinn. Es ist bloß kurz mal ein bisschen hitzig zwischen uns geworden, mehr nicht.«

»Okay. Dann habe ich gestern noch einen Anruf bekommen. Von einem Kongressabgeordneten, einem gewissen Mintzer. Wollen Sie mal raten, worum es da gegangen ist?«

Ich konnte es nicht glauben … obwohl solche Machtdemonstrationen und dreisten Schikanen in Washington ja eigentlich an der Tagesordnung waren. »Wir haben in Carolines Wohnung die Telefonnummern der beiden gefunden.«

»Sie sind mir keine Rechenschaft schuldig. Jedenfalls noch nicht.« Er hielt mir die Akte hin, um seine Worte zu unterstreichen. »Aber ich muss die Gewissheit haben, dass Sie bei dieser ganze Angelegenheit einen kühlen Kopf bewahren.«

»Das mache ich. Aber es ist eben viel mehr als nur eine normale Morduntersuchung, und zwar keineswegs deshalb, weil meine Nichte ermordet und verhackstückt worden ist.«

»Genauso ist es, Alex. Darauf will ich hinaus. Solche Beschwerden könnten wirklich zum Problem werden. Für Sie wie für die gesamten Ermittlungen.«

Ich redete mit Davies und versuchte gleichzeitig, mir die ganze Sache durch den Kopf gehen zu lassen. Eine Bürgerbeschwerde, vorausgesetzt, ihr wird tatsächlich nachgegangen, kann grundsätzlich zu vier verschiedenen Ergebnissen führen: Sie kann gebilligt, als unbegründet zurückgewiesen oder aus Mangel an Beweisen abgelehnt werden, oder der betreffende Beamte wird rehabilitiert, weil sämtliche Vorschriften eingehalten wurden. Ich war mir sicher, dass ich zumindest in dieser letzten Kategorie landen würde.

Aber Davies war noch nicht fertig mit mir. »Ich lasse Ihnen mehr Freiraum als jedem anderen Detective in dieser Abteilung«, sagte er.

»Danke. Ich packe die Sache doch ganz gut an, oder? Entgegen dem Anschein.«

Das brachte mir den Anflug eines Lächelns ein. Er musterte mich noch ein paar Sekunden lang. Als er sich schließlich vorbeugte, seine Notizen einsammelte und wegpackte, wusste ich, dass wir über dem Berg waren. Zumindest für den Augenblick.

»Ich will, dass Sie in diesem Fall weiterermitteln, Alex. Aber eins können Sie mir glauben: Sobald ich merke, dass irgendjemand versucht, mich auszutricksen, ziehe ich Sie ab.«

Er stand auf, und das war für mich das Signal, von hier zu verschwinden, solange ich noch konnte. »Halten Sie mich auf dem Laufenden. Ich will Sie nicht noch einmal anrufen müssen. *Sie* rufen *mich* an.«

»Selbstverständlich«, versicherte ich ihm und ging hinaus. Wenn ich noch länger geblieben wäre, dann hätte ich ihm von meinem Treffen mit Ned Mahoney erzählen müssen, und das war etwas, was ich mir im Augenblick nicht erlauben konnte. Nicht wenn Davies sich bereits überlegte, ob er mich vielleicht an die Kette legen sollte.

Ich würde ihm das alles später erzählen. Sobald ich selbst ein paar Antworten gefunden hatte.

36

Tony Nicholson konnte sich noch gut an eine Kurzgeschichte erinnern, die während seiner Schulzeit beliebt gewesen war. Sie hatte »Das gefährlichste Spiel der Welt« oder so ähnlich geheißen. Tja, er spielte jetzt ebenfalls ein solches Spiel, aber im richtigen Leben, und das war sehr viel gefährlicher als irgend so eine Geschichte aus einem Sammelband.

Nicholson starrte die Bildschirme auf seinem Schreibtisch an – starrte, wartete und zwang sich zum sparsamen Umgang mit dem Scotch. Zeus musste jede Minute eintreffen, zumindest war er angekündigt, und Nicholson musste sich entscheiden.

Seit Monaten war es jetzt immer das gleiche Spiel mit diesem Irren. Nicholson hielt das Apartment in der Kutschenscheune die ganze Zeit frei, buchte Hostessen, wann immer Zeus es verlangte, und quälte sich anschließend mit der Frage, ob es Selbstmord war, eine von seinen kleinen Partys mitzuschneiden, oder nicht.

Er hatte bis jetzt nur wenige dieser Lustbarkeiten beobachtet, aber eine Menge gesehen. Trotzdem hatte er noch keine Vorstellung davon, wozu Zeus tatsächlich fähig war, ja, nicht einmal davon, wer er eigentlich war. Jedenfalls war er alles andere als zimperlich. Um ehrlich zu sein, ein paar der Hostessen, mit denen er sich vergnügt hatte, waren spurlos verschwunden. Zumindest waren sie, nachdem sie mit Zeus zusammen gewesen waren, nie wieder zur Arbeit erschienen.

Kurz nach halb ein Uhr nachts hielt ein schwarzer Mercedes mit getönten Scheiben vor dem Eingangstor. Niemand klingelte; Nicholson ließ den Wagen per Fernbedienung herein, lehnte sich anschließend zurück und wartete, bis er am Ende der Zufahrtsstraße auftauchte.

Seine Finger huschten wie unter Zwang auf der Tastatur hin und her. *Aufnehmen, nicht aufnehmen, aufnehmen, nicht aufnehmen.*

Es dauerte nicht lange, da fuhr der Mercedes am Haus vorbei, schlug einen Bogen und steuerte die Kutschenscheune weiter hinten an – sein eigentliches Ziel. Wie immer waren die Kennzeichen des Wagens abgedeckt.

Vor Zeus hatte das Apartment als private VIP-Suite für all jene persönlich bekannten Kunden gedient, die sich das leisten konnten. Die Preise fingen bei zwanzigtausend pro Nacht an, und zwar nur für Kost und Logis. Die Suite war mit einer exquisiten Auswahl an Weinen und Hochprozentigem, einer vollständig ausgestatteten Gourmetküche, einem Marmor-Dampfbad inklusive Komplettdusche, zwei offenen Kaminen sowie einer kompletten Elektronikausstattung einschließlich separat verlegter Telefonleitungen mit spezieller Software und einem Multi-Frequenz-Scrambler ausgestattet, der dafür sorgte, dass Anrufe von diesem Anschluss nicht zurückverfolgt werden konnten.

Nicholson holte sich das Wohnzimmerbild auf den Monitor. Dort warteten bereits zwei Mädchen, wie bestellt. Sie wussten lediglich, dass es sich um eine »einzelne Person« handelte und dass sie den anderthalbfachen Satz bekommen sollten, also mindestens viertausend für jede.

Als sich die Garagentür im Erdgeschoss öffnete, standen sie beide gleichzeitig auf und fingen an, sich zurechtzumachen.

Nicholson spannte alle Muskeln an, als er Zeus in den Raum treten sah. Mit dem akkuraten, blauen Anzug, der Aktentasche und dem braunen Mantel über dem Arm sah er aus wie jeder andere Kunde auch.

Mit einem Unterschied… Zeus trug eine Maske. Jedes Mal. Schwarz. Wie ein Henker.

»Hallo, meine Damen. Sehr hübsch, Sehr schön. Seid Ihr bereit für mich?«, sagte er.

Auch das sagte er jedes Mal.

Und jedes Mal mit dieser Stimme, die viel zu tief war, um seine normale Sprechstimme zu sein.

Ein weiteres Element seiner Verkleidung.

Also, wer war dieser unheimliche, mächtige, reiche Drecksack?

37

Zeus musterte die beiden Mädchen durch die schmalen Sehschlitze seiner Maske hindurch und fand sie wunderschön, absolut spektakulär anzuschauen. Die eine war groß, besaß lange dunkle Haare und eine Alabasterhaut. Die andere war eine kleine, dunkle Schönheit, wahrscheinlich eine Latina.

Man hatte sie offensichtlich instruiert, sich weder nach der Maske noch nach seinem Namen noch nach sonstigen persönlichen Dingen zu erkundigen. Das war gut – seine Stimmung hätte gar nicht besser sein können.

»Ich glaube, wir werden heute Abend viel Spaß miteinander haben«, sagte er. Mehr brauchten sie im Moment nicht zu wissen, und er hatte auch, ehrlich gesagt, noch keine Vorstellung davon, wie der Abend verlaufen würde. Er wusste nur, dass er die totale Kontrolle besaß. Schließlich war er Zeus.

Sie fassten seine Worte als Aufforderung auf und stellten sich als Katherine und Renata vor. »Darf ich dir den Mantel abnehmen?«, sagte Katherine und schaffte es irgendwie, dabei auch noch verführerisch zu klingen. »Möchtest du vielleicht etwas trinken? Etwas Bestimmtes? Es ist alles da.«

»Nein, danke. Im Moment möchte ich nichts.« Er benahm sich höflich, aber ganz eindeutig reserviert, sogar ein bisschen eigenartig. Zum Beispiel fasste er außerhalb des Schlafzimmers grundsätzlich nichts an. Seine Leute wussten das und würden entsprechend vorgehen.

»Gehen wir rein«, sagte er. »Ihr seid im Übrigen die schönsten Mädchen, die ich hier je gesehen habe. Ich könnte wirklich nicht sagen, welche von euch beiden die Hübschere ist.«

Das Schlafzimmer war genauso hergerichtet wie verlangt. Die Vorhänge vor den Fenstern waren zugezogen. Auf der Kommode standen eine Flasche Grey-Goose-Wodka und eine frische Schachtel mit Latexhandschuhen, sonst nichts – kein Nippes, keine Teppiche, kein Bettzeug, abgesehen von einem Gummilaken, das genau auf die Matratze passte.

»Interessant«, sagte Katherine und strich mit der Hand darüber.

Zeus ging nicht weiter darauf ein.

Er ließ zuerst die Mädchen die Kleidung ablegen, dann zog er sich ebenfalls aus bis auf die Maske und legte seine Sachen fein säuberlich gefaltet auf die Kommode, damit er den Klub genauso korrekt gekleidet verlassen konnte, wie er ihn betreten hatte.

Schließlich klappte er seine Aktentasche auf.

»Ich werde euch jetzt fesseln«, sagte er. »Nichts Besonderes. Das haben sie euch doch gesagt, oder? Gut. Seid ihr schon einmal mit Handschellen gefesselt worden?«

Die Schüchterne, Renata, schüttelte den Kopf. Die andere, Katherine, bedachte ihn mit einem aufreizenden Blick und nickte. »Ein-, zweimal«, sagte sie. »Und weißt du was? Ich bin trotzdem noch ein ganz ungezogenes Mädchen.«

»Lass das sein, Katherine«, sagte er. Sie schaute ihn an, als wüsste sie nicht, was er meinte. »Du darfst mir niemals etwas vormachen. Bitte. Sei einfach du selbst. Ich merke den Unterschied.«

Er warf ein Paar Handschellen auf das Bett, bevor sie noch mehr Unsinn reden konnte. »Legt die bitte an. Und ich möchte, dass ihr sie euch teilt. Jede mit einer Hand.«

Während die Mädchen sich die Handschellen anlegten, streifte er ein Paar Handschuhe über und holte seine übrigen Sachen aus der Tasche: noch zwei Paar Handschellen, ein neues Seil, zwei Ballknebel aus rotem Gummi mit schwarzen Lederbändern.

»Und jetzt legt euch auf den Rücken«, sagte er und trat als Erstes zu Renata. Dabei konnte er etwas Interessantes entdecken, eine zunehmende Besorgnis in ihrem Blick, aufkeimende Angst.

»Gib mir deine freie Hand«, sagte er. Dann schnallte er sie mit dem Handgelenk am Bettpfosten fest. »Vielen Dank, Renata. Du bist wirklich süß. Ich mag gefügige Frauen. Das ist mein Laster.«

Während er auf die andere Seite des Bettes ging, drückte Katherine den Rücken ein wenig durch und machte die Augen weit auf. In ihrem Blick lag mehr Leere als Furcht.

»Bitte, tu uns nicht weh. Wir machen alles, was du willst. Versprochen«, sagte sie.

Sie ging ihm gehörig auf die Nerven, jetzt schon. Wie irgend so eine bemüht auf Vamp getrimmte Hausfrau. Die ihren ehelichen Pflichten nachkommt. Er ließ die letzte Handschelle einrasten und machte sie am Bettpfosten fest. Dann steckte er ihr den Knebel in den Mund, bevor sie noch mehr quatschen und ihm den ganzen Abend ruinieren konnte.

»Ich merke genau, dass du immer noch Theater spielst, und zwar alles andere als gut«, sagte er zu ihr. »Und jetzt werde ich wirklich langsam wütend. Tut mir leid. Ich kann mich selbst nicht leiden, wenn ich so bin. Aber du mich auch nicht.«

Er zurrte den Riemen an ihrem Hinterkopf fest, und zwar mit ganzer Kraft. Er war ein kräftiger Mann. Das Mädchen wollte etwas sagen, aber es drang nur ein ersticktes Grunzen nach draußen. Er hatte ihr Schmerzen bereitet. Gut so. Sie hatte es nicht anders verdient.

Als er ein paar Schritte zurücktrat, hatte sich Katherines

Miene vollkommen verändert. Jetzt hatte sie Angst vor ihm. Das konnte man nicht vortäuschen.

»Viel besser«, sagte er. »Also, jetzt wollen wir mal sehen, ob mir etwas einfällt, womit wir deine schauspielerischen Leistungen ein wenig verbessern können. Ach, wie wär's denn damit?«

Er griff in seine schwarze Aktentasche und holte einen Elektroschocker heraus. Und eine Beißzange.

»Katherine, einfach wundervoll. Eine wirklich atemberaubende Verbesserung. Das Geheimnis sind die Augen.«

38

Nicholson fühlte sich, als hätte er die ganze Nacht nur Kaffee getrunken und nicht etwa teuren Scotch. Er blinzelte in die Scheinwerfer auf dem Lee Highway und wünschte sich nichts sehnlicher als einen Schlummertrunk, eine Schlaftablette und ein paar Stunden Urlaub von all seinen quälenden Gedanken.

Aber jedenfalls hatte er es geschafft. Er hatte die Festplatte geleert und die CD eingesteckt. Er hatte alles mitgeschnitten, was Zeus mit den beiden Mädchen veranstaltet hatte. Er hatte die Horrorshow mit eigenen Augen gesehen. Die Frage war jetzt, was er damit anfangen sollte.

Die Versuchung war groß, die ganze Nacht durch die Gegend zu fahren, das Ding in seinem Schließfach zu deponieren und es hoffentlich nie wieder anzurühren. Aber andererseits, dachte er, falls es einmal nötig werden sollte, dann war es schlauer, sie bei der Hand zu haben. Nur für den Fall.

Nicholson hatte sich niemals eingebildet, dass seine Masche ewig funktionieren würde. Der diskrete Klub und die schmutzigen Erpressungen hatten ein sehr empfindliches Gleichgewicht gebildet. Aber jetzt, wo Zeus mit im Spiel war, hatten sich die Gewichte verschoben, und der Irre machte keinerlei Anstalten, sich irgendwie zurückzuhalten.

Falls Nicholson heil davonkommen wollte, dann musste er von der Bildfläche verschwinden, je früher, desto besser.

Während der Fahrt ging ihm ein Ausstiegsszenario nach dem nächsten durch den Kopf.

Das Offshore-Konto auf den Seychellen war mit knapp über zwei Millionen gut gefüllt. Hundertfünfzigtausend kamen noch von Temple Suiter und dann die Al-Hamad-Party nächste

Woche, die wohl mindestens genauso viel bringen würde. Das war zwar keine lebenslange Reserve, aber ganz bestimmt ausreichend, damit er das Land verlassen und es sich für eine ganze Weile bequem machen konnte. Mindestens für ein paar Jahre, wenn nicht sogar noch länger.

Er könnte über Zürich fliegen und ein paar Wochen lang untertauchen, bis er sich einen zweiten Reisepass besorgt hatte. Einbürgerungsprogramme wurden in vielen Ländern angeboten. Irland würde vielleicht am wenigsten Aufmerksamkeit erregen. Dann konnte er mit seiner neuen Identität weiterreisen, vielleicht nach Osten. Er hatte schon oft gehört, dass der Frischfleischhandel in Bangkok unglaubliche Perspektiven versprach. Vielleicht war jetzt genau der richtige Zeitpunkt, sich dort einmal umzuschauen.

Aber da war ja immer noch Charlotte.

Gott, was hatte er sich bloß dabei gedacht, als er sie geheiratet hatte? Dass er aus diesem Klumpen Lehm etwas formen konnte, was wenigstens einen minimalen Wert besaß? Als sie sich kennengelernt hatten, da war sie ein kleines Nichts von einer Londoner Lehrerin gewesen. Jetzt war sie ein kleines Nichts von einer amerikanischen Hausfrau. Es kam ihm vor wie ein richtig schlechter Witz – auf seine Kosten.

Eines war jedenfalls sicher. Mrs. Nicholson würde ihn auf seiner Reise nach Osten, oder wo immer sie ihn hinführen mochte, definitiv nicht begleiten. Die einzige Frage war, ob er sich jemanden suchen sollte, der ihr das Licht auspustete – sie wäre jetzt sowieso nur noch eine Leiche mehr gewesen, und die zwanzig- oder dreißigtausend, die es kosten würde, wären gut angelegt. Hauptsache, ihr loses Mundwerk konnte nichts mehr ausplaudern, wenn er sich davongemacht hatte.

Um kurz nach vier Uhr morgens war er schließlich zu Hause. In seinem Kopf herrschte immer noch ein heilloses Durcheinander, als er die kurze, geschwungene Einfahrt zu seinem Haus entlangfuhr, und um ein Haar wäre er dem schwarzen, viertürigen Jeep, der direkt vor seiner Garage abgestellt war, ins Heck gekracht.

»Was, zum Teufel…?«

Sein erster klarer Gedanke galt der CD in seinem Handschuhfach und Zeus. *Mein Gott, sollte schon jetzt jemand von der Aufnahme erfahren haben? Konnte das denn wahr sein?*

Nicholson war nicht scharf darauf, die Antwort auf diese Fragen zu erfahren, und legte den Rückwärtsgang ein, aber es war zu spät.

Vor seinem Seitenfenster stand bereits ein dicker Mann, hatte eine Pistole auf ihn gerichtet und schüttelte den Kopf.

39

Wo war er denn jetzt gelandet… bei den *Sopranos*? Es sah ganz danach aus, fand Nicholson.

Sie waren zu zweit. Eine weitere zwielichtige Gestalt trat ins Scheinwerferlicht und richtete ebenfalls eine Waffe auf seinen Kopf.

Der Dicke machte Nicholsons Tür auf und trat dann einen Schritt zurück. Der Mund des Typen stand leicht offen, und da er das billige Golfhemd in die Hose gestopft hatte, zeigte sich in seiner Körpermitte eine beeindruckende Wölbung. Es war absolut unvorstellbar, dass ein solcher Schlaffi für Zeus arbeitete – und somit war die Frage klar.

»Wer sind Sie, verdammt noch mal?«, stieß Nicholson aus. »Und was wollen Sie von mir?«

»Wir arbeiten für Mr. Martino.« Der Akzent klang nach New York oder Boston oder so. Amerikanische Ostküste jedenfalls.

Nicholson stieg gemächlich aus und achtete darauf, dass beide Hände gut zu sehen waren. »Okay, also, wer ist Mr. Martino?«

»Keine dämlichen Fragen mehr.« Der korpulente Ganove deutete auf das Haus. »Gehen wir rein. Wir sind direkt hinter dir, Kleiner.«

Jetzt fiel Nicholson ein, dass er schon längst tot wäre, wenn das ein einfacher Mordanschlag gewesen wäre. Also wollten sie irgendetwas von ihm. Aber *was*?

Kaum waren sie im Haus, da drang Charlotte Nicholsons dünne, ausgesprochen nervtötende Stimme aus dem oberen Flur nach unten. »Babe? Wen hast du denn da mitgebracht? Ist es nicht ziemlich spät, um noch Gäste zu empfangen?«

»Niemand. Braucht dich nicht zu kümmern. Geh wieder ins Bett, Charlotte.«

Sogar jetzt hätte er sie am liebsten erwürgt, nur weil sie da war, wo sie nicht sein sollte. Sie betrat die Treppe, und das Licht aus dem Foyer fiel auf ihre nackten Füße und Beine. »Was ist denn los?«, meldete sie sich erneut zu Wort.

»Hast du nicht gehört? *Geh weg. Sofort.*« Sie schien jetzt wenigstens auf seinen Tonfall zu reagieren und verschwand wieder in der Dunkelheit. »Bleib da oben«, sagte er. »Ich sehe später nach dir. Geh schlafen.«

Er führte seine beiden unerwarteten Gäste nach hinten in das große Zimmer, damit sie ungestört waren. Außerdem war dort auch die Bar, die Nicholson auf direktem Weg ansteuerte.

»Ich weiß ja nicht, wie es euch beiden geht, aber ich könnte jetzt einen Drink gut geb…«, sagte er. Dann spürte er einen harten Schlag auf den Hinterkopf und sank auf die Knie.

»Was glaubst du eigentlich, was das hier ist, verfluchte Scheiße noch mal? Ein Höflichkeitsbesuch?«, brüllte der Dicke.

Nicholson war so wütend, dass er am liebsten zurückgeschlagen hätte, aber er war nicht in der Position dazu. Ganz und gar nicht. Also kam er mühsam wieder auf die Beine und schleppte sich zum Sofa.

»Also, was wollen Sie um vier Uhr morgens von mir?«

Der Dicke baute sich vor ihm auf. »Wir suchen einen unserer Männer. Er kam vor ungefähr anderthalb Wochen hierher, und seither haben wir nichts von ihm gehört.«

Gott, o Gott, er hätte dieses fette Dreckschwein so gerne plattgemacht, aber das ging eben nicht, zumindest nicht jetzt. Aber irgendwann, irgendwo…

»Damit kann ich nichts anfangen. Ich brauche mehr Informationen. Was für ein Mann? Geben Sie mir mal einen Tipp.«

»Er heißt Johnny Tucci«, sagte Fettsack.

»Wer? Nie gehört. Tucci? War der bei mir im Klub? Wer ist das?«

»Verarsch uns nicht, Mann.« Der schmächtigere Typ kam jetzt näher und mit ihm Zigarettengestank und Körpergeruch. »Wir wissen alles über deinen netten Treffpunkt auf dem Land, okay?«

Nicholson setzte sich kerzengerade hin. Das hatte möglicherweise mehr mit Zeus zu tun, als er gedacht hatte. Oder mit seinem Nebengeschäft?

»Glaubst du vielleicht, Mr. Martino schickt seine Leute hierher, um Urlaub zu machen?«

»Hören Sie, ich habe immer noch nicht den leisesten Schimmer, was Sie da reden«, sagte Nicholson. Und das entsprach zumindest teilweise der Wahrheit.

Der Dicke setzte sich auf den Couchtisch aus Wurzelholz und ließ zum ersten Mal die Waffe sinken. Das hätte vielleicht seine Chance sein können, wenn der andere Typ nicht so dicht daneben gestanden hätte.

»Dann erklär ich's dir eben«, sagte er in fast schon versöhnlichem Tonfall. »Einer von unseren Leuten wird vermisst. Wer immer den Deal mit unserem Boss eingefädelt hat, er ist nicht so einfach aufzutreiben. Bis jetzt bist du alles, was wir haben. Und das heißt, dass unser Problem gerade eben dein Problem geworden ist. Hast du kapiert?«

»Und was soll ich Ihrer Meinung nach gegen … *unser* Problem unternehmen?«

Der Typ zuckte mit den Schultern und kratzte sich anschließend mit dem Lauf seiner Pistole das Stoppelkinn. »Unterm Strich müssen wir Mr. Martino irgendjemanden liefern. Also hörst du dich ein bisschen um, kriegst so viel wie möglich raus, oder wir nehmen einfach dich mit zurück.«

»Oder die kleine Lady aus dem ersten Stock«, meinte der andere.

»Sie können die kleine Lady sofort haben«, meinte Nicholson. »Dann sind wir quitt.«

Endlich lächelte der Dicke, dann stand er auf. Die Unterhaltung war eindeutig beendet.

»Ich nehm mir noch einen Schluck mit auf den Weg«, sagte er zu Nicholson. »Und du bleibst, wo du bist.«

Er watschelte hinüber zur Bar, wo sein Kumpel bereits dabei war, sich so viele Flaschen wie irgend möglich unter den Arm zu klemmen.

Sobald die beiden verschwunden waren und Nicholson sich einen Drink und ein bisschen Eis für seinen Kopf geholt hatte, stellte er fest, dass sie den ganzen Bestand an Johnny-Walker-Flaschen mitgenommen, aber dafür einen Dalmore 62 zu vierhundert Dollar die Flasche stehen gelassen hatten. Das erschien ihm ein ebenso unheilvolles Omen zu sein wie alles andere auch.

Wenn jetzt schon diese beiden Versager hinter ihm her waren, dann löste sich das ganze Konstrukt sehr viel schneller in seine Bestandteile auf, als er für möglich gehalten hätte.

Aber wer zum Teufel war Johnny Tucci?

40

Für Suarez und Overton lief jede Transaktion mit Zeus nur über tote Briefkästen. Kein persönlicher Kontakt, niemals, so lautete die Absprache mit ihrem Auftraggeber. Sie betraten die Suite im Blacksmith Farms, nachdem er gegangen war, machten sie gründlich sauber und nahmen alles mit, was mitgenommen werden musste, einschließlich der Leichen.

Kurz vor Anbruch der Dämmerung rumpelte ihr unauffälliger Pontiac G6 über den vertrauten Waldweg irgendwo tief in den Wäldern von Virginia. Das Gewicht im Kofferraum sorgte dafür, dass das Heck ein wenig tiefer hing als sonst.

»Ich will dich mal was fragen«, sagte Suarez zu seinem Partner. »Er ist doch offensichtlich stinkreich. Warum geht er dieses Risiko ein? Was ist das für ein Typ? Ist der komplett durchgeknallt?«

»In gewisser Hinsicht schon.«

»In gewisser Hinsicht? Ich glaube eher, das ist ein totaler Irrer, dreihundertfünfundsechzig Tage im Jahr, rund um die Uhr. Schlimmer als eine Scheißhausratte auf Speed. Wie kommt er damit bloß durch? *Wie macht er das?*«

»Tja, also zunächst einmal: Weißt du, wer er ist, Suarez?«

»Du hast recht, weiß ich nicht. Aber irgendjemand muss es wissen. Irgendjemand muss ihn irgendwann mal stoppen.«

»Dazu kann ich nur eines sagen: willkommen in der wahnwitzigen Welt der Reichen und Berühmten. Sag mal *Baumhäcksler.*«

41

Remy Williams traute diesen beiden Typen keinen Zentimeter über den Weg. Von Anfang an nicht. Als sie vor seiner Hütte anhielten und im Auto sitzen blieben, da war ihm klar, dass irgendwas anders war als sonst. Mehr als die übliche Müllsack-Routine.

»Wie geht's, wie steht's, Jungs?« Er schlurfte rüber, als wäre er genau der weiße Abschaum, für den sie ihn halten sollten. »Was habt ihr mir diesmal mitgebracht?«

»Zwei weibliche.« Der Fahrer hob den Kopf, schaute ihm aber nicht direkt in die Augen. Was war denn das? *Hatte der Latino etwa ein Gewissen?* »Eine hat eine Kugel in der Brust. Du wirst schon sehen.«

»Ach ja? Wieso habt ihr sie denn erschossen?«

»Keine Ahnung. Vielleicht sind wir immer noch hinter der Letzten her, die uns abgehauen ist.«

Der Kerl wollte ihn irgendwie aus der Reserve locken, so viel war Remy klar, aber er wusste nicht warum oder worum es bei diesen ganzen Morden überhaupt ging. Er war nur ein kleines Zahnrad im Getriebe, ihm fehlte der Überblick. Den hat wahrscheinlich keiner, dachte er. Wie bei John F. Kennedy. Wie bei Robert F. Kennedy. Sogar wie bei O. J. Simpson, verdammt noch mal.

»Also, ich hab das Gefühl, als hättet ihr die Letzte auch abgeknallt«, sagte er und spielte das Spielchen mit. »Vielleicht ist sie ja gar nicht abgehauen. Vielleicht liegt sie irgendwo da draußen im Wald und wird gerade zu Humus. Während wir hier miteinander plaudern. Könnte sogar sein, dass sie jetzt, in diesem Augenblick, von Wanderern entdeckt wird.«

»Ja, ja, kann sein.« Der Exagent holte einmal tief Luft. So

langsam machte er keinen Hehl mehr aus seinem Ärger. »Hör zu, vielleicht kannst du jetzt einfach den Kofferraum ausräumen, damit wir uns glücklich und zufrieden auf den Rückweg machen können.«

Remy kratzte sich im Schritt – war vielleicht ein bisschen zu viel des Guten – und schlurfte dann nach hinten zum Heck des Wagens. Der Fahrer ließ den Kofferraumdeckel aufschnappen. *Oh, Gott! Nun sieh mal einer an!*

Die beiden Leichen waren in eine doppelte Schicht Polyesterfolie eingewickelt und mit Paketband umwickelt worden. Diese Typen waren jedenfalls Profis, das musste er ihnen lassen. *Aber wer tat diesen Mädchen denn überhaupt so was an? Wo war denn da der tiefere Sinn? Wer war der Täter?*

Er zog die beiden »Pakete« aus dem Kofferraum und ließ sie auf die vorbereitete Zeltplane fallen. Das Werkzeug hatte er schon auf einem dicken Hickory-Stumpf bereitgelegt und neben dem Häcksler stand ein zusätzlicher Benzinkanister.

»Wie war das noch mal? Welche hat eine Kugel abgekriegt?«, rief er den beiden Geheimniskrämern zu.

»Die Große. Linke Brustseite. Die reinste Verschwendung. Das Mädel war ein Kracher.«

Er wälzte sie ein Stück zur Seite und schlitzte die Plastikfolie auf. Dabei drückte er gerade so fest zu, dass die Spitze seines Bowiemessers eine schmale, rote Spur hinterließ. Als er die Verpackung beiseiteschlug, entdeckte er oberhalb ihrer ausgesprochen wohlgeformten linken Brust einen kleinen Krater. Der Körper war noch warm, um die dreißig Grad Celsius. Sie war höchstens seit ein paar Stunden tot.

»Okay. Hab's gefunden. Soll ich die Kugel rausholen? Oder wolltet ihr das lieber selber machen?«

»Hol sie raus. Lass sie verschwinden.«

»Alles paletti. Das wär erledigt. Noch was?«

»Ja. Mach den Kofferraum zu.«

Wenige Sekunden später waren die beiden Kerle wieder weg.

Remy traute ihnen zwar nicht über den Weg, aber ihre Arroganz ließ ihn völlig kalt. Er wusste, dass sie ihm mehr nützte als schadete. Die beiden hatten wahrscheinlich keinen Schimmer, wie entbehrlich *sie* eigentlich waren.

Oder wie verletzlich.

In Wirklichkeit hatten sie einen Großteil seiner Arbeit schon erledigt, als sie ihre Identität gelöscht hatten. Jetzt waren sie nichts weiter als zwei Gespenster, und Remy wusste so gut wie jeder andere, dass man, wenn der Zeitpunkt gekommen war, nichts leichter verschwinden lassen konnte als einen Geist.

Er konnte das, wäre ja auch nicht das erste Mal. Hatte sogar einen Beruf daraus gemacht.

Jetzt wickelte er das zweite Mädchen aus – auch wieder eine Schönheit. Sah so aus, als könnte sie erwürgt worden sein. Und gebissen? Er massierte die lauwarmen Brüste des Mädchens, spielte noch ein bisschen ausführlicher mit ihr herum, dann nahm er die beiden mit auf die Anhöhe, wo der Häcksler stand.

Was für eine Verschwendung. Wer machte denn so was? Vielleicht einer, der noch mehr durchgeknallt war als er?

42

Am Samstagnachmittag hatte ich ein weiteres geheimes Treffen mit Ned Mahoney, dieses Mal in einem belebten Parkhaus in Georgetown.

Als ich hineinfuhr, musste ich unwillkürlich an die Szenen mit dem anonymen Informanten aus *Die Unbestechlichen* denken – im Buch wie in der Verfilmung. Auch hier war jede Menge mysteriöse Geheimniskrämerei im Spiel. Aber warum? Was war hier eigentlich los?

Als ich aus dem Wagen stieg, wartete Ned schon auf mich. Er reichte mir einen Aktenordner mit dem Emblem des FBI. Im Inneren lagen ein paar handgeschriebene Zettel sowie Kopien von diversen Fotos, immer zwei pro Seite. »Was ist das?«

»Renata Cruz und Katherine Tennancour«, sagte er. »Beide werden vermisst und sind vermutlich tot.«

Auf jedem Bild war eines der Mädchen an verschiedenen Orten in Washington und in Begleitung verschiedener, meist weißer, älterer Männer zu sehen.

»Ist das da etwa David *Wilke*?« Ich deutete auf einen Mann, der sehr große Ähnlichkeit mit dem momentanen Vorsitzenden des Verteidigungsausschusses des Senats aufwies.

Ned nickte. »Ganz genau, das ist David Wilke. Die beiden Damen werden regelmäßig von sehr mächtigen Männern gebucht. Darum haben wir ja überhaupt angefangen, sie zu beschatten. Und zumindest Katherine Tennancour hat auch in dem Klub draußen in Virginia gearbeitet.«

Ich sagte kein Wort, sondern starrte Mahoney nur an.

»Ich weiß genau, was du jetzt denkst«, sagte er. »Wir könnten auch gleich das Abgeordnetenverzeichnis durchgehen, wo wir schon mal dabei sind.«

Dieses ganze Dickicht wurde von Minute zu Minute heimtückischer. Es gab keine Möglichkeit, dem Killer – beziehungsweise seinem Netzwerk, falls wir es mit einem solchen zu tun hatten – auf die Schliche zu kommen, ohne dabei eine Unmenge sehr schmutziger Wäsche ans Tageslicht zu fördern. Im Lauf dieses Prozesses würde das Leben vieler unbeteiligter Angehöriger ruiniert werden ... und das war erst der Anfang.

Mehrheiten im Abgeordnetenhaus und im Senat waren schon aus sehr viel nichtigeren Anlässen verloren gegangen, von Präsidentenwahlen und Gouverneursposten ganz zu schweigen. Und keiner der Betroffenen würde sich einfach kampflos seinem Schicksal ergeben. Dass die Interne Ermittlung eingeschaltet worden war, war nur ein erster kleiner Vorgeschmack gewesen. Jeder, der glaubt, dass man sich als Polizist um solche sensationellen, »karrierefördernden« Fälle reißt, hat noch nie selbst so etwas mitgemacht.

»Mein Gott, Ned. Das ist ja, als würde man hier, mitten in Washington, auf einen Hurrikan warten.«

»Eher so, als würde man direkt darauf zulaufen, den Ärger förmlich suchen«, erwiderte er. »Windstärke zwölf und Hagelkörner aus Scheiße. Ist Washington nicht ein liebenswertes Fleckchen Erde?«

»Das ist es in der Tat, bloß jetzt gerade nicht.«

»Also gut, Alex, hör zu.« Seine Stimme klang wieder ernst. »Das FBI arbeitet mit Hochdruck an dieser Sache. Es dauert nicht mehr lang, dann fliegt das ganze Ding in die Luft. Ich hätte vollstes Verständnis, wenn du dich da rausziehen willst, und falls du das vorhast, dann wäre jetzt der richtige Zeitpunkt. Du musst mir bloß diesen Umschlag wieder zurückgeben.«

Sein Angebot überraschte mich ein bisschen. Ich hatte eigentlich gedacht, dass Ned mich besser kannte. Und das bedeutete nichts anderes, als dass dieses Angebot eine sehr ernst gemeinte Warnung war.

»Heißt das etwa, ihr wollt den Laden auffliegen lassen?«, fragte ich ihn.

»Ich warte im Augenblick auf die richterliche Genehmigung.«

»Und?«

Ned grinste, und wenn mich nicht alles täuscht, dann sah er in diesem Augenblick sogar ein klein wenig erleichtert aus. »Und du solltest am besten dein Handy eingeschaltet lassen, wenn du heute Abend nach Hause gehst. Ich melde mich.«

43

Das Gute war, dass ich ein schönes Abendessen im Kreis meiner Familie genießen konnte. Ich konnte sogar noch ein bisschen Zeit mit den Kindern verbringen, kurz bevor aller Voraussicht nach das Unwetter losbrach, ein Unwetter, wie ich es vermutlich noch nie zuvor erlebt hatte. Es hing alles davon ab, *wer* am heutigen Abend alles in diesem Etablissement war.

Jannie hatte Ali »Mensch ärgere dich nicht« beigebracht, eines der langweiligsten Spiele des ganzen Universums, aber das störte mich nicht. Mit den beiden macht mir einfach jedes Spiel Spaß. Ich stellte zwischendurch jede Menge Blödsinn an, klaute Figuren vom Brett und erzählte Ali alte Witze. Zum Beispiel: »Treffen sich eine Null und eine Acht. Sagt die Null zur Acht …«

»… schicker Gürtel!« Jannie kicherte. Sie liebte es, mir eine Pointe zu versauen, und Ali war ein überaus dankbares Publikum. Der Junge lacht einfach für sein Leben gern. Er ist mit Abstand das lustigste meiner drei Kinder.

Nana saß ein wenig abseits und beobachtete uns über den Rand ihres Buchs hinweg. Es hieß *Tausend strahlende Sonnen*. Sie hatte in den letzten Tagen bereits mehrere dicke Wälzer verschlungen. Sie und Bree bildeten mittlerweile eine zaghafte Partnerschaft, wobei Bree sich Stück für Stück mit dem Haus vertraut machte und Nana lernte, dass es nicht schlimm war, wenn sie ein paar Dinge losließ, die sie bisher immer unter Kontrolle gehabt hatte – zum Beispiel das Einräumen der Spülmaschine.

Alles war gut … bis das Telefon klingelte.

Wenn das passiert, fangen die Kinder normalerweise sofort an zu stänkern. *»Geh nicht ran, Daddy«*, war ein geflügeltes Wort in unserer Familie. Aber als beide sich nur abwandten und auf das Unausweichliche warteten, da fühlte ich mich noch schlechter als sonst.

Ich warf einen Blick auf das Display. Es war Mahoney. Wie versprochen.

»Tut mir leid, aber da muss ich wirklich rangehen«, sagte ich zu Ali und Jannie.

Ihr Schweigen hallte mir noch in den Ohren, als ich schon auf dem Weg in den Flur war.

»Ned?«

»Wir legen los, Alex. Bei der Abfahrt 72 in Arlington gibt es ein Holiday Inn. Wenn du gleich losfährst, dann kann ich dich dort auf dem Parkplatz abholen. Sofort.«

44

Sie hatten den Einsatz »Operation Koitus Interruptus« getauft, was nur beweist, dass es beim FBI tatsächlich ein paar Menschen mit Sinn für Humor geben muss.

Ned hatte sein gesamtes Team auf einer kleinen Farm in Culpeper County versammelt, rund anderthalb Stunden westlich von Washington und nicht weit vom Shenandoah National Park entfernt. Die Zusammensetzung war ungewöhnlich und verhieß nichts Gutes: Mahoney und sein Partner bei diesem Fall, Renee Victor, dazu sechs Mitglieder der Geiselbefreiungs-Einheit, drei krisenerprobte Unterhändler aus der Abteilung für taktische Maßnahmen sowie ein zehnköpfiges Sondereinsatzkommando des FBI.

Ich hatte eigentlich mit einem kompletten Geiselbefreiungsteam gerechnet, machte mir aber keinerlei Gedanken. Das FBI besitzt mit die besten taktischen Einsatzkommandos der Welt. Das Ganze würde ein ziemliches Schauspiel werden.

Ein Vertreter der Virginia State Police, die zwei Gefangenentransporter auf Abruf bereithielt, war ebenfalls dabei. Und ich. Ich wusste nicht, welche Beziehungen Ned hatte spielen lassen, damit ich dabei sein konnte, aber ich war froh darüber, zumal ich wusste, dass er mich durchaus als Gewinn für diesen Einsatz betrachtete. Wir versammelten uns alle um die Ladefläche eines Pick-ups und lauschten ein paar kurzen, einführenden Worten unseres Einsatzleiters.

»Wir werden da drin vermutlich auf ein paar richtig einflussreiche Figuren treffen, aber trotzdem ziehen wir unser Programm genau so durch wie immer«, sagte Ned. »Zuerst geht das Sondereinsatzkommando rein, dann die Geiselbefreier. Sämtliche Ausgänge werden permanent gesichert. Ihr solltet euch auf jedes denkbare Szenario gefasst machen, auch auf sexuelle Aktivitäten oder gewaltsamen Widerstand. Das Letztere ist zwar nicht zu erwarten, aber möglich ist alles. Erledigt eure Arbeit so schnell und so risikolos wie möglich, damit wir den Laden so sauber wie möglich hinterlassen können.«

Die Überwachungsaufnahmen zeigten, dass das Haupthaus je einen Eingang auf der Nord-, Süd- und Westseite besaß, Mahoney teilte uns entsprechend in drei Gruppen auf. Ich sollte mit ihm zusammen den Haupteingang in Angriff nehmen. Darüber hinaus gab es noch diverse Nebengebäude, die angeblich aber leer waren, zumindest am heutigen Abend. Ich fragte mich unwillkürlich, was dort wohl für Partys stattfinden mochten.

Vor dem Abmarsch überreichte Ned mir noch eine FBI-Jacke und eine neue Aramid-Weste aus dem Kofferraum seines Wagens. Die Weste war leichter als alles, was ich bisher kannte, und das war mir sehr recht, da wir etliche Kilometer Fußmarsch vor uns hatten.

Wir brauchten eine Dreiviertelstunde, um uns durch dichten Wald und Unterholz zu kämpfen. Nach den ersten rund eineinhalb Kilometern schalteten wir sämtliche Taschenlampen aus und vertrauten uns der Führung derjenigen an, die ein Nachtsichtgerät dabeihatten.

Von dem Zeitpunkt an verstummten auch alle Gespräche, abgesehen von den gelegentlichen Funksprüchen zwischen Mahoney und dem Kommandeur des Sondereinsatzkommandos.

Wir gingen einen steilen Abhang hinauf, und mit einem Mal hatten wir das Haupthaus in voller Pracht vor uns. Wir hielten uns im Schatten, rund fünfundsiebzig Meter vom Haupteingang entfernt, aber immer noch knapp außer Sichtweite. Ned schickte das Sondereinsatzkommando vor, um das Gebäude zu umstellen, und ich borgte mir ein Fernglas, damit ich, bis es losging, sehen konnte, was passierte.

Es war eine wirklich großzügige Sandsteinvilla, ein *Herrenhaus* im wahrsten Sinn des Wortes. Und die Auffahrt bot am heutigen Abend das Bild einer Automobil-Ausstellung – Mercedes, Rolls-Royce, Bentley, sogar ein Lamborghini-Klassiker und ein roter Ferrari waren dabei.

Das Erdgeschoss besaß zahlreiche hohe Fenster mit Mittelstrebe, und das Innere war hell erleuchtet, aber ich konnte keine Menschenseele entdecken. Wahrscheinlich ging es gerade im ersten Stock zur Sache – und dort waren die Fenster dunkel beziehungsweise mit Vorhängen verhängt.

War das der Ort, an dem Caroline umgebracht worden war? Dieser Gedanke senkte sich wie ein Schleier auf mich herab. Und war sie hier auch so fürchterlich gequält worden? Waren wir also gerade dabei, einem Schlächter das Handwerk zu legen, oder hatten wir es mit der Spielwiese eines reichen Mannes zu tun? Es fühlte sich seltsam an, so gar nicht zu wissen, was uns dort erwartete.

Schließlich empfing Mahoney eine Nachricht über das Headset. Ich konnte kein Wort verstehen, aber es sah ganz danach aus, als sollte es jetzt losgehen. Er befahl den anderen Einheiten, die sich rund um das Anwesen verteilt hatten, per Funk, sich bereitzuhalten, und schenkte mir ein charakteristisches Grinsen voller Galgenhumor.

»Alles klar für den Koitus Interruptus?«

»Absolut«, entgegnete ich.

»Also dann, nichts wie los. Das wird ein Spaß.« Dann sagte er in sein Mikrofon: »An alle Einheiten, bereit machen zum

Start. Seht zu, dass ihr niemanden verletzt, euch selbst auch nicht.«

Ein paar Sekunden später verließ das Sondereinsatzkommando den Schutz der Bäume und jagte im Sprint, gefolgt von uns Übrigen, auf die beeindruckende Villa mit dem schlechten Ruf zu.

45

Eine teuer wirkende Haustür aus Walnussholz splitterte und gab schließlich nach. Das Sondereinsatzkommando konnte ohne Probleme eindringen. Ich hatte meine Glock in der Hand und hoffte, dass ich keinen Gebrauch von ihr machen musste. Bei unserem letzten gemeinsamen Einsatz waren Ned und ich beide angeschossen worden.

Hoffentlich nicht schon wieder. Aber hier hatten wir es schließlich nicht mit Gewaltverbrechern zu tun, oder? Sobald das Sondereinsatzkommando alles als gesichert gemeldet hatte, postierte Ned zwei Mann an der Haustür und führte uns hinein.

Mein erster Eindruck war, nun ja: *Geld.*

Das Foyer reichte bis hinauf in den zweiten Stock und besaß einen Marmorfußboden mit Schachbrettmuster. Riesige Kronleuchter hingen wie gewaltige Juwelen von der Decke. Die Möbel waren allesamt edle, glänzende Antiquitäten, und das Licht war irgendwie seltsam. Jedenfalls sah es hier drin aus wie Gold.

Mein zweiter Eindruck war der Anblick atemberaubend schöner Frauen – und zwar in großer Zahl –, manche in Abendroben, andere mehr oder weniger unbekleidet. Drei waren ganz nackt, zeigten sich jedoch relativ unbefangen mit in die Hüfte gestemmten Händen, als wären wir gerade in ein Apartment eingedrungen, das sie alle gemeinsam bewohnten.

Die Hostessen, richtige Luxus-Hostessen. Vom adretten, US-amerikanischen Mädchen von nebenan bis hin zur exotischen, fernöstlichen Schönheit.

Ich durchquerte das Foyer und wandte mich nach rechts,

kam an einem Agenten vorbei, der zwei dunkelhäutige, arabisch sprechende Männer sowie eine groß gewachsene Schwarze in Richtung Foyer brachte. Alle drei waren unbekleidet und beschimpften den Agenten wie einen Dienstboten.

Ich kam links und rechts an offen stehenden, leeren Separees vorbei, bis ich zu einem Raucherzimmer mit Glaswänden am hinteren Ende des Hauses gelangte. Dort stank es nach Zigarren und Sex, aber auch hier war im Augenblick niemand mehr zu sehen.

Als ich mich wieder umwandte, hörte ich Schreie aus dem Eingangsbereich. Irgendjemand war mit unserer Gegenwart nicht einverstanden, und zwar unüberhörbar.

»Nimm deine Pfoten da weg! Rühr mich nicht an, du Wichser!« Ein großer, blonder Mann mit englischem Akzent wollte die große Haupttreppe herunterkommen, wurde aber von zwei FBI-Agenten daran gehindert.

»Was Sie da machen, ist illegal, *Gott verdammt noch mal*!« Der Engländer hatte jedenfalls Mumm, so viel war klar. Sie mussten ihn schließlich mit Gewalt auf die Marmorfliesen des Treppenabsatzes zwingen, nur um ihm mit einem Kabelbinder die Hände zu fesseln.

Ich nahm immer zwei Stufen auf einmal, bis ich bei Mahoney war, der gerade anfing, den Typen zu befragen. »Sind Sie der Verantwortliche hier? Sie sind Nicholson, stimmt's?«

»Verpisst euch! Ich hab schon meinen Anwalt angerufen. Das ist Hausfriedensbruch.« Er war deutlich über eins fünfundachtzig groß und schien immer noch nicht genug Dampf abgelassen zu haben. »Allein, dass ihr überhaupt hier seid, ist gesetzeswidrig. Das hier ist Privatbesitz. Lasst mich los! Ich will aufstehen! Das ist ein Skandal. Das ist eine *private* Party auf *privatem* Grund und Boden!«

»Seht zu, dass ihr ihn nicht zu den anderen steckt«, sagte Mahoney zu den Agenten. »Mr. Nicholson soll mit niemandem reden.«

Schnell hatten wir im Erdgeschoss ein paar Aufenthaltsbereiche für die Festgenommenen eingerichtet und arbeiteten uns durch das ganze Haus, trennten die zahlenden Kunden vom Personal und stellten, so gut es ging, die Personalien fest.

»Ja, mein Name ist Nicholson, und ich werde dafür sorgen, dass ihr den nie wieder vergesst!«, drang es aus einem der Zimmer. »*Nicholson*, genau wie der Filmstar!«

46

In meiner gesamten Karriere hatte ich noch keine solch groteske Razzia mitgemacht. Eigentlich war es sogar ziemlich amüsant, wenn man einen ähnlichen Humor hat wie ich.

Einen Witzbold holten wir aus einem Zementblock-Zimmer, wo er immer noch und nur mit einem Stringtanga bekleidet an die Wand gefesselt war. Wahrscheinlich hatte ihn seine Domina einfach zurückgelassen. Eigentlich waren die meisten Leute, die ich sah, mehr oder weniger unbekleidet … vollkommen nackt, in Seidenunterwäsche oder mit knappen, durchsichtigen Kleidchen. Ein pitschnasses Pärchen war auch dabei, in Handtücher gewickelt und mit Turbanen auf dem Kopf. Der Mann rauchte eine Zigarre.

Die männlichen Gäste waren zum Teil Saudis und zum Teil US-Amerikaner. Soviel ich mitbekam, war einer von ihnen ein Milliardär namens Al-Hamad. Er feierte heute Abend eine Geburtstagsparty. *Einen schönen Fünfzigsten noch. Einen, den du nie wieder vergessen wirst.*

Den englischen Geschäftsführer – falls er das war – hielten wir in einem kleinen Lesezimmer im Erdgeschoss fest. Als ich wieder in das Zimmer kam, hatte er sich auf störrisches Schweigen verlegt. Ich erkundigte mich nach dem blauen Fleck auf seiner Wange, und Mahoney sagte, dass er den Beamten, der ihn festnehmen wollte, angespuckt hatte. Das ist nie eine gute Idee.

Ich stand in der Tür und sah zu, wie er brütend auf einem antiken Sofa saß, umgeben von hohen Regalen voller Bücher, die ganz bestimmt kein Mensch je gelesen hatte. Der Kerl war offensichtlich ein widerlicher Drecksack und mit großer

Wahrscheinlichkeit ein Zuhälter. Aber war er auch ein Mörder? Und warum reagierte er auf unsere Razzia mit einer solchen Arroganz?

Keine Stunde später war sein Rechtsanwalt zur Stelle. Es war mitten in der Nacht, aber der Kerl trug Hosenträger und eine Fliege. Wenn ich ihm auf der Straße begegnet wäre, ich hätte niemals geglaubt, dass er irgendetwas mit etwas wie dem hier zu tun haben könnte. Ein Streber, wie er im Buche stand.

Leider waren die Papiere, die er bei sich hatte, sehr gut.

»Was ist das?«, wollte Mahoney wissen, als der Rechtsanwalt ihm die Blätter aushändigte.

»Eine einstweilige Verfügung. Ab sofort ist Ihre Durchsuchungsgenehmigung ungültig und diese Razzia illegal. Mein Mandant gewährt Ihnen großzügigerweise fünf Minuten Zeit, um das Gelände zu verlassen. Danach betrachten wir diese Aktion als Missachtung des Gerichts und strafrechtlich relevanten Hausfriedensbruch.«

Mahoney ließ den Blick langsam von den kleinen, vorstehenden Augen des Rechtsanwalts auf die einstweilige Verfügung gleiten. Was er dort sah, schien den gewünschten Effekt zu haben. Er ließ die Blätter fallen und ging weg, noch während sie zu Boden schwebten. Dann hörte ich ihn ein paar Befehle rufen und die ganze Aktion abbrechen.

Ich bückte mich, hob die Papiere auf und überflog sie. »Welchen Richter haben Sie denn um ein Uhr nachts noch aufgetrieben?«, erkundigte ich mich bei dem Rechtsanwalt.

Er blätterte persönlich die Seiten um und zeigte mir die entsprechende Stelle. »Der Ehrenwerte Laurence Gibson.«

Natürlich, dachte ich. Senatoren, Kongressabgeordnete, Milliardäre als Kunden, also warum nicht auch einen Richter?

Dritter Teil

WITH OR WITHOUT YOU (U2)
Erschienen: 1987

47

Am frühen Sonntagmorgen kam ich nach Hause, irgendwann zwischen den Zeitungsausträgern und den übermotivierten Joggern auf dem Weg in den Park.

Oha! Was war denn das?

Auf einem der Korbstühle auf der Sonnenterrasse saß Nana und schlief tief und fest. Abgesehen von ihren uralten, pinkfarbenen Frottee-Pantoffeln hatte sie sich mit dem grauen Rock und dem weißen Pullover bereits zum Kirchgang fertig gemacht. Es war Nanas erster Gottesdienstbesuch seit ihrem Krankenhausaufenthalt, und die ganze Familie wollte mitkommen.

Ich legte ihr die Hand auf die Schulter, und sie wachte auf. Nach einem kurzen Blick in mein Gesicht sagte sie: »Schlechte Nacht gehabt?«

Ich ließ mich auf das Zweiersofa ihr gegenüber nieder. »Bin ich eigentlich immer so leicht zu durchschauen?«

»Nur von Eingeweihten. Also gut, was ist passiert? Erzähl's mir.«

Bei jedem anderen hätte ich auf Erschöpfung plädiert, aber Nana hatte ein Recht, es zu erfahren. Obwohl ich bei der Schilderung der Details nur jugendfreie Formulierungen benutzte – es gab keinen Grund, die düstere Seite von Carolines Leben über Gebühr zu betonen. Nana wusste so oder so Bescheid, da war ich mir sicher. Irgendwie schien sie immer Bescheid zu wissen.

Als ich schließlich bei dem Streber-Anwalt mit seiner einstweiligen Verfügung angelangt war, fing ich gleich wieder an, mich aufzuregen. Ich hatte mir eine ganze Nacht für nichts und wieder nichts um die Ohren geschlagen und außerdem auch noch Jannie und Ali versetzt.

»Ich finde ja, Jannie hat dieses Schmollen und Die-kalte-Schulter-zeigen schon ziemlich gut drauf«, sagte ich. »Wie war es denn, als ich weg war?«

»Ach, weißt du, sie werden's überleben«, sagte sie, doch dann fügte sie hinzu: »Falls das alles ist, worauf es dir ankommt.«

Es war, als hätte sie mich liebevoll gestreichelt und mir gleichzeitig eine schallende Ohrfeige versetzt. Hundert Prozent Mama Nana.

»Dann war das gestern Abend deine Zwillingsschwester, die mich zur Tür gebracht und gesagt hat, alles sei in Ordnung? Weißt du was? Ich hätte schwören können, das warst du.«

»Du brauchst nicht gleich beleidigt zu sein, Alex.« Sie setzte sich auf und verdrehte den Hals, massierte ihn auf einer Seite. »Ich will damit nur sagen, dass es den Kindern manchmal egal ist, *weshalb* du weg bist. Sie wissen einfach, *dass* es so ist. Vor allem der kleine Damon.«

»Du meinst Ali.«

»Hab ich das nicht gesagt? Immerhin ist der Kleine erst sechs Jahre alt.«

Ich beugte mich zu ihr, damit ich sie besser sehen konnte. »Wie viel hast du denn geschlafen heute Nacht?«

Sie machte *Pschscht*. »Alte Menschen brauchen keinen Schlaf. Das ist einer der geheimen Vorteile des Älterwerdens. Darum kann ich dir auch immer noch die Leviten lesen. Und jetzt hilf mir mal auf, damit ich uns Kaffee machen kann. Du siehst aus, als könntest du ihn gebrauchen.«

Ich hielt ihren Ellbogen fest, und sie war schon halb aufgestanden, da verharrte sie plötzlich und erschlaffte ein wenig.

»Was ist denn?«, erkundigte ich mich.

»Nichts, ich bin bloß… hmm…«

Zuerst sah sie verwirrt aus. Aber dann verzog sie das Gesicht zu einer schmerzerfüllten Grimasse und sank mir in die Arme. Sie war ohnmächtig, noch bevor ich sie wieder auf den Stuhl gesetzt hatte.

Oh, Gott, nein.

Ihr zarter Körper war leicht wie eine Feder. Ich legte sie behutsam auf das Zweiersofa und suchte mit den Fingern ihre Halsschlagader. *Kein Puls!*

»Nana? Hörst du mich? Nana?«

Mein Herz raste. Die Ärzte in St. Anthony's hatten mir gesagt, auf welche Anzeichen ich achten sollte – Regungslosigkeit, Atemstillstand, und jetzt lag sie einfach nur da. Furchtbar leblos.

Nana hatte einen Herzstillstand.

48

Das war der nächste Albtraum – die Sanitäter im Haus, das Jaulen der Sirene während der Fahrt im Notarztwagen, die Fragen in der Notaufnahme. Dann die grauenhafte Warterei.

Ich blieb den ganzen Tag und die ganze Nacht bei Nana im St. Anthony's. Sie hatte den Herzinfarkt überlebt, aber mehr wollte im Augenblick niemand sagen.

Sie hatten sie an ein Beatmungsgerät angeschlossen. An ihrem Mund war ein Schlauch festgeklebt worden. Eine Klammer an ihrem Finger diente zur Überwachung des Sauerstoffgehalts ihres Blutes, und die Medikamente wurden ihr über eine Infusion verabreicht. Dann gab es noch mehr Drähte, die von Nanas Brustkorb zu einem Herzüberwachungsgerät neben dem Bett führten, dessen pulsierende Linien so etwas wie eine elektronische Mahnwache waren. Ich hasste diesen Monitor und war doch gleichzeitig von ihm abhängig.

Freunde und Verwandte kamen und gingen während des ganzen Tages bis zum Abend. Tante Tia brachte ein paar meiner Cousins mit, und dann kamen auch Sampson und Billie. Bree hatte die Kinder zwar dabei, aber sie durften das Zimmer nicht betreten, was mir sowieso recht war. Sie hatten zu Hause, als der Notarztwagen Nana mitgenommen hatte, mehr als genug gesehen.

Und dann waren da noch die »notwendigen« Gespräche. Verschiedene Krankenhausmitarbeiter wollten mit mir über die Patientenverfügung in ihrer Akte reden, über die Möglichkeit einer Verlegung in ein Hospiz, über ihre Glaubenszugehörigkeit, alles *nur für den Fall*. Für welchen Fall denn? Dass Nana nie wieder aufwachte?

Niemand versuchte, mich nach dem Ende der Besuchszeit wegzuschicken. Nicht, dass ich das zugelassen hätte, aber ich wusste diese Rücksichtnahme zu schätzen. Ich saß neben ihrem Bett, die Unterarme auf die Bettkante gelegt. Manchmal legte ich den Kopf darauf, manchmal betete ich für Nana.

Dann, irgendwann mitten in der Nacht, regte sich etwas. Das war ihre Hand unter der Bettdecke, und mir war, als seien mit dieser einen, kleinen Bewegung all unsere Gebete erhört worden.

Es folgte noch eine winzige Bewegung… und dann schlug sie die Augen auf.

Die Krankenschwestern hatten gesagt, dass ich in diesem Fall ruhig bleiben und nur leise reden sollte. Damit das klar ist: Es fiel mir alles andere als leicht.

Ich legte ihr eine Hand auf die Wange, bis sie begriffen zu haben schien, dass ich da war.

»Nana, du solltest jetzt nicht reden. Und auch nicht anfangen zu streiten. Du hast einen Schlauch in der Luftröhre, der dir beim Atmen hilft.«

Ihre Augen wanderten durch das Zimmer, nahmen alles auf, starrten mich an.

»Du bist zu Hause ohnmächtig geworden, weißt du noch?«

Sie nickte, kaum wahrnehmbar. Ich glaube, sie lächelte auch, und das fühlte sich herrlich an.

»Ich klingle jetzt mal nach der Schwester. Mal sehen, wann wir dich von diesem Apparat da erlösen können«, sagte ich. »Okay?« Ich griff nach dem Taster, aber als ich sie wieder anschaute, waren ihre Augen bereits zugefallen. Ich musste auf den Monitor schauen, um mich zu vergewissern, dass sie einfach nur eingeschlafen war.

Sämtliche gelben, blauen und grünen Linien machten genau das, was sie sollten.

»Okay, also dann eben morgen früh«, sagte ich, nicht, weil sie mich hören konnte, sondern weil ich irgendetwas sagen musste.

Ich konnte nur hoffen, dass es ein morgen früh geben würde.

49

Um die Mittagszeit des folgenden Tages war Nana wach und wurde nicht mehr künstlich beatmet. Aufgrund ihres vergrößerten Herzens und ihres schwachen Zustandes musste sie vorerst auf der Intensivstation bleiben, aber es bestand die berechtigte Hoffnung, dass sie irgendwann auch wieder nach Hause durfte. Aus diesem Anlass holte ich die Kinder heimlich in ihr Zimmer, und wir feierten die schnellste und leiseste Cross-Familien-Party aller Zeiten.

Auch bei der Arbeit gab es Neuigkeiten. Eine FBI-Anwältin namens Lynda Cole hatte einen hinreichenden Tatverdacht geltend gemacht und dafür gesorgt, dass das Bureau das Anwesen in Virginia erneut betreten durfte. Als ich Ned Mahoney auf dem Handy erreichte, war das FBI bereits mit einem vollständigen Spurensicherungsteam vor Ort.

Bree löste mich im Krankenhaus ab – später würde sie von Tante Tia abgelöst werden –, und ich fuhr am Nachmittag raus nach Virginia, um mich noch einmal im Blacksmith Farms umzusehen.

Ned empfing mich vor der Haustür und nahm mich mit hinein. Das Hauptinteresse konzentrierte sich auf ein kleines Apartment in einem Nebengebäude. Der Zugang war nur über eine Innentreppe von einer darunter gelegenen, dreiteiligen Garage möglich.

Das Apartment selbst sah aus wie eine Suite im Hay-Adams. Weiche Stoffe und Polstermöbel, fast durchgehend in hellen Tönen. Die Zimmerdecke über dem Essbereich war sehr dekorativ abgehängt, und einen blitzsauberen offenen Kamin mit einem Kaminsims aus Walnussholz gab es auch.

Wenn man von den Kriminaltechnikern in ihren braunen Cargohosen und den blauen Polohemden einmal absah, dann war der Raum in einem tadellosen Zustand.

»Das eigentliche Problem ist das Schlafzimmer«, sagte Ned. Ich folgte ihm durch eine mit Vorhängen verhüllte, gläserne Schiebetür. »Kein Teppich, kein Krimskrams, kein Bettzeug, gar nichts«, sagte er und bestätigte damit nur, was ich sah. Abgesehen von dem Bett, einer Kommode und zwei Nachttischchen sah es so aus, als sei gerade jemand ausgezogen.

»Keine Fingerabdrücke, keine Faserspuren. Also haben wir Luminol eingesetzt.«

Das erklärte auch die transportablen UV-Leuchten, die an verschiedenen Stellen im Zimmer standen. Mahoney schaltete die Deckenbeleuchtung aus und machte die Tür zu. »Los geht's, Leute.«

Die UV-Strahler erwachten zum Leben und tauchten das ganze Zimmer in eine Art radioaktives Glühen. Die Wände, der Fußboden, die Möbel, alles strahlte in einem fluoreszierenden Blauton. Das war eine der Gelegenheiten, wo mir mein Leben tatsächlich wie eine Folge von *CSI* vorkam.

»Hier haben absolute Profis sauber gemacht«, sagte Mahoney. »Und damit meine ich bestimmt nicht irgendeine stinknormale Putzkolonne.«

Einer der Nachteile von Luminol besteht darin, dass es zwar Blutspuren sichtbar machen kann, aber auch auf manche der Mittel reagiert, die man zur Blutentfernung verwendet, wie zum Beispiel Haushaltsreiniger. Und genau damit hatten wir es hier zu tun. Es sah so aus, als sei das ganze Zimmer mit Chlorbleichmittel gestrichen worden.

Alles sprach dafür, dass wir uns hier am Schauplatz eines Verbrechens befanden. Vielleicht sogar am Schauplatz eines Mordes.

50

Ungefähr eine halbe Stunde später geschah etwas, was niemand vorausgesehen hatte. Ich war immer noch draußen im Blacksmith Farms und ermittelte.

Aus dem Wohnzimmer des Apartments waren aufgeregte Gesprächsfetzen zu hören, und Ned und ich gingen raus, weil wir wissen wollten, was da los war. Etliche Kriminaltechniker standen um einen bärtigen Typen auf einer Leiter neben der Tür herum. Er hielt die Plastikabdeckung eines Rauchmelders in der Hand, während das Gerät selbst gut sichtbar an der Decke hing. Alle starrten es an.

Der Kriminaltechniker deutete mit einem Bleistift auf eine unauffällige Plastiknoppe, die zwischen den Kabeln hervorragte. »Ich bin mir ziemlich sicher, dass das eine Kamera ist. Ganz schön raffiniert.«

Und dann ging alles wieder von vorn los.

Ned ordnete eine zweite, gründliche Durchsuchung beider Gebäude an. Alle schalteten ihre Handys aus, und wir nahmen sämtliche Telefone und Computer, die wir finden konnten, vom Netz. So konnten sie unsere Funkfrequenz-Detektoren nicht stören.

Nachdem die Suche erst einmal in Gang gekommen war, ging es sehr schnell. Neunzig Minuten später versammelte sich der Großteil der Suchmannschaft zu einer Einsatzbesprechung im Foyer des Haupthauses. Ich entdeckte etliche bekannte Gesichter, darunter auch den verantwortlichen stellvertretenden Direktor des FBI, Luke Hamel, sowie Elaine Kwan aus dem Ressort Verhaltensanalyse, wo ich früher auch gearbeitet habe.

Angesichts der hier versammelten Feuerkraft war ich überrascht, dass der Fall noch nicht von einer eigenen Sonderkommission bearbeitet wurde.

Die für diesen Einsatz verantwortliche Agentin war Special Agent Shoanna Spears, eine große, grobknochige Frau mit einem breiten Bostoner Akzent und einer winzigen Efeu-Tätowierung, die über ihrem weißen Oxford-Kragen gerade eben noch zu erkennen war. Sie stand auf der mächtigen Treppe und hielt eine Ansprache.

»Im Prinzip haben wir jetzt jeden Winkel des Hauses untersucht. Wir haben in jedem Zimmer mindestens eine Kamera entdeckt, auch in den Badezimmern und den Apartments im Nebengebäude.«

»Aber wie erfahren wir, was diese Kameras aufgezeichnet haben?« Hamel stellte genau die Frage, die uns allen durch den Kopf ging.

»Schwer zu sagen. Das sind Funkkameras, die ihre Bilder zu jeder Basisstation im Umkreis von dreihundert Metern senden können, vielleicht sogar noch weiter. Im zweiten Stock haben wir zwar einen Computer und die entsprechende Software gefunden, aber die Festplatte ist leer. Das heißt, es hat entweder nur Live-Übertragungen gegeben oder, was wahrscheinlicher ist, irgendjemand hat die Dateien mitgenommen.«

»Und wonach müssten wir dann suchen?« Das war Mahoney, der sich aus dem Hintergrund zu Wort meldete. »Nach CDs? Einem Laptop? E-Mails?«

Special Agent Spears nickte. »Und so weiter und so fort«, sagte sie. »Solche Dateien sind nichts Besonderes. Sie können im Prinzip auf jedem verfügbaren Medium gespeichert werden.«

Man konnte spüren, wie die Energie im Saal abflaute. Wir alle waren reif für eine gute Nachricht. Und dann bekamen wir sie.

»Ich weiß nicht, ob uns das weiterbringt«, fuhr Spears fort, »aber allem Anschein nach hat nur eine einzige Person auf den Geräten da oben ihre Fingerabdrücke hinterlassen. Wir machen gerade einen Abgleich mit der zentralen Datenbank.«

51

»Ich verstehe das alles nicht, Tony. Warum kannst du mir nicht wenigstens verraten, *wo wir hinfahren*? Ist das denn wirklich zu viel verlangt?«

Die Wahrheit – die Nicholson erst am heutigen Nachmittag erkannt hatte – war, dass er für einen kaltblütigen Mord einfach nicht den Schneid hatte. Zumindest nicht, wenn er ihn selbst begehen musste. Er hatte immer geglaubt, dass er, wenn es sein musste, Charlotte mit Leichtigkeit ein Kissen aufs Gesicht drücken oder ihr etwas in den Morgenkaffee schütten konnte, aber das war wohl ein Irrtum gewesen. Und jetzt war es zu spät, um jemanden dafür zu engagieren, was im Prinzip überhaupt kein Problem gewesen wäre.

Er warf ein paar letzte Utensilien in seine Reisetasche, während Charlotte von der anderen Seite des Bettes her die ewig gleiche Leier abspulte. Die Louis-Vuitton-Tasche, die er ihr hingelegt hatte, war immer noch leer, und seine Geduld ging langsam zu Ende. Er hätte ihr wahnsinnig gerne eine Ohrfeige verpasst. Aber was hätte das gebracht?

»Liebling.« Das Wort blieb ihm beinahe in der Kehle stecken. »Du musst mir einfach vertrauen. Wir müssen ein Flugzeug erwischen. Sobald wir unterwegs sind, erkläre ich dir alles. Also, jetzt packst du ein paar Sachen zusammen und los geht's. *Los* geht's, Schätzchen.« *Bevor ich richtig wütend werde und dich mit bloßen Händen erwürge.*

»Es hat was mit diesen Männern von neulich nachts zu tun, nicht wahr? Ich hab's gleich gewusst, dass mit denen was nicht stimmt. Schuldest du vielleicht jemandem Geld, ist es das?«

»Herrgott noch mal, Charlotte, hörst du mir überhaupt zu?

Wir sind hier nicht mehr sicher. Weder du noch ich. Im Augenblick würde uns bestenfalls das Gefängnis blühen. *Bestenfalls*, kapierst du das? Es könnte aber auch viel schlimmer kommen.«

Je nachdem, wer uns zuerst in die Finger kriegt, vervollständigte er in Gedanken seinen letzten Satz.

»*Uns*? Was soll das denn heißen, *uns*? Ich habe doch niemandem irgendwas getan.«

Nicholson ging mit hastigen Schritten um das Bett herum und stopfte einen Armvoll Klamotten aus ihrem Schrank einschließlich der Kleiderbügel in die Tasche.

Dann die rote Schmuckschatulle aus Leder, die er ihr in Florida gekauft hatte, vor ewigen Zeiten … in einem anderen Leben, als er jung und verliebt gewesen war und ganz eindeutig dämlich wie ein Sack Kohlen mit einem Ständer.

»Wir fahren los. *Jetzt*.«

Sie trottete hinter ihm her, in erster Linie aus Angst vor dem Alleinsein, und genau darauf hatte er gehofft. So schafften sie es bis in den Eingangsflur, wo Charlotte dann komplett die Nerven verlor. Er hörte einen Laut irgendwo zwischen Stöhnen und Schreien, drehte sich um und sah sie auf dem polierten Schieferfußboden kauern. Die Tränen hinterließen schwarze Make-up-Spuren auf ihren Wangen; sie malte sich immer viel zu übertrieben an, als wäre sie so was wie eine Nutte, und wer konnte das besser beurteilen als er.

»Ich hab solche Angst, Tony. Ich zittere am ganzen Körper. Siehst du das denn nicht? Nimmst du denn außer dir und deinen Bedürfnissen gar nichts mehr wahr? Warum bist du bloß so?«

Nicholson machte den Mund auf und wollte etwas Freundliches und Tröstendes sagen, aber was dann herauskam, war: »Du bist wirklich dumm wie die Nacht, ist dir das klar?«

Er ließ ihre Tasche fallen und packte sie grob am Arm. Es war ihm egal, ob er ihr dabei wehtat oder nicht. Charlotte wehrte sich, trat nach ihm und kreischte förmlich, als er anfing, sie über den Fußboden zu schleifen. Er musste sie nur noch bis ins Auto schaffen, dann konnte sie, wenn es nach ihm ging, auch eine Gehirnblutung kriegen, diese bescheuerte, starrsinnige Kuh, in die seine Frau sich verwandelt hatte.

Doch dann krachte der erste Schlag gegen die Haustür.

Irgendetwas – nicht irgendjemand – war gerade eben von außen dagegengeprallt, fest genug um einen langen, gezinkten Riss in der Mitte zu hinterlassen. Nicholson blickte zum Fenster hinaus und sah gerade noch, was dieses Irgendetwas war: ein Rammbock. Und er ahnte, dass er wahrscheinlich nicht einmal mehr sich selbst in Sicherheit bringen konnte.

Jetzt erfolgte ein zweiter brutaler und kraftvoller Stoß. Er riss die Schlösser und den Sicherungsriegel wie Spielzeug aus ihren Verankerungen, und die Tür flog auf.

52

»Lauf.«

Das war der einzige Ratschlag, den Tony Nicholson für seine Frau noch übrig hatte, bevor er ihren Arm losließ und in Richtung Hintertür rannte. Sämtliche Prioritäten waren jetzt relativ, das Überleben aber nicht, und das würde eindeutig demjenigen zuteilwerden, der sich am besten an die veränderten Lebensbedingungen anpassen konnte.

Er kam genau bis in die Küche, wo ihm plötzlich ein kleiner, kräftig wirkender Latino entgegenkam. *Wer war denn das?*

Aus dem Augenwinkel nahm er eine verwischte Bewegung wahr, dann spürte er einen unfassbar schmerzhaften Schlag seitlich am Knie. Vage registrierte Nicholson die Rohrzange in der Hand des Mannes, während er wie ein Sack zu Boden plumpste und liegen blieb.

Zuerst spürte er nur den Schmerz, der wie ein explodierender Feuerball sein Bein hinauf- und wieder hinabsauste.

Dann kamen die Handschellen. Sie fraßen sich in seine Handgelenke, noch bevor sie ihm überhaupt bewusst geworden waren.

Handschellen?

Als Nächstes packte der Eindringling ihn am Kragen und schleifte ihn den ganzen Weg zurück ins Wohnzimmer, wo er ihn genau in der Mitte des Teppichs losließ.

Charlotte saß in einem der Barcelona-Sessel, einen Streifen silbernes Klebeband quer über dem Mund.

Ein zweiter Mann – waren es wirklich nur zwei? – stand neben ihr und betrachtete Nicholson desinteressiert, fast schon gelangweilt, als ob er so etwas eigentlich jeden Tag machte.

Sie waren weder vom FBI noch von der Polizei, so viel schien klar zu sein. Und mit den beiden Schlägern von letzter Woche hatten sie wirklich gar nichts gemeinsam. Sie waren dunkel gekleidet und hatten ihre schwarzen Sturmhauben nach oben auf die Stirn geschoben. Außerdem trugen sie Latexhandschuhe.

Nicht gerade Bullen, aber so was in der Art. Exbullen? Sonderkommando?

Der, der ihn angegriffen hatte, besaß eine platt gedrückte Nase und dunkle Augen, deren Ausdruck sich am ehesten so beschreiben ließ, als blickte er auf irgendeine wertlose Kreatur herab.

»Die CD?« Mehr sagte er nicht.

»CD?« Nicholson quetschte diese zwei Buchstaben zwischen zusammengepressten Zähnen hervor. »Wovon redest du? Wer seid ihr zwei überhaupt?«

»*Zwei* … die Zahl gefällt mir.«

Der Mann warf einen Blick auf seine Edelstahluhr. »Du hast zwei Minuten.«

»Zwei Minuten, sonst was?«, erwiderte Nicholson, doch dann konnte er die Antwort auf seine Frage sehen.

Der Größere der beiden holte eine durchsichtige Plastiktüte aus seiner Tasche und stülpte sie Charlotte über den Kopf. Sie wehrte sich zwar, aber er hatte keine Mühe, einen Streifen silbernes Klebeband um ihren Hals zu wickeln und damit ihren Kopf in der Plastiktüte einzuschließen.

Nicholson sah, wie Charlottes Gesichtsausdruck sich wandelte, als ihr klarwurde, was da soeben passierte. Er empfand sogar einen kleinen Funken Mitgefühl, so etwas wie verlorene Liebe sogar, jedenfalls etwas Emotionales und, nun ja, Menschliches. Zum ersten Mal seit Jahren fühlte er sich Charlotte wieder verbunden.

»Ihr seid doch wahnsinnig! Das könnt ihr doch nicht machen!«, brüllte er den Mann an, der seine Frau daran hinderte aufzustehen.

»Sie sind derjenige, der ihr das antut, Mr. Nicholson. Sie haben die Situation vollkommen in der Hand, nicht wir. Um Himmels willen, sorgen Sie dafür, dass wir aufhören.«

»Aber mir ist doch nicht einmal klar, was ihr eigentlich wollt. Sagt doch, was ihr wollt!«

Er wollte auf Charlotte zuspringen, doch das verletzte Knie sorgte dafür, dass er gleich wieder auf dem Boden landete, auf entwürdigende Weise eingeklemmt zwischen dem Sofa und dem Couchtisch.

»Bitte, sagt mir doch, was ihr wollt! Ich verstehe das nicht!« Nicholson flehte so überzeugend wie nur möglich. Das war die Vorstellung seines Lebens und musste es sein.

Als er sich schließlich auf das Sofa gehievt hatte, rührte Charlotte sich nicht mehr.

Ihre vertrauten blauen Augen waren weit geöffnet. Ihr Kopf war zur Seite gekippt und baumelte auf einer Schulter wie bei einer Marionette, die nur darauf wartete, zum Leben erweckt zu werden. Mit der Plastiktüte über dem Kopf bot sie einen grotesken Anblick, und die Reaktion fiel ihm leicht.

»Ihr Dreckschweine! Ihr gottverdammten Dreckschweine, ihr habt sie umgebracht! Und, glaubt ihr mir jetzt? War das denn nötig?«

Die beiden Männer waren genauso cool wie vorher. Sie tauschten einen Blick. Ein Achselzucken.

»Wir sollten jetzt gehen«, sagte der Weiße. Der andere nickte, und einen kurzen Moment lang dachte Nicholson, er hätte es geschafft und dass mit »wir« nur die beiden gemeint waren. Leider falsch gedacht. Einer hob Charlotte hoch, der andere zerrte Nicholson mit sich.

Während er auf seinem gesunden Bein zur Haustür hüpfte, ging Nicholson ein außerordentlich seltsamer Gedanke durch den Kopf. Er wünschte, er wäre netter zu Charlotte gewesen.

53

Ned Mahoney und ich fuhren in meinem Wagen auf der I-66 nach Osten, in Richtung Alexandria, da erhielten wir die Nachricht, dass wir zu spät dran waren. Die Virginia State Police berichtete, dass sie Nicholsons Haus leer vorgefunden hatten. Darüber hinaus gab es Anzeichen für ein gewaltsames Eindringen und einen Kampf, zwei gepackte Koffer waren zurückgelassen worden, und die beiden Autos der Nicholsons standen noch in der Garage.

Eine Großfahndung war bereits angelaufen, aber da wir gar nicht wussten, nach welchem Fahrzeug wir suchen sollten, bestand keine allzu große Hoffnung.

Es blieb dabei, dass wir uns alle beim Haus der Nicholsons treffen wollten. Der verantwortliche stellvertretende FBI-Direktor Hamel forderte sofort noch ein Spurensicherungsteam an. Und Mahoney rief irgendjemanden im Hoover Building an, damit der ihm schnell noch zusätzliche Informationen über Nicholson beschaffte.

Außerdem hatte er eines der speziell für das FBI gefertigten Power-Notebooks dabei, sodass er auch auf eigene Faust recherchieren konnte. Er fing an, mich mit Informationssalven zu überschütten, wie immer, wenn er unter Strom steht.

»Also, unser Freund war noch kein einziges Mal im Gefängnis, hat keinen Einbürgerungsantrag gestellt und ist weder im Staatsdienst noch beim Militär tätig gewesen – ist ja keine große Überraschung. Es ist auch nichts über irgendwelche anderen Identitäten bekannt. Und er taucht weder als Tony noch als Anthony Nicholson irgendwo sonst in einer FBI-Akte auf.«

»Ich glaube nicht, dass er unser Killer ist«, sagte ich.

Mahoney stellte alle Tätigkeiten ein und schenkte mir seine ganze Aufmerksamkeit. »Und wieso nicht?«

»Weil der ganze Fall einfach aus zu vielen losen Fäden besteht«, erklärte ich ihm. »Nicholson gehört eindeutig dazu, aber mehr auch nicht, Ned. Das ist wie bei dieser alten Geschichte mit den fünf Blinden und dem Elefanten.«

»Und Nicholson wäre dann was … das *Arschloch*?«

Ich musste lachen. Mahoney ist nie um eine schnelle Antwort verlegen, und die besten fallen ihm ein, wenn er besonders unter Druck steht.

»Ich glaube, dass irgendjemand das Gleiche gesucht hat wie wir, aber schneller war. Und das heißt, dass er mehr Puzzleteile in der Hand hat als wir.«

»Oder aber …«, Mahoney reckte einen Finger in die Höhe, »… Nicholson hat sein eigenes Verschwinden inszeniert. Das wäre nicht weiter schwierig gewesen – ein paar Koffer stehen lassen, ein paar Möbel zertrümmern, und während wir in seinem Haus nach Fingerabdrücken suchen, ist er mitsamt seinen schmutzigen Filmchen schon längst halb über dem Atlantik.«

Wir spielten noch weitere theoretische Möglichkeiten durch, dann klingelte erneut das Telefon. Mahoney meldete sich und wurde schon wieder sehr aufgeregt. Er gab eine Adresse in seinen Laptop ein.

Wenige Sekunden später lotste uns das GPS-Gerät auf die Umgehungsstraße Richtung Alexandria, aber nicht zu Nicholsons Haus.

»Avalon Apartments«, sagte Mahoney. »Da taucht Nicholson in einem Mieterverzeichnis auf. Hat wahrscheinlich die Miete nicht bezahlt oder so was.«

»Eine Mietwohnung?«, sagte ich. »In derselben Stadt, in der er schon ein Haus bewohnt?«

Mahoney nickte. »Zusammen mit seiner *Frau*«, sagte er.

»Ich wette, sie ist mindestens fünfzehn Jahre älter als die, die wir hinter der Tür von Apartment Nummer 2 vorfinden. Wie sieht's aus … zwanzig Dollar?«

»*Niemals.*«

54

Tony Nicholson saß auf der Rückbank und beugte sich so weit nach vorn, wie seine Handschellen es erlaubten. Er sah, dass das Licht im zweiten Stock brannte.

»Das ist doch sinnlos«, sagte er. »Sie weiß überhaupt nichts. Ich schwöre.«

Der, der Nicholsons Knie ruiniert hatte, machte die Beifahrertür auf. »Wer weiß«, sagte er. »Vielleicht redest du ja im Schlaf.«

Er stieg aus und ging zur Haustür, um sie mit einem von Nicholsons Schlüsseln aufzuschließen.

Nicholson dachte, dass er sich womöglich immer noch retten konnte, vielleicht auch Mara. Vor seinem inneren Auge tauchte ein surreales Bild von ihrem wunderschönen Gesicht in einer Plastiktüte auf.

Der Fahrer war groß und blond, genau wie er, und besaß blasse Augen und eine breite Stirn. Er sah intelligenter aus als der Latino. Vielleicht war er ja auch der Vernünftigere.

»Hören Sie«, flüsterte Nicholson. »Ich weiß, was Sie suchen. Ich kann Ihnen bei der Beschaffung behilflich sein, aber nur, wenn ich irgendeine Möglichkeit habe, heil aus der Sache rauszukommen.«

Der Mann saß regungslos da und starrte zur Windschutzscheibe hinaus, als hätte Nicholson kein Wort gesagt.

»Was ich damit sagen will: Ich bin bereit, mich auf einen Deal einzulassen.«

Immer noch keine Reaktion vom Fahrersitz.

»Im Tausch gegen die CD. Von *Zeus*. Haben Sie gehört? Ich sag Ihnen, wo sie ist.«

»Ja«, erwiderte der Blonde schließlich. »Bestimmt.«

»Also … warum kommen Sie mir dann nicht ein bisschen entgegen? Jetzt? Hier? Wieso denn nicht, verdammt noch mal?«

Die Finger des Fahrers hüpften über das Lenkrad. »Weil wir dich so oder so umbringen. Dich und deine Freundin.«

Nicholson spürte ein hohles Dröhnen in seiner Brust, und er wurde von dem Gefühl übermannt, dass jetzt wirklich alles egal war. Er lachte, wenn auch ein wenig verzweifelt.

»Mein Gott, ich will Ihnen ja nicht vorschreiben, wie Sie Ihren Job zu machen haben, aber warum sollte ich dann überhaupt …«

Da drehte sich der Fahrer urplötzlich um, legte die Hand auf Nicholsons zerschmettertes Knie und drückte zu.

Schlagartig durchzuckte ihn ein lähmender Schmerz. Nicholson riss den Mund auf, doch aus seiner Kehle drang kein Laut. Er konnte nicht atmen, von schreien gar nicht zu reden, und die leise Stimme seines Peinigers war in der seltsam angespannten Stille gut zu verstehen.

»Weil du, mein Freund, ab einem bestimmten Punkt gar nicht mehr weiterleben, sondern nur noch sterben willst, kapiert? Und wenn du uns bis dahin nicht verraten hast, was wir wissen wollen … spätestens dann wirst du's tun, das garantiere ich dir.«

55

Die Autotür ging auf, und Mara schlüpfte herein, zuerst die schmalen Hüften und dann der Kopf mit den blonden Haaren, gestützt von der Hand des anderen Manns. Nicholson sah, wie er eine Fünfundvierziger in seinen Hosenbund steckte, bevor er die Tür hinter ihr zuknallte.

Seine Freundin war verständlicherweise vollkommen außer sich. Verdammter Mist, sie war erst dreiundzwanzig. Sie hatte die Arme vor der Brust gefaltet und einen Pullover darüber gelegt, damit die Handschellen nicht zu sehen waren. Den Pullover hatte er ihr geschenkt. Kaschmir. Aus dem Polo-Store in Alexandria. In glücklicheren Zeiten.

»Alles okay?«

»Mein Gott, Tony, was ist denn los? Er hat gesagt, er ist von der Polizei. Hat mir seine Dienstmarke gezeigt. Stimmt das?«

»Sag am besten einfach gar nichts«, raunte Nicholson ihr zu. Sein verletztes Bein fühlte sich an wie kurz vor der Explosion. Es fiel ihm wahnsinnig schwer, sich auch nur ansatzweise zu konzentrieren, und dass Mara hier war, machte die ganze Sache nur noch schlimmer. Sehr viel schlimmer, um genau zu sein. Nicholson liebte sie.

Sie war das komplette Gegenteil von Charlotte. Zum einen wusste sie zu viel. Zum anderen war sie eine New Yorkerin irisch-italienischer Abstammung. Den Mund zu halten, war in der Regel nicht gerade die Stärke einer New Yorkerin.

»Was wollen die denn?«, beharrte sie. »Wo bringen die uns hin? Tony, *sag's mir*!«

»Verdammt gute Frage«, erwiderte Nicholson und trat mit

seinem unverletzten Bein gegen den Vordersitz. Er schrie sie an: »Wo bringt ihr uns eigentlich hin, verdammt noch mal?«

Das brachte ihm eine Ohrfeige mit der Fünfundvierziger ein. Er spürte den Schmerz durchaus, aber das machte ihm so gut wie nichts mehr aus. Eigentlich war Schmerz ja sogar ein gutes Zeichen – immerhin hieß das, dass er noch am Leben war.

»Ganz egal, was das alles soll, ich arbeite nicht mehr für ihn«, sagte Mara zu den beiden Männern auf den Vordersitzen. »Das müsst ihr mir glauben. Ich sage euch alles, was ihr wissen wollt. Ich war seine Buchhalterin.«

»Halt die Klappe, Mara«, sagte Nicholson. »Es bringt ja sowieso nichts.«

»Er hat Leute erpresst. Wichtige Leute. Um Geld. Er hat sie mit Kameras aufgenommen und …«

Er beugte sich zu ihr. Mehr schaffte er gar nicht mehr. »Mara, ich warne dich.«

»Sonst was, Tony? Deine Warnung kommt ein bisschen spät, findest du nicht? Warum sitze ich denn überhaupt hier drin?«

Ihre dunkelbraunen Augen blitzten vor Angst und Wut, und da er genau dasselbe empfand, konnte er ihr auch keinen allzu großen Vorwurf machen.

»Da geht es um richtig prominente Namen«, machte sie weiter. »Reiche Leute. Politiker, Wall Street, Rechtsanwälte, so was alles …«

»Ja, ja.« Der Fahrer schnitt ihr das Wort ab. »Erzähl uns mal was, was wir noch nicht wissen. Ansonsten, genau, wie der Typ gesagt hat: Halt die Klappe, Mara.«

56

Mahoney gab unsere neue Position durch, während wir den Anweisungen des Navigationsgeräts folgten und von der Umgehungsstraße auf die Eisenhower Avenue abbogen. Es wurde langsam dunkel, doch die Straßen waren immer noch voll mit Pendlern.

Nach gut zwei Kilometern kamen wir zu einer ganzen Reihe mit identischen, viergeschossigen Stadthäusern direkt an der Straße.

Eine Lücke in der Bebauung markierte die Einfahrt, und ein Schild hieß die Besucher im Avalon von Cameron Court willkommen.

Das GPS führte uns durch ein Mini-Labyrinth aus zahlreichen Gebäuden. Es handelte sich um eine dieser noblen Wohnsiedlungen, in denen es alles gab, was die Bewohner zum Leben brauchten. Die Mieten betrugen laut Mahoney und seinem Laptop bis zu dreitausendfünfhundert Dollar im Monat.

»Meine Tante wohnt auch in so einer Siedlung, weißt du, drunten in Vero Beach, Florida. Dort darf man nicht mehr als zwei Haustiere halten, aber sie hat vier kleine Hunde, die alle genau gleich aussehen. Sie führt eben immer nur zwei gleichzeitig spazieren.«

Ich hörte unkonzentriert zu, bis wir uns Nicholsons Wohnblock näherten. »Hey, Ned, siehst du das?« Eine dunkelblaue Limousine kam gerade aus einer Einfahrt, keine fünfzig Meter vor uns. »Ist das nicht das Haus von Nicholson?«

Mahoney setzte sich auf und klappte seinen Laptop zu. »Könnte schon sein. Sehen wir mal nach.«

Das andere Auto kam jetzt direkt auf uns zu. Das Kennzeichen war in Washington ausgestellt worden. Vorn saßen zwei Männer und hinten zwei Mitfahrer, die nicht so leicht zu erkennen waren.

Als wir an ihnen vorbeifuhren, drehte ich den Kopf, und dann schaute ich Tony Nicholson eine Sekunde lang direkt in die Augen.

57

Kaum hatte ich die Sirene eingeschaltet, schoss die blaue Limousine vorwärts und schlingerte um die nächste Ecke. Ich hatte keine Ahnung, was das für Typen waren – Mafia, Auftragskiller, was immer –, aber so, wie sie davongerast waren, war mir klar, dass Nicholson und seine Freundin in ernsthaften Schwierigkeiten steckten.

Ned hing bereits am Telefon. »Hier Mahoney. Habe die Zielperson im Visier, Nicholson. Wir verfolgen gerade einen blauen Pontiac G6 mit Washingtoner Kennzeichen.«

Wir kamen um die nächste Ecke und sahen, dass sie an der Ausfahrt feststeckten.

»Eins zu null für die Guten!«, sagte Ned und ballte eine Hand zur Faust. Der stetig fließende Autoverkehr auf der Eisenhower versperrte ihnen den Weg, und ich dachte für einen kurzen Moment, dass wir die ganze Sache vielleicht ohne großen Schaden zu Ende bringen konnten.

Dann flogen die Türen des Pontiac auf, und zwei Männer kamen heraus. Sie schossen auf uns!

Eine Kugel durchschlug mit dumpfem Krachen meine Windschutzscheibe, noch bevor Ned und ich aussteigen konnten. Ich riss meine Tür auf und rollte mich nach draußen. Mahoney nahm ebenfalls die Fahrertür und drückte sich flach auf den Boden.

Ich lag in einer Abwasserrinne und konnte lediglich den Fahrer der Limousine erkennen. Er sah militärisch aus, groß mit blonden, kurz geschorenen Haaren – und er feuerte immer noch auf uns. Ich schoss nicht zurück, ich traute mich nicht.

Das Problem waren die Autos hinter ihm. Ich konnte nicht

auf ihn schießen, ohne möglicherweise andere zu gefährden. Das schien ihm klar zu sein, denn er rannte jetzt auf das nächstgelegene Gebäude zu.

Er kam an dem Avalon-Schild vor dem Komplex vorbei, und ich gab schnell hintereinander zwei kontrollierte Schüsse ab. Zwei Patronenhülsen hüpften mir über die Schulter. Der zweite Schuss brachte den Mann zu Fall.

Aber damit war die Sache noch nicht erledigt, noch lange nicht. Mahoney war mit gezogener Dienstwaffe aufgestanden und schoss. Jetzt sah ich ein Stück weit entfernt den anderen Mann, mit einem nassen Loch im Hosenbein. Trotzdem hatte er sich wieder aufgerappelt.

»Waffe fallen lassen!«, rief Mahoney, als der Mann sich hinkend aus dem Staub machen wollte.

Ich konnte Mahoney gerade noch rechtzeitig aus einem anderen Winkel Feuerschutz geben, da riss der Kerl eine Fünfundvierziger hoch und zielte auf Mahoney.

Wir schossen beide, bevor er abdrücken konnte. Er wurde zweimal getroffen, zuckte zweimal zusammen und schaffte es trotzdem, noch einen letzten Schuss abzugeben. Seine Kugel sauste haarscharf an Ned vorbei, dieser ließ sich fallen und schoss noch einmal zurück. Er traf den Kerl in die Schulter.

Als wir bei ihm waren, war der Mann immer noch am Leben, mit weit aufgerissenen Augen, den Finger am Abzug. Ned stellte den Fuß auf sein Handgelenk und entwand ihm die Fünfundvierziger.

»Durchhalten«, sagte ich. »Der Notarzt ist schon unterwegs.«

Aber es ging ihm nicht gut. Aus einer Bauchwunde pulsierte das Blut, viel zu viel und viel zu schnell. Während Mahoney zu Nicholson und der Frau lief, zog ich meine Jacke aus und drückte sie auf die Wunde.

»Für wen arbeiten Sie?«, fragte ich ihn.

Ich war mir nicht sicher, ob er mich hören konnte. Er wirkte nicht ängstlich, aber seine Augen wirkten riesig. Als er zu schlucken versuchte, bildeten sich auf seinen Lippen blutige Schaumbläschen. Meine Jacke war bereits klitschnass.

»*Nun sag schon!*«, schrie ich ihn schließlich an. »Wer hat euch hierhergeschickt?«

Der Atem des Auftragskillers geriet ins Stocken, seine Hand umklammerte meinen Arm – und dann trat vollkommene Entspannung ein. Er starb ohne ein einziges Wort, das uns hätte helfen können, wenigstens einen Bruchteil dessen zu verstehen, was hier eigentlich los war.

58

Aus zwei Toten wurden schnell drei, als wir Charlotte Nicholson mit blau angelaufenem Gesicht und immer noch warm im Kofferraum des Pontiac entdeckten.

Tony Nicholson und seine mutmaßliche Freundin, Mara Kelly, sagten kein Wort, außer dass sie nichts Verbotenes gemacht und keine Ahnung hätten, wer die toten Männer eigentlich waren. Das war alles, was wir aus ihnen herausbekamen, bevor das FBI sie in Gewahrsam nahm.

Mittlerweile waren drei FBI-Fahrzeuge, die Polizei von Alexandria und eine ganze Anzahl Kriminaltechniker vor Ort eingetroffen. Sobald ich konnte, rief ich Bree an.

Dabei wurde mir bewusst, dass ich mein Telefon schon seit Stunden ausgeschaltet hatte… seit der Durchsuchung dieses Privatklubs draußen in Culpeper. Als ich es wieder einschaltete, meldete die Mailbox drei Anrufe in Abwesenheit – alle von Bree.

Ich wurde sofort unruhig.

Die erste Nachricht lautete: »Hallo, ich bin's. Die Ärzte machen sich Sorgen wegen Nanas Nierenfunktion. Anscheinend hat sie zu wenig Flüssigkeit. Es gibt noch keine Prognose, aber vielleicht meldest du dich bald mal. Hab dich lieb.«

Ich machte mich auf den Weg zu meinem Wagen und war mir nicht sicher, ob ich die zweite Nachricht wirklich hören wollte.

»Alex, ich bin's, Bree. Ich hab's beim FBI probiert, aber dort scheint niemand zu wissen, wo du steckst. Und Neds Handynummer habe ich auch nicht. Ich weiß nicht, was ich machen soll. Nana geht es nicht gut. Ich hoffe, du hörst das bald ab.«

Ich rannte los, doch die dritte Nachricht ließ mich beinahe mitten in der Bewegung erstarren.

»Alex, wo bist du? Ich finde es furchtbar, dass ich dir das auf die Mailbox sprechen muss, aber … Nana ist ins Koma gefallen. Ich gehe jetzt wieder zu ihr, du kannst mich also telefonisch nicht mehr erreichen. Komm her, so schnell du kannst.«

59

Der Empfang, der heute Abend im Observatory Circle Nummer eins abgehalten wurde, war relativ informell, ein Krabbenessen im Maryland-Stil für ein paar Mitarbeiter aus der mittleren Führungsebene und ihre Angehörigen. Man trug Jackett, aber keine Krawatte, so lange, bis der Vizepräsident kurz vor dem Essen das Jackett ablegte und die männlichen Gäste seinem Beispiel folgten.

Agent Cormorant behielt sein Jackett an. Es war eine Maßanfertigung und so geschnitten, dass das Halfter mit der .357 SIG Sauer in seiner rechten Achselhöhle nicht zu sehen war. Obwohl der heutige Anlass eindeutig als gering gefährlich einzustufen war, lag es Cormorant im Blut, nichts und niemandem zu trauen, schon gar nicht in Zeiten wie diesen.

Der Secret Service war seit 1972 für die Bewachung der viktorianischen Residenz zuständig. Die Rockefellers waren hier gar nicht erst eingezogen, aber die Mondales, Bushs, Quayles, Gores und Cheneys hatten vor den Tillmans alle hier gewohnt. Das Gebäude war bis in die kleinste Ecke durchleuchtet worden. Cormorant kannte sich hier besser aus als in seiner eigenen Zweizimmerwohnung in der M Street.

Daher betrat er, als er ein paar kurze, ungestörte Worte mit dem Vizepräsidenten wechseln wollte, die Bibliothek ganz selbstverständlich von einem Zimmer im rückwärtigen Teil des Hauses aus, um von den anderen Gästen nicht beim Betreten und Verlassen des Raums gesehen zu werden.

Tillman schenkte sich gerade einen Scotch mit Eis ein und wartete am Kamin, während Cormorant die Türen zu beiden Seiten der Bibliothek verriegelte.

»Was gibt es denn so Dringendes, Dan?«, wollte Tillman wissen.

»Ich sollte Ihnen lieber gleich sagen, Sir, dass ich mit diesem Gespräch meine Zuständigkeiten bei Weitem überschreite«, sagte Cormorant.

Tillman nippte an seinem Drink. »Das ist ja mal was Neues. Die Warnung, meine ich.«

Die beiden Männer waren befreundet, soweit das in ihrer Stellung überhaupt möglich war. Eines Tages würden sie gemeinsam zum Angeln und in Urlaub fahren, aber im Augenblick waren sie noch Herr Vizepräsident und Agent Cormorant – Beschütztер und Beschützer.

»Sir, ich finde, es wird Zeit, dass Sie das Staatsoberhaupt über Zeus informieren. Insbesondere über die Tatsache, dass irgendjemand aus dem Umfeld des Weißen Hauses oder des Regierungskabinetts ein Mörder sein könnte.«

Tillmans Gesichtszüge verhärteten sich augenblicklich, und er stellte sein Glas ab. »Das habe ich bereits erledigt. Aber wir brauchen konkrete Fakten, wir brauchen einen Namen.« Tillman hatte zwar schon von der FBI-Razzia in Virginia erfahren, über die neuesten Entwicklungen war er aber noch nicht informiert. Cormorant brachte ihn rasch auf den aktuellen Stand und erwähnte auch die Kameras, die man in Nicholsons Etablissement entdeckt hatte.

»Bis jetzt spricht noch niemand von Zeus, aber falls irgendwelche Aufnahmen entdeckt werden sollten, dann ist es völlig gleichgültig, wie er sich nennt.«

»Wann ist das denn rausgekommen?«, wollte Tillman wissen. Er wirkte jetzt sichtbar erschüttert.

»Heute. Am Nachmittag.«

»Und wie kommt's, dass Sie jetzt schon Bescheid wissen?«

Cormorant hielt den direkten Blickkontakt mit dem Vizepräsidenten ebenso aufrecht wie sein Schweigen und hoffte, dass es als respektvoll erkannt wurde.

»Also gut«, fuhr Tillman fort. »Ist auch egal. Fahren Sie bitte fort. Tut mir leid, dass ich Sie unterbrochen habe.«

»Der Generalstaatsanwalt könnte da vielleicht etwas machen. Falls sich irgendein vernünftiger Vorwand finden ließe, um die Ermittlungen einzudämmen oder vielleicht sogar zu verzögern ...«

Plötzlich wirkte Tillman verärgert, aber bei ihm war das oft schwer einzuschätzen.

»Moment mal eben. Sie wollen, dass aus dem Präsidialamt Einfluss auf den Generalstaatsanwalt ausgeübt wird? Ist Ihnen eigentlich klar, was Sie da vorschlagen? Womöglich ist ein Kabinettsmitglied in die Sache verwickelt.«

»Es geht nicht darum, was ich will, Sir. Es geht immer nur darum, das Staatsoberhaupt und die Regierung zu schützen.«

Jetzt brandete hinter der Tür zum Foyer schallendes Gelächter auf. Cormorant ließ sich davon in keiner Weise aus dem Konzept bringen, sondern senkte lediglich ein wenig seine Stimme.

»Ich will damit nicht sagen, dass wir diesen Skandal unterdrücken sollten. Ich brauche nur ein bisschen Spielraum, damit ich eine Chance habe, selbst hinter die Identität von Zeus zu kommen. In diesem Fall kann das Weiße Haus besser reagieren, wenn die Information an die Öffentlichkeit gelangt – und das wird sie, Sir, so oder so, früher oder später.«

»Was sagt Reese dazu?«, wollte Tillman wissen. »Haben Sie ihn gefragt? Weiß er das mit den Kameras?«

»Ich habe den Stabschef heute Nachmittag informiert, aber wir haben nicht darüber gesprochen, ob das Staatsoberhaupt eingeweiht werden soll. Ich wollte zuerst mit Ihnen reden.«

»Spielen Sie uns nicht gegenseitig aus, Dan. Und spielen

Sie mich nicht gegen Vance aus. Das Staatsoberhaupt besitzt meine ungeteilte Loyalität.«

»Das versuche ich ja gar nicht, Sir...«

»Nein. Also gut. Sie werden Folgendes tun.« Tillman besaß die Angewohnheit, ohne Vorwarnung sämtliche Fragen einzustellen und Entscheidungen zu verkünden. Jetzt war es wieder einmal so weit. »Sie besprechen das Ganze mit Gabe, und zwar in absoluter Offenheit. Falls er sich mit mir darüber unterhalten will, dann machen wir das und sehen dann weiter. Andernfalls hat dieses Gespräch hier niemals stattgefunden.«

Der Vizepräsident war bereits auf halbem Weg zur Tür, da wurde Cormorant zum ersten Mal laut.

»Walter!« Ein solch schwerwiegender Verstoß gegen das Protokoll konnte für einen Agenten der entscheidende Karriereknick sein, jedenfalls in den meisten Fällen. »Ich kann ihn finden. Diesen Zeus. Sie müssen mir nur genügend Zeit dafür geben.«

Tillman blieb stehen, drehte sich aber nicht um. »Reden Sie mit Gabe.« Das war alles, und als er das Zimmer verließ, hatte Agent Cormorant keine andere Wahl, als ihm zu folgen.

Das Gespräch war beendet, und nebenan wurden die Krabben kalt.

60

Ich legte den ganzen Weg über den Potomac in die Innenstadt mit jaulender Sirene zurück, bis ich den Parkplatz vor dem St. Anthony's erreicht hatte. Seit ich Brees Nachrichten abgehört hatte, herrschte in meinem Kopf ein einziges Durcheinander. Wie war so etwas denn überhaupt möglich? Heute Morgen noch hatte Nana aufrecht im Sessel gesessen. Sie hatte mit uns geredet, es war ihr *zusehends besser* gegangen.

Als ich im fünften Stock aus dem Fahrstuhl trat, war Jannie das erste vertraute Gesicht, das ich sah. Sie saß auf der Kante eines Plastikstuhls direkt vor der Intensivstation. Als sie mich sah, flog sie in meine Arme und klammerte sich an mir fest.

»Nana liegt im Koma, Daddy. Sie wissen gar nicht, ob sie überhaupt noch mal aufwacht oder nicht.«

»Pschschscht. Ich weiß, ich weiß. Jetzt bin ich ja da.« Ich spürte, wie ihre Verkrampfung sich löste. Sie brach in Tränen aus und sank kraftlos in sich zusammen. Jannie war so stark und doch gleichzeitig so zerbrechlich. *Genau wie Nana*, musste ich unwillkürlich denken, während ich sie im Arm hielt. »Hast du sie gesehen?«, erkundigte ich mich.

Sie nickte, den Kopf an meine Brust gedrückt. »Nur kurz. Die Schwester hat gesagt, dass ich hier draußen warten soll.«

»Komm mit«, sagte ich und nahm sie an der Hand. »Ich glaube, ohne dich schaffe ich das nicht.«

Bree saß neben Nanas Bett, auf dem Stuhl, auf dem ich heute Nacht geschlafen hatte. Sie stand auf und nahm uns beide in den Arm.

»Ich bin so froh, dass du da bist«, flüsterte sie.

»Was ist denn passiert?«, fragte ich leise.

»Ihre Nieren sind einfach ausgefallen, Alex. Sie haben sie jetzt an die Dialyse angeschlossen und geben ihr auch wieder Hydralazin und Betablocker …«

Ich konnte ihre Worte kaum verstehen, ebenso wenig wie deren Bedeutung erfassen. Meine Knie wurden weich, und in meinem Kopf drehte sich alles.

Ich hätte mir niemals vorstellen können, wie viel schlechter Nana jetzt aussah.

Sie war wieder an das Beatmungsgerät angeschlossen worden, aber dieses Mal führte der Schlauch über eine Öffnung im Hals direkt in die Luftröhre. Dann waren da noch der Schlauch mit der Magensonde in ihrer Nase sowie die Dialyseschläuche. Aber mit Abstand das Schlimmste war Nanas Gesicht … ganz verkniffen und verhärmt, als hätte sie große Schmerzen. In meiner Vorstellung hatte sie einfach nur schlafend ausgesehen, aber es war viel schlimmer als das.

Ich setzte mich zu ihr. »Ich bin's, Alex. Ich bin jetzt da. Alex ist da, altes Haus.«

Ich hatte das Gefühl, als befände sich zwischen uns eine dicke Glasscheibe. Ich konnte mit ihr reden und sie anfassen und sehen, aber ich konnte sie nicht erreichen. Noch nie zuvor hatte ich mich hilfloser gefühlt. Ich hatte so ein grässliches Gefühl, als ob ich genau wusste, was als Nächstes kommen würde.

Für gewöhnlich funktioniere ich in Krisensituationen gut – das ist immerhin mein Beruf –, aber ich stand kurz vor dem Zusammenbruch. Als Jannie sich neben mich stellte, bemühte ich mich gar nicht erst, die Tränen zu verstecken, die mir die Wangen hinunterliefen.

Dieses Unglück traf nicht nur Nana, es traf uns alle.

Und wie wir so dasaßen und Nana betrachteten, da lief ihr eine Träne über die Wange.

»Nana«, sagten wir alle gleichzeitig. Aber sie erwiderte nichts und versuchte auch nicht die Augen aufzuschlagen.

Da war nichts als diese einsame Träne.

61

Wenn ich in dieser Nacht gerade nicht schlief oder wenn ich alle paar Stunden den Krankenschwestern Platz machen musste, damit sie ihre Patientin versorgen konnten, redete ich mit Nana. Zuerst blieb ich bei den weichen Themen – wie sehr wir sie lieb hatten, wie sehr wir ihr gute Besserung wünschten und bei ihr waren, oder ich erzählte ihr einfach nur, was gerade im Zimmer geschah.

Aber irgendwann wurde mir klar, dass Nana immer nur das eine gewollt hatte, nämlich die Wahrheit, ganz egal, wie sie aussah. Also fing ich an, ihr von meinem Tag zu erzählen. Ich redete mit ihr, wie ich immer mit ihr geredet hatte, ohne dass wir je einen Gedanken daran verschwendet hatten, dass unsere Gespräche irgendwann ein Ende finden würden.

»Ich war heute gezwungen, jemanden umzubringen«, sagte ich.

Nach diesem Satz hatte ich das Gefühl, als müsste es dazu noch mehr zu sagen geben, aber ich saß einfach nur stumm da. Vermutlich war das die Stelle, an der Nana an der Reihe gewesen wäre.

Und dann kam tatsächlich etwas – in Form einer Erinnerung an eine frühere Gelegenheit, an ein ähnliches Gespräch.

Hatte er eine Familie, Alex?

Das war ihre allererste Frage gewesen. Damals war ich achtundzwanzig Jahre alt. Ein bewaffneter Überfall auf einen kleinen Lebensmittelladen in Southeast. Ich war nicht einmal im Dienst, als es passierte, sondern auf dem Heimweg. Der Mann hieß Eddie Clemmons, und ich werde diesen Namen nie wieder vergessen. Noch nie zuvor hatte jemand auf mich geschossen – und noch nie zuvor hatte ich in Notwehr zurückgeschossen.

Ja, hatte ich zu Nana gesagt, *er war verheiratet, auch wenn sie getrennt lebten. Und zwei Kinder hatte er auch.*

Ich weiß noch, wie ich im Mantel im Hausflur in der Fifth Street stand. Nana hatte, als ich zur Tür hereingekommen war, gerade einen Wäschekorb in den Armen gehabt, und so saßen wir schließlich gemeinsam auf der Treppe, falteten Kleider zusammen und redeten über die Schießerei. Zuerst kam es mir ziemlich seltsam vor, dass sie mir ständig etwas zum Zusammenlegen in die Hand drückte. Doch nach einer Weile wurde mir klar, dass sich mein Leben ab einem gewissen Punkt wieder normal anfühlen würde.

Du wirst drüber wegkommen, hatte sie damals gesagt. *Vielleicht hinterlässt es ein paar Narben, aber trotzdem, du wirst es überwinden. Du bist Polizist.*

Sie hatte natürlich recht gehabt. Vielleicht war das der Grund, wieso ich dieses Gespräch jetzt so unbedingt wiederholen musste. Es war seltsam, aber eigentlich wollte ich nur, dass sie mir sagte, dass ich drüber wegkommen werde.

Ich nahm ihre Hand, küsste sie und drückte sie gegen meine Wange – wahrscheinlich, um irgendwie Kontakt zu ihr herzustellen.

»Alles wird gut, Nana«, sagte ich.

Aber ich wusste nicht, ob ich das wirklich ernst meinte oder wen ich damit eigentlich anlügen wollte.

62

Ich erwachte, als sich eine Hand auf meine Schulter legte und mir jemand etwas ins Ohr flüsterte. »Zeit, um zur Arbeit zu gehen, Schätzchen. Tia ist da.«

Meine Tante Tia stellte ihre große Segeltuchtasche mit dem Strickzeug neben meine Füße. Ich war ein halbes Dutzend Mal in der Nacht aufgewacht und wieder eingeschlafen. Es war merkwürdig hier drin, ohne Fenster, ohne richtiges Zeitgefühl und mit einer kranken Nana.

Sie sah an diesem Morgen ungefähr genauso aus wie am Abend zuvor, aber ich war mir nicht sicher, ob das gut war oder schlecht. Ein bisschen von beidem vielleicht. »Ich warte noch auf die Morgenvisite«, sagte ich zu Tia.

»Nein, Schätzchen, du gehst jetzt.« Sie zog an meinem Arm. »Hier drin gibt es nicht genügend Platz, und meine Waden bringen mich um. Also los. Geh zur Arbeit. Dann kommst du wieder und erzählst Nana, was alles passiert ist, genau wie immer.«

Das Strickzeug mit ihren großen, bunten Holzstricknadeln wurde automatisch aus der Tasche geholt, und außerdem sah ich darin noch eine Thermosflasche und eine *USA Today*. So, wie sie sich hier häuslich einrichtete, musste ich unwillkürlich daran denken, dass sie das schon öfter mitgemacht hatte, zuerst mit meinem Onkel, dann mit ihrer kleinen Schwester Anna. Meine Tante war fast schon ein Profi darin, Schwerkranke und Sterbende zu pflegen.

»Ich wollte dir eigentlich was von diesem David Whyte mitbringen, den du so gerne magst«, sagte Tia. Im ersten Moment dachte ich, sie meint mich. »Aber dann dachte ich, nein, wir wollen lieber auf dem Laufenden bleiben, also habe ich die Zeitung eingepackt. Hast du gewusst, dass sie einem Chinesen den Auftrag für das Martin-Luther-King-Denkmal gegeben haben? Einem *Chinesen*? Ist denn das zu fassen, Regina?«

Tia ist kein sentimentaler Mensch, aber in gewisser Weise ist sie eine Heilige. Außerdem wusste ich, dass sie niemals zulassen würde, dass Nana sie beim Weinen erwischte, Koma hin oder her. Ich beugte mich hinunter und gab Tia einen Kuss auf den Scheitel. Dann gab ich auch Nana einen Kuss.

»Tschüs Tia, tschüs Nana. Bis später.«

Meine Tante plapperte ohne Unterbrechung weiter, aber ich konnte Nanas Antwort hören. Noch einmal ein Echo, eine Erinnerung oder was es sonst sein mochte.

Sei brav, sagte sie. *Und, Alex, pass auf dich auf.*

Eigentlich drohte mir in nächster Zukunft keine körperliche Gefahr. Formal betrachtet war ich nach den Schüssen vom Vortag sowieso in den Innendienst verbannt. Superintendent Davies hatte mich zwar nur zwei Tage lang von den Ermittlungen abgezogen, und dafür war ich ihm auch sehr dankbar, aber selbst diesen Zeitverlust konnte ich mir nicht leisten. Ich musste unbedingt mit Tony Nicholson und Mara Kelly sprechen. Jetzt. Also bat ich Sampson, ein paar Verhöre unter seinem Namen anzumelden. Dann würde ich einfach mitkommen, ein Augenpaar zusätzlich, ein Ohrenpaar mehr.

63

Das Gefängnis in Alexandria ist ein großer, alter Backsteinkomplex am Ende einer Sackgasse.

Hier wurde auch Zacarias Moussaoui festgehalten, bis er in das Hochsicherheitsgefängnis von Florence, Colorado, verlegt wurde – im Übrigen zufälligerweise auch der letzte bekannte Aufenthaltsort von Kyle Craig, einem Serienmörder und eine der großen, unerledigten Aufgaben, die ich irgendwann noch einmal in Angriff nehmen musste. Es ist schon verblüffend, wie klein und inzestuös die Welt der Kapitalverbrechen werden kann, wenn man, wie ich, genügend Zeit darin verbracht hat. Allein der Gedanke an Kyle Craig wühlte mich innerlich auf.

Nicholson und Mara Kelly saßen in unterschiedlichen Verhörzimmern im Erdgeschoss beziehungsweise im ersten Stock, sodass wir immer per Fahrstuhl zwischen den beiden hin- und herpendeln mussten.

Zunächst sagten alle beide lediglich aus, dass sie überfallen und entführt worden waren. Ich ließ sie etliche Stunden lang gewähren und deutete gegenüber Mara Kelly sogar vorsichtig an, dass auch ihr Freund standhaft blieb. Ich wollte ihr Vertrauen in Nicholson zunächst stärken, bevor ich es in sich zusammenstürzen ließ.

Beim nächsten Besuch legte ich ihr ein fotokopiertes Blatt vor.

»Was ist das?«, wollte sie wissen.

»Sehen Sie selbst.«

Sie beugte sich vor und schob sich dabei mit ihrem weiß lackierten Fingernagel eine lose Haarsträhne hinters Ohr. Selbst hier in diesem Verhörzimmer legte sie eine gewisse, vornehme

Eleganz an den Tag, die eher einstudiert als echt wirkte. Sie bezeichnete sich als Steuerberaterin, hatte aber die Ausbildung nach dem ersten Jahr abgebrochen.

»Flugtickets?«, sagte sie. »Verstehe ich nicht. Was soll denn das?«

Sampson beugte sich über den Tisch. Er ist 2,06 Meter groß und kann mehr als bedrohlich wirken, wenn er es darauf anlegt, was bei der Arbeit in der Regel der Fall ist.

»Von Montreal nach Zürich, Abflug gestern Abend. Haben Sie sich die Tickets angesehen? Haben Sie die Namen erkannt?«

Er tippte mit dem Finger auf das Blatt. »Anthony und Charlotte Nicholson. Ihr Freund wollte Sie sitzen lassen, Mara. Zusammen mit seiner *Frau*.«

Sie schob das Papier beiseite. »Ja, na klar. Ich hab auch einen Computer und einen Farbdrucker.«

Ich bot ihr mein Handy an. »Da steht die Nummer der Swissair, sehen Sie? Möchten Sie vielleicht anrufen und Ihre Reservierung bestätigen, Mrs. Nicholson?«

Als sie keine Antwort gab, beschloss ich, sie ein paar Minuten alleine schmoren zu lassen. Sie hatte natürlich recht … wir hatten die Tickets gefälscht. Als wir wieder zu ihr zurückkehrten, war sie so weit. Ich sah, dass sie geweint hatte und versucht hatte, sämtliche Tränenspuren zu vertuschen.

»Was wollen Sie wissen?«, sagte sie. Ihre Augen wurden ganz schmal. »Und was kriege ich dafür?«

Sampson blickte ihr in die Augen und hielt ihrem Blick stand. »Wir tun alles, was in unserer Macht steht, um Ihnen zu helfen.«

Ich nickte. »So funktioniert das, Mara. Wer uns zuerst hilft, dem helfen wir.«

Ich schaltete den Kassettenrekorder ein und stellte ihn auf den Tisch. »Wer waren die Männer in dem Wagen? Fangen wir damit an.«

»Ich habe keine Ahnung«, sagte sie. »Ich habe die beiden noch nie im Leben gesehen.« Ich glaubte ihr.

»Was wollten sie von Ihnen? Was haben sie gesagt?«

Sie zögerte. Ich hatte schon den Eindruck, als wäre sie bereit, Nicholson zu opfern, aber vielleicht nicht ganz so schnell. »Wissen Sie, ich habe ihn gewarnt, dass so was passieren könnte.«

»Was denn passieren, Mara?«, schaltete sich Sampson ein. »Werden Sie doch ein bisschen konkreter.«

»Er hat ein paar Kunden aus dem Klub erpresst. Das sollte unser Startkapital für ein neues Leben werden. So hat Tony es immer genannt. Tolles neues Leben, was?« Sie machte eine Handbewegung. »*Das* soll es sein?«

»Wie wär's denn mit ein paar Namen? Decknamen, Fantasienamen, was immer Sie vielleicht gehört haben. Was wissen Sie über die Leute, die er erpresst hat?«

Mara Kelly wurde langsam warm, und ihr Tonfall zusehends verbitterter und sarkastischer. »Ich weiß, dass er sich immer abgesichert hat. Nach allen Seiten. Damit alle verlieren, wenn einer redet. Und falls Tony irgendwas zugestoßen wäre, dann sollte ich das Ganze an die Öffentlichkeit bringen.« Sie lehnte sich zurück und verschränkte ihre schlanken Arme. »So hatten wir uns das jedenfalls gedacht. Damit hat er die ganzen Vollidioten unter Druck gesetzt, nachdem sie ein bisschen in der Gegend rumgevögelt haben.«

»Und alle haben bezahlt?«, wollte Sampson wissen.

Erneut ließ sie den Blick durch den Raum schweifen, als könnte sie immer noch nicht glauben, dass sie hier war, dass es so weit gekommen war.

»Na ja, wenn das so wäre, dann würden wir jetzt nicht hier sitzen, hab ich recht?«

64

Kurze Zeit später fing Tony Nicholson an, wie ein Wasserfall zu reden, über den Klub und über die Erpressungen. Das hatte ich schon oft erlebt. Sobald die Tatverdächtigen spüren, dass der Boden unter ihren Füßen nachgibt, fangen sie an, sich gegenseitig zu überbieten. Nach seiner Version war Mara Kelly für die Organisation der Operation nach dem Eingang des Geldes verantwortlich gewesen: verschlungene Pfade durch das asiatische Schattenbanksystem, asymmetrische Verschlüsselungsverfahren … alles, was notwendig war, um sich so lange, wie es ihnen gelungen war, sämtlichen Nachforschungen zu entziehen.

»Was glauben Sie eigentlich, wieso diese Typen sie auch mitgenommen haben?«, fragte er uns immer wieder. »Lassen Sie sich von ihrem hübschen Gesicht nicht täuschen. Die Schlampe ist nicht annähernd so dämlich, wie sie aussieht.«

Ich schätze, man könnte sagen, dass die beiden nicht länger ein Paar waren. Jetzt wurde es langsam interessant.

Nicholson saß seit Stunden auf ein und demselben wackeligen Klappstuhl, das verletzte Bein geschient und seitlich ausgestreckt. Seiner verzerrten Miene nach zu urteilen, wurde es so langsam Zeit für eine Schmerztablette.

»Okay«, sagte ich. »Das ist schon mal ein Anfang, Tony. Aber jetzt lassen Sie uns über den eigentlichen Anlass unseres Besuchs reden.«

Ich nahm einen Aktenordner und breitete Fotos auf dem Tisch aus. »Timothy O'Neill, Katherine Tennancour, Renata Cruz, Caroline Cross.«

Ein Ausdruck ehrlicher Verwunderung legte sich über sein

Gesicht, aber nur für einen kurzen Moment. Nicholson war nicht leicht aus dem Gleichgewicht zu bringen. »Was ist mit denen?«

»Die haben alle für Sie gearbeitet.«

»Schon möglich«, sagte er. »Viele Leute arbeiten für mich.«

»Das war keine Frage.« Ich deutete auf das Foto von Caroline. »Diese Frau hier wurde bis zur Unkenntlichkeit verstümmelt. Haben Sie das vielleicht auch gefilmt, Nicholson?«

»Ich weiß ganz ehrlich nicht, was Sie da reden. Ich habe keine Ahnung, worauf Sie hinauswollen. Bemühen Sie sich doch bitte um etwas Sinn und Verstand.«

»Wie ist sie gestorben?«

Plötzlich schien etwas klick zu machen, wie ein kurzes Leuchten in Nicholsons Blick. Er schaute auf das Bild und dann wieder auf mich.

»Caroline Cross haben Sie gesagt? So heißen Sie doch auch, stimmt's?« Als ich keine Antwort gab, verzog sich sein Mund zu einem breiten Grinsen. »Entschuldigen Sie bitte, Detective, aber ich könnte mir vorstellen, dass Sie selber bis zum Hals in der Sache drinstecken.«

Ich war sehr schnell auf den Beinen. Wäre der Tisch nicht am Boden festgeschraubt gewesen, womöglich hätte ich Nicholson damit an die gegenüberliegende Wand gequetscht.

Aber Sampson war zuerst bei ihm. Er schoss um den Tisch herum und zog Nicholson den Stuhl unterm Hintern weg. Er fiel zu Boden wie ein Fisch auf dem Trockenen.

Dann fing er an zu brüllen. »Mein Bein! Mein Bein, verdammt noch mal! Ihr Dreckschweine! Euch zeig ich an, alle beide!«

Sampson schien ihn gar nicht zu hören. »Dir ist doch klar, dass es in Virginia die Todesstrafe gibt, oder?«

»Wo sind wir denn hier, in Abu Ghraib, verfluchte Scheiße?

Verpisst euch, lasst mich in Ruhe!« Nicholson biss auf die Zähne und hieb mit der Faust auf den Boden. »Ich hab niemanden umgebracht!«

»Aber du weißt, wer es war!«, schrie ich zurück.

»Wenn ich euch irgendwas anbieten könnte, meint ihr nicht, dass ich das machen würde? Los, helft mir hoch, ihr beknackten Arschlöcher! Helft mir hoch. Hey! *Hey!*«

Wir verließen das Zimmer. Und nahmen die Stühle gleich mit.

65

Vier Stunden später – um »reinen Tisch zu machen« und uns alles zu sagen, was er wusste, und zuallererst, um das Bestmögliche für sich selbst herauszuschlagen – nannte Nicholson uns die Nummer eines Schließfachs bei einer Bank in Washington. Er sagte, dass darin Beweise lägen, die uns weiterbringen würden. Ich hatte zwar meine Zweifel, war aber bereit, mich auch auf schrittweise Fortschritte einzulassen.

Es kostete uns einige Mühe, aber am nächsten Morgen standen Sampson und ich mit allen notwendigen Papieren, einem Schlüssel aus Nicholsons Schreibtisch sowie zwei leeren Aktenkoffern für den Fall, dass wir dort tatsächlich Beweismittel vorfinden sollten, vor der Filiale der Exeter Bank in der Connecticut Avenue.

Es handelte sich nicht um eine gewöhnliche Sparkasse, so viel war schon klar, als wir klingeln mussten, um überhaupt eingelassen zu werden. Das Foyer wirkte sehr unnahbar und unpersönlich, weder Faltblätter noch Überweisungsformulare waren da zu sehen.

Vom Empfangsschalter wurden wir zu einer Reihe mit gläsernen Büros im Zwischengeschoss geschickt. Eine Frau in einem der Glaskästen legte ihren Telefonhörer auf die Gabel und wandte sich zu uns, als wir die Treppe heraufkamen.

Sampson lächelte und winkte ihr zu. »Ich komm mir vor, wie in einem James-Bond-Film«, sagte er. »*Treten Sie ein, Herr Dr. Cross. Wir haben Sie schon erwartet.*«

Die Zweigstellenleiterin, Christine Currie, erwartete uns tatsächlich. Ihr kurzes Lächeln und ihr Händedruck waren in etwa so warm wie die Haferflocken von gestern.

»Das Ganze ist recht ungewöhnlich für unsere Verhältnisse«, sagte sie. Ihr Akzent klang steif und britisch und noch vornehmer als Nicholsons. »Ich hoffe doch sehr, dass die ganze Angelegenheit ohne Aufhebens bewerkstelligt werden kann? Ist das möglich, meine Herren Detectives?«

»Selbstverständlich«, erwiderte ich. Ich glaube, wir hatten beide nur den einen Wunsch – dass Sampson und ich so schnell wie möglich wieder draußen auf der Straße standen.

Sobald Ms. Currie unsere Papiere zu ihrer Zufriedenheit durchgesehen und Nicholsons Unterschrift ein halbes Dutzend Mal an unterschiedlichen Stellen verglichen hatte, brachte sie uns zu einem Fahrstuhl im hinteren Teil des Zwischengeschosses. Wir stiegen ein und begannen eine rasante Abwärtsfahrt.

»Sagen Sie, haben Sie vielleicht auch gebührenfreie Girokonten im Angebot?«, erkundigte sich Sampson. Ich starrte nur stur geradeaus, ohne ein Wort zu sagen. John fühlt sich durch spießiges Ambiente gelegentlich provoziert. Durch spießige Leute auch. Die größte Provokation sind für ihn aber schlechte Menschen, Kriminelle und alle, die ihnen helfen und ihre Machenschaften unterstützen.

Wir betraten einen kleinen Vorraum mit einer einzigen Tür. Davor stand ein bewaffneter Wachmann, und daneben saß ein Angestellter in Anzug und Krawatte an einem überdimensionalen Schreibtisch. Ms. Currie trug uns ein und brachte uns dann unverzüglich in den Raum mit den Schließfächern.

Nicholsons Fach mit der Nummer 1665 war eines der größeren am hinteren Ende des Raums.

Nachdem wir gemeinsam die Klappe aufgeschlossen hatten, holte Ms. Currie eine lang gestreckte, rechteckige Schachtel heraus und brachte sie in einen der Schauräume, die von einem angrenzenden Flur abgingen.

»Ich warte hier draußen auf Sie. Lassen Sie sich ruhig Zeit«, sagte sie, aber es klang eher wie *Sehen Sie zu, dass Sie schnell fertig werden*.

Wurden wir. Im Inneren der Schachtel lagen drei Dutzend CDs, jeweils einzeln in einer Plastikhülle und von Hand mit schwarzem Filzstift datiert. Außerdem zwei ledergebundene Ringbücher mit handgeschriebenen Notizen, Listen, Adressen und Kontoauszügen.

Wenige Minuten später hatten wir alles in unseren Aktenkoffern verstaut und gingen hinaus.

»Gott segne Tony Nicholson«, sagte ich zu der unerschütterlichen Ms. Currie.

66

Für den Rest des Tages schlossen Sampson und ich uns mit zwei Laptops in meinem Büro ein. Wir beschäftigten uns ohne Pause mit der Betrachtung und Auswertung des Sexlebens der Reichen und meist auch Berühmten abseits jeder gesellschaftlichen Konvention. Wir bekamen erstaunlich viele Wiederholungen zu sehen, vor allem angesichts der zahlreichen Möglichkeiten, die Tony Nicholson in seiner Einrichtung im Angebot gehabt hatte.

Die Liste der Mächtigen andererseits entlockte uns einen Ausruf des Erstaunens nach dem anderen. Mindestens die Hälfte der Gesichter waren deutlich erkennbar und gehörten Persönlichkeiten, die auch bei der Amtseinführung des Präsidenten zu sehen waren. Und zwar in der ersten Reihe.

Die Kundschaft bestand auch keineswegs ausschließlich aus Männern. Zwar stellten Frauen nur fünf Prozent der Klientel, aber es gab sie, unter anderem auch eine ehemalige US-Botschafterin bei den Vereinten Nationen.

Ich musste mir immer wieder vor Augen führen, dass jede dieser Personen – zumindest theoretisch – unter Mordverdacht stand.

Wir legten mithilfe der Datumseinblendungen ein Verzeichnis an. Zu jedem Video notierten wir die Namen der Kunden, die wir erkannt hatten, und markierten diejenigen, die wir nicht erkannt hatten. Außerdem vermerkte ich auch den jeweiligen Schauplatz jeder »Szene«.

Mein Hauptinteresse galt dabei dem Apartment über der Kutschenscheune, die ich mittlerweile als das Zentrum dieses ganzen, gruseligen Mörder-Puzzles ausgemacht hatte.

Und das war auch der Punkt, an dem wir richtig Fahrt aufnahmen. Als meine Augenhöhlen so langsam zu glühen anfingen, begann ich, ein interessantes Muster zu registrieren.

»John, lass mal sehen, was wir bis jetzt haben. Ich will mal was nachschauen.«

Wir hatten bis jetzt nur handgeschriebene Zettel vor uns liegen, also legte ich die Blätter nebeneinander und fing an, sie zu überfliegen.

»Hier … hier … hier.«

Jedes Mal, wenn jemand das Apartment benutzt hatte, umkreiste ich das Datum mit einem roten Stift und hakte die einzelnen Einträge ab. Dann ging ich die eingekreisten Eintragungen durch.

»Siehst du? Eine ganze Zeit lang haben sie das Studio im Hinterhaus ziemlich regelmäßig genutzt, aber dann, vor ungefähr sechs Monaten, hat das schlagartig aufgehört. Keine einzige Party mehr.«

»Und was war vor sechs Monaten?« Sampsons Frage war eigentlich rein rhetorischer Natur, da wir beide die Antwort kannten.

Vor sechs Monaten hatten die Morde angefangen.

Und das brachte uns zu der Frage: Wo waren Nicholsons restliche CDs?

67

Nach der Arbeit besorgte ich in der Seventh Street ein thailändisches Abendessen und brachte es zu Bree ins Krankenhaus. Es war vielleicht nicht gerade das Kerzenschein-Dinner, das sie eigentlich verdient gehabt hätte, aber alles, was anders war als Hackfleischbällchen und Wackelpeter aus der Cafeteria stellte eine eindeutige Verbesserung dar.

Es sah so aus, als hätte sie in Nanas Krankenzimmer ein komplettes mobiles Büro installiert – ein Laptop, ein kleiner Drucker sowie diverse Akten auf der Ablage an der hinteren Zimmerwand. Sie hatte »WebMD.com« aufgerufen, eine Seite, auf der sich umfassende medizinische Informationen aller Art finden ließen, und war eifrig dabei, sich Notizen zu machen.

»Für wen waren das Panang-Curry und das Pad-Thai?«, rief ich von der Tür her.

»Vermutlich für mich«, erwiderte Bree.

Sie wand sich zwischen all den Geräten hindurch und gab mir einen Begrüßungskuss.

»Na, wie geht es unserer Patientin?«, erkundigte ich mich.

»Sie hält sich wacker. Ganz ehrlich: Sie ist wirklich beeindruckend.«

Nana wirkte vielleicht ein klein wenig friedlicher als beim letzten Mal, aber ansonsten schien sich nichts verändert zu haben. Dr. Englefield hatte uns bereits gewarnt, uns nicht allzu sehr auf Kleinigkeiten zu versteifen. Man konnte sich wahnsinnig machen, wenn man jedes kleine Zucken und jedes Zwinkern registrierte und analysierte, obwohl das eigentlich Entscheidende darin bestand, immer da zu sein und nie die Hoffnung zu verlieren.

Während ich das Essen auspackte, brachte Bree mich auf den neuesten Stand. Dr. Englefield wollte Nanas Betablocker vorerst nicht absetzen. Ihr Herz war noch schwach, schlug aber regelmäßig, was immer das zu bedeuten haben mochte. Und sie wollten die Dialyse auf dreimal täglich reduzieren.

»Das solltest du mit der neuen Stationsärztin besprechen, Frau Dr. Abingdon«, sagte Bree. »Hier ist die Nummer.«

Ich gab ihr im Tausch dafür einen Teller mit Essen und eine Flasche Mineralwasser. »Du machst viel mehr, als du eigentlich solltest«, sagte ich zu ihr.

»Noch nie im Leben habe ich mehr Familie gehabt als jetzt«, sagte sie. »Das ist dir doch klar, oder?«

Es war mir klar. Brees Mutter war gestorben, als sie fünf gewesen war, und ihr Vater hatte danach nie großes Interesse an seinem Kind gezeigt. Sie war hauptsächlich von diversen Cousinen großgezogen worden und hatte sich, nachdem sie mit siebzehn von zu Hause ausgezogen war, nie wieder dahin zurückgesehnt.

»Trotzdem«, entgegnete ich. »Du kannst doch nicht ewig bei der Arbeit fehlen.«

»Jetzt hör mir mal zu, Süßer. Ich finde das, was hier passiert, absolut furchtbar und kann wirklich keinen einzigen positiven Aspekt darin erkennen. Aber solange die Situation so ist, wie sie ist, bleibe ich hier. Das ist der Platz, an dem ich sein will. Mehr gibt es dazu nicht zu sagen, okay? Ich bin damit völlig im Reinen.«

Sie wickelte eine Gabel Reisnudeln auf und steckte sie in den Mund, mit einem Grinsen, das ich eine ganze Weile nicht bei ihr gesehen hatte.

»Und außerdem, was sollen die bei der Arbeit schon machen? Mich ersetzen? Dafür bin ich viel zu gut.«

Dagegen ließ sich nichts sagen.

Ehrlich gesagt, ich bin mir nicht sicher, ob ich selbst zu all dem, was Bree tat, in der Lage gewesen wäre. Vielleicht bin ich nicht so selbstlos wie sie. Aber ich weiß, dass sie mich damit glücklich machte, glücklich und unglaublich dankbar. Ich wusste nicht, wie ich diesen Dank jemals zum Ausdruck bringen sollte, aber Bree schien keinerlei Gegenleistung zu erwarten.

Wir verbrachten den Rest des Abends bei Nana und lasen ihr abwechselnd aus *Eine andere Welt* von James Baldwin vor, das schon viele Jahre eines ihrer Lieblingsbücher war. Dann, gegen zehn Uhr, gaben wir ihr einen Gutenachtkuss und zum ersten Mal, seitdem das alles passiert war, ging ich nach Hause und schlief in meinem eigenen Bett. Direkt neben Bree, da, wo ich hingehörte.

68

Als Ned Mahoney mich am nächsten Tag im Büro anrief und sagte, dass er sich mit mir im Skulpturengarten des Hirshhorn Museums treffen wollte, stellte ich keine einzige Frage. Ich stand augenblicklich auf und machte mich auf den Weg.

Es geht weiter. Mit doppelter Schlagzahl. Was kann Ned von mir wollen? Was hat er herausgefunden?

Als ich die Rampe von der National Mall her herunterkam, saß er bereits auf einer der niedrigen Zementmauern. Noch bevor ich bei ihm angelangt war, erhob er sich und ging los … und als ich schließlich neben ihm war, fing er ohne ein Wort der Begrüßung sofort an zu reden. Ich kannte Ned gut genug und wusste, wann ich einfach nur die Klappe halten und zuhören musste.

Anscheinend hatte das FBI bereits einen Beschluss erwirkt, um einen Blick auf Tony Nicholsons Überseekonten werfen zu können. Sie hatten sich eine lange Liste mit Einzahlungen, Einzahlerkonten und den zu diesen Konten gehörigen Namen besorgt, und zwar über das sogenannte SWIFT-Netzwerk.

SWIFT ist eine Abkürzung und steht für Society for Worldwide Interbank Financial Telecommunication. Es handelt sich dabei um eine internationale Genossenschaft der Bankinstitute mit Sitz in Belgien, die mittlerweile Transaktionen zwischen Banken, Börsen und anderen Finanzinstituten mit einem Volumen von rund sechs Billionen Dollar täglich durchführt. Das alltägliche Routinegeschäft wird nicht automatisch mit erfasst – die Gesellschaft erfährt nicht unbedingt, wann ich zum Geldautomaten gehe –, aber praktisch alles andere. Das Datennetz unterlag zwar allen möglichen datenschutzrechtlichen

Bestimmungen, seit herausgekommen war, dass die US-Behörden es nach 9/11 dazu genutzt hatten, Terrorzellen aufzuspüren. Aber irgendwie war es dem FBI gelungen, diese Hindernisse zu umgehen.

»Wenn das hier mein Fall wäre, was es ja nicht ist, dann würde ich nach der Reihenfolge der Zahlen vorgehen«, sagte Mahoney, der mich immer noch unermüdlich mit Informationen fütterte. »Ich würde mit den größten Einzahlungen anfangen und mich von da nach unten arbeiten. Allerdings weiß ich nicht, wie viel Zeit dir noch bleibt, Alex. Die ganze Sache ist unglaublich heiß. Irgendwas stinkt da zum Himmel, und zwar ganz gewaltig.«

»Hat das Bureau sich denn nicht schon dahintergeklemmt? Müssen sie doch eigentlich, oder?«

Es war meine erste Frage überhaupt nach fünf Minuten Monolog. Ich hatte Ned noch nie so ungestüm erlebt, und das will etwas heißen, denn schon im Normalzustand benimmt er sich wie eine Kreissäge auf Red Bull.

»Ich weiß es nicht, ganz ehrlich«, meinte er mit einem Achselzucken. Er steckte die Hände in die Manteltaschen, und wir begannen unsere nächste Runde durch den etliche Meter unterhalb des Straßenniveaus liegenden Park.

»Irgendwas ist da im Busch, Alex, hundertprozentig. Ein Beispiel: Ich weiß zwar nicht, wieso, aber der ganze Fall ist an die Charlottesville Resident Agency übertragen worden, das ist eine Außenstelle. Ich schätze mal, dass die mit Richmond zusammenarbeiten.«

»An eine Außenstelle übertragen? Das ergibt doch gar keinen Sinn. Warum sollten die das machen?«

Ich wusste aus eigener Erfahrung, dass das Bureau aktuelle Fälle nicht einfach mitten im Lauf der Ermittlungen abgab. Das kam so gut wie nie vor. Vielleicht wurde mal eine

Sonderkommission eingeschaltet, um verschiedene Abteilungen zu verknüpfen und ein breiteres Spektrum beleuchten zu können, aber was Ned da gerade geschildert hatte… niemals.

»Das habe ich gestern aus dem Büro des stellvertretenden Direktors erfahren – und die Akten haben sie *über Nacht* ausgelagert. Ich habe keine Ahnung, wer die Ermittlungen jetzt leitet, nicht einmal, ob es überhaupt einen verantwortlichen Special Agent gibt. Niemand will mit mir über den Fall reden. Aus deren Sicht bin ich bloß ein Typ, der einen Haufen aktive Agenten führt. Ich dürfte mich eigentlich gar nicht mehr damit beschäftigen. Und ich dürfte auf keinen Fall jetzt *hier* sein.«

»Vielleicht wollen sie dir ja damit etwas zu verstehen geben«, sagte ich, doch er reagierte nicht auf meinen Witz. War auch nicht besonders witzig. Ich wollte ja bloß, dass er sich ein wenig abregte. Ich wollte, dass er wenigstens nur so schnell redete, dass ich ihm folgen konnte.

Er blieb vor Rodins Büste mit den Bürgern von Calais stehen, reichte mir die Hand und schüttelte sie auf seltsam förmliche Art. »Ich muss jetzt los«, sagte er.

»Mahoney, du machst mir richtig Angst…«

»Sieh zu, was du damit anfangen kannst. Ich bleibe dran, aber verlass dich nicht auf das FBI. *In keinster Weise*, hast du verstanden?«

»Nein, Ned, hab ich nicht! Was ist denn mit dieser Kontenliste, von der du vorhin geredet hast?«

Er war bereits auf der Steintreppe, die hinauf zum Jefferson Drive führte.

»Keine Ahnung«, sagte er über die Schulter hinweg, klopfte jedoch dabei auf seine Manteltasche.

Ich wartete, bis er aus meinem Blickfeld verschwunden war, dann griff ich in meine Tasche. Dort, gleich neben meinem Schlüsselbund, befand sich ein USB-Stick.

69

Mit der Weitergabe solch hochsensibler Informationen setzte Ned sehr viel mehr aufs Spiel als nur seinen Job. Er konnte dafür auch im Gefängnis landen. Ich war es ihm schuldig, so viel wie möglich aus dieser Liste herauszuholen. Also nahm ich mir seinen Ratschlag zu Herzen und fing ganz oben an – bei Tony Nicholsons großzügigstem »Gönner«.

Hätte mir vor einem Monat jemand gesagt, dass der Senator von Virginia, Marshall Yarrow, mit einem solchen Skandal in Verbindung stand, ich hätte ausgesprochen skeptisch reagiert. Der Mann hatte einfach zu viel zu verlieren, und damit meine ich nicht nur Geld … obwohl er auch davon eine ganze Menge besaß.

Yarrow war schon vor Vollendung seines fünfzigsten Lebensjahrs Milliardär gewesen, hatte Mitte der Neunzigerjahre die Dot-Com-Welle geritten und war rechtzeitig wieder abgesprungen. Einen Teil seines Vermögens hatte er, ähnlich wie Bill Gates, in einer Stiftung angelegt, die unter der Leitung seiner Frau stand und sich für eine bessere Gesundheitsversorgung von Kindern in den Vereinigten Staaten, Afrika und Ostasien einsetzte. Anschließend hatte er sein ganzes Ansehen und einen weiteren Batzen Geld in die Bewerbung um einen Senatorenposten gesteckt. Niemand hatte diese Kampagne so richtig ernst genommen, bis er gewonnen hatte. Jetzt war Yarrow schon in seiner zweiten Amtszeit, und in Washington war es ein offenes Geheimnis, dass er bereits ein inoffizielles Sondierungskomitee damit beauftragt hatte, seine Chancen für die nächste Präsidentschaftswahl auszuloten.

Also hatte er tatsächlich eine ganze Menge zu verlieren.

Aber er wäre auch nicht der erste Politiker in Washington, der durch seine Hybris alles verspielte…

Ich telefonierte ein bisschen herum und fand heraus, dass Yarrow heute Mittag ein Arbeitsessen in seinem Büro angesetzt hatte und um halb zwei an einer Ausschusssitzung der Tennessee Valley Authority teilnehmen wollte. Beides fand im Russell Senate Office Building statt. Also musste er kurz vor halb zwei im Südwest-Foyer des Gebäudes anzutreffen sein.

Und genau dort wartete ich auf ihn.

Um fünf vor halb zwei trat er mit mehreren Mitarbeitern im Gefolge aus dem Fahrstuhl. Sie redeten alle gleichzeitig auf Yarrow ein, während er selbst telefonierte.

Ich trat in sein Blickfeld und streckte ihm meinen Dienstausweis entgegen. »Entschuldigen Sie bitte, Herr Senator. Ob Sie wohl eine Minute Zeit für mich hätten?«

Die einzige Frau aus seiner Mitarbeiterschar, auffallend blond, attraktiv, Ende zwanzig, stellte sich zwischen uns. »Kann ich Ihnen behilflich sein, Herr Wachtmeister?«

»Ich bin Detective«, erwiderte ich, hielt den Blick jedoch auf Yarrow gerichtet, der wenigstens die Hand vor das Mikrofon seines Handys gelegt hatte. »Ich habe nur ein paar Fragen an Senator Yarrow. Ich bin gerade einem umfangreichen Kreditkartenbetrug in Virginia auf der Spur. Es könnte sein, dass jemand eine der Karten des Senators benutzt hat, und zwar in einem Vergnügungslokal draußen in Culpeper.«

Yarrow war sehr gut. Er zuckte nicht einmal mit den Augenlidern, als ich den Klub im Blacksmith Farms erwähnte.

»Na ja, wenn es schnell geht«, sagte er nach einem kurzen, glaubwürdigen Zögern. »Grace, sagen Sie Senator Morehouse, er soll nicht ohne mich anfangen. Gehen Sie doch alle schon mal vor. Ich spreche kurz mit dem Detective und komme gleich nach. Alles in Ordnung, Grace.«

Wenige Sekunden später waren der Senator und ich alleine, so gut man eben an einem Ort wie diesem alleine sein konnte. Soweit ich wusste, transportierte die dreistöckige Kassettendecke über unseren Köpfen den Schall bis in die entlegensten Ecken.

»Also, um welche Kreditkarte handelt es sich denn?«, fragte er mit vollkommen unbewegter Miene.

Ich dämpfte meine Stimme. »Herr Senator, ich interessiere mich für die halbe Million Dollar, die Sie im Verlauf der letzten sechs Monate auf ein bestimmtes Überseekonto überwiesen haben. Möchten Sie diese Angelegenheit vielleicht lieber irgendwo anders besprechen?«

»Wissen Sie was?«, sagte er so aufgeräumt, als säße er gerade in einem Fernsehstudio beim Interview. »Gerade ist mir eingefallen, dass droben im Büro noch eine Akte liegt, die ich für diese Sitzung brauche. Meine Mitarbeiter sind schon weg. Würde es Ihnen etwas ausmachen, mich zu begleiten?«

70

Das Erste, was mir an Marshall Yarrows persönlichem Büro auffiel, das waren die vielen Bilder von ihm selbst an der Wand. Anscheinend gab es eine ganze Schar von »wichtigen« Persönlichkeiten, mit denen er gesehen werden wollte. Es gab ein Bild mit dem ehemaligen Präsidenten und eines mit dem Vizepräsidenten. Tiger Woods. Bono. Arnold und Maria Schwarzenegger. Bob Woodward. Robert Barnett. Er war ganz offensichtlich ein Mann mit vielen Beziehungen und wollte, dass jeder, der sein Büro betrat, das sofort wusste.

Yarrow hockte sich auf die Kante seines riesigen, mit Intarsien versehenen Kirschholz-Schreibtischs und bot mir demonstrativ keinen Platz an.

Mir war klar gewesen, dass ich am Anfang ein bisschen aggressiv auftreten musste, aber jetzt wollte ich mich zurücknehmen und sehen, was sich mit ein wenig Fingerspitzengefühl erreichen ließ. Falls Yarrow die Schotten dicht machte, dann war ohne richterliche Beschlüsse fast nichts mehr zu machen.

»Herr Senator, lassen Sie mich gleich zu Anfang klarstellen, dass die Beziehungen, die Sie möglicherweise zu diesem Vergnügungslokal haben, für mich überhaupt keine Rolle spielen. Das ist nicht der Grund für mein Kommen.« Das war zwar nicht die ganze Wahrheit, aber für den Augenblick ließ ich es dabei bewenden.

»Ich habe niemals gesagt, dass ich irgendwelche Beziehungen zu irgendeinem Lokal unterhalte«, erwiderte er. Das war eine ziemlich gewagte Aussage, besonders angesichts der sexuellen Aktivitäten, bei denen ich ihn auf mehr als einer von Nicholsons Videoaufnahmen beobachtet hatte.

Ich ging nicht weiter darauf ein. »Schön und gut, aber Sie sollten wissen, dass ich in erster Linie mit einem Erpressungsfall befasst bin und nicht mit Beihilfe zur Prostitution.«

»Sie wollen mich doch wohl jetzt, nachdem Sie sich mit diversen Andeutungen hier eingeschlichen haben, nicht mit ein paar Puzzleteilchen abspeisen und die anderen schön für sich behalten, Detective«, sagte Yarrow deutlich aggressiver als zuvor. »Ich bin für solche Spielchen zu klug und habe viel zu viel zu tun. Was *genau* wollen Sie denn nun von mir erfahren?«

»Gute Frage, die ich Ihnen gerne beantworten will. Ich möchte von Ihnen hören, dass diese Überweisungen genau das sind, wofür ich sie halte.«

Es folgte ein langes Duell der Blicke; ich schätze, er wollte, dass ich zuerst blinzle.

Dann schließlich sagte er. »Na gut, von mir aus, ich lege meine Karten auf den Tisch. Ich war schon mal im Blacksmith Farms. Im Rahmen eines Unterhaltungsprogramms, das keinesfalls für mich selbst gedacht war, sondern für auswärtige Gäste, Spender, Besucher aus dem Nahen Osten, solche Leute. So etwas gehört eben zu meinem Job, bedauerlicherweise.

Ich bringe die Leute hin, genehmige mir ein, zwei Drinks, und dabei belasse ich es dann. Das ist alles. Glauben Sie mir …«, er hob die Hand und zeigte mir seinen goldenen Ehering. »… ich kann es mir nicht erlauben, Barbara oder die Leute in meinem Wahlkreis zu vergrätzen. Ich habe keinen Kontakt mit Prostituierten gehabt. Also gibt es auch keine Grundlage für eine Erpressung. Habe ich mich klar ausgedrückt?«

So langsam hatte ich die Schnauze voll von all den Leuten, die so taten, als sei das alles gar nicht passiert.

»Es tut mir leid, Herr Senator, aber ich kann das Gegenteil

beweisen, und zwar eindeutig. Mit digitalen Videoaufnahmen. Sind Sie sicher, dass Sie bei Ihrer Aussage bleiben wollen?«

Senator Yarrow zögerte keine Sekunde und vergaß nicht einmal, sich die Akte zu schnappen, die er angeblich im Büro vergessen hatte.

»Wissen Sie, Detective, meine Ausschusssitzung hat vor fünf Minuten angefangen, und wenn ich diese wirklich wichtige Gewässerregelung nicht heute durchboxe, dann wird daraus nie etwas. Da ich davon ausgehe, dass Sie mir keine konkreten Straftaten zur Last legen können, müssen Sie mich jetzt entschuldigen.«

»Wie lange dauert Ihre Sitzung?«, wollte ich wissen.

Er zog eine Visitenkarte aus seiner Jacketttasche und hielt sie mir zwischen zwei Fingern hin. »Lassen Sie sich von Grace einen Termin geben«, sagte er.

Ich spürte, wie sich die Schotten schlossen, dichter und dichter, schneller und schneller.

71

An diesem Abend brachte ich Nana ein bisschen Musik mit, eine Mix-CD mit verschiedenen Künstlern, *Best of U Street*, auf der viele der großen Namen von damals vertreten waren, als sie mit meinem Großvater und Freunden zusammen selbst noch ausgegangen war – Count Basie, Sarah Vaughan, Lena Horne und auch Sir Duke persönlich, der großartige Mr. Ellington.

Ich spielte sie während unseres Besuchs auf Brees Laptop ab.

Die Jazz-Sängerinnen waren nicht die einzigen vertrauten Stimmen im Zimmer. Ich hatte auch Jannie und Ali mitgebracht. Es war das erste Mal, dass die Krankenschwestern Ali ins Zimmer gelassen hatten. Er saß still und voller Respekt gleich neben ihrem Bett. So ein braver, kleiner Junge.

»Was ist denn das da, Daddah?«, wollte er mit seiner Kleinkindstimme wissen, die er immer dann einsetzte, wenn er ein bisschen nervös und unsicher war.

»Das ist die Herzüberwachung. Siehst du diese Linien da? Sie zeigen Nanas Herzschlag an. Daran kannst du sehen, dass es im Moment ganz gleichmäßig schlägt.«

»Und was ist mit diesem Schlauch da?«

»Damit wird Nana ernährt, solange sie im Koma liegt.«

Dann sagte er unvermittelt. »Ich möchte, dass Nana bald nach Hause kommt. Das wünsche ich mir mehr als alles andere. Ich bete den ganzen Tag für sie.«

»Das darfst du ihr gerne selber sagen, Ali. Nana ist ja da. Wenn du ihr etwas sagen möchtest, dann nur zu.«

»Kann sie mich hören?«

»Wahrscheinlich kann sie das, ich denke schon.« Ich legte seine Hand auf Nanas und meine Hand auf seine. »Nur zu.«

»Hallo, Nana!«, rief er laut, als ob Nana schwerhörig wäre, und ich hatte Mühe, mir das Lachen zu verkneifen.

»Zimmerlautstärke, Kumpel«, sagte Bree. »Aber trotzdem: ein Sonderlob für dein Engagement. Ich wette, Nana hat dich gehört.«

72

Jannie benahm sich etwas zurückhaltender. Sie schlich ziemlich unsicher durch den Raum, als wüsste sie nicht genau, wie sie sich verhalten sollte. Und meistens stand sie in der Nähe der Tür, bis ich sie zu uns winkte.

»Komm mal her, Janelle. Ich will dir und Ali etwas Interessantes zeigen.«

Ali hing an meinem Arm, und Jannie stellte sich hinter mich und schaute mir über die Schulter. Es war eng hier, direkt neben dem Bett, aber mir gefiel es, dass wir so dicht beieinanderstanden, als Einheit, die dem, was auf uns zukommen würde, hoffentlich standhalten konnte.

Ich nahm ein Foto aus meiner Brieftasche, das Foto, das ich in Carolines Apartment entdeckt und seitdem bei mir getragen hatte.

»Also, das hier sind Mama Nana, euer Onkel Blake und ich. Das war 1976, ob ihr's glaubt oder nicht.«

»Daddy! Du siehst absolut lächerlich aus«, sagte Jannie und deutete auf den rot-weiß-blau gestreiften Hut, den ich mir auf meinen Siebzigerjahre-Afro-Look gestülpt hatte. »Was hast du denn *da* auf dem Kopf?«

»So was nennt man einen Hut. Das war bei der Zweihundertjahr-Feier, anlässlich des zweihundertjährigen Bestehens der Vereinigten Staaten. An dem Tag sind ungefähr eine Million Menschen mit so einem Ding auf dem Kopf rumgelaufen. Aber nur die wenigsten haben so fesch ausgesehen wie ich.«

»Ach, das ist aber wirklich *zu* schade.« Jannies Stimme klang peinlich berührt und mitleidig zugleich angesichts ihres armen, ahnungslosen Vaters.

»Jedenfalls«, fuhr ich fort, »kam ungefähr fünf Minuten, nachdem diese Aufnahme entstanden ist, ein riesiger Wagen der Washington Redskins im Festumzug bei uns vorbei. Sie haben lauter Mini-Football-Bälle in die Menge geworfen, und Blake und ich hatten nichts anderes mehr im Kopf, als uns so ein Ding zu schnappen. Häuserblock um Häuserblock sind wir dem Wagen hinterhergerannt, ohne auch nur einen einzigen Gedanken an die arme Mama Nana zu verschwenden. Und ihr wisst ja, was als Nächstes passiert ist, oder?«

Ich erzählte die Geschichte in erster Linie den Kindern, aber ein bisschen auch Nana – als würden wir rund um den Küchentisch sitzen, während sie am Herd stand und lauschte. Ich hatte das Bild genau vor mir, wie sie in irgendwelchen Töpfen mit Leckereien rührte und so tat, als hörte sie gar nicht zu, während sie schon die nächste spitze Bemerkung ausbrütete.

»Sie hat uns erst nach Stunden wiedergefunden, und eins kann ich euch sagen: Sie war so wütend, wie ihr sie noch nie im Leben gesehen habt. Nicht mal annähernd.«

Ali starrte Nana an und versuchte, sich das vorzustellen. »Wie wütend denn? Sag doch mal.«

»Tja, kannst du dich erinnern, wie sie damals ausgezogen ist und uns für eine Weile verlassen hat?«

»Ja.«

»Noch schlimmer als damals. Und weißt du noch, wie ein gewisser Jemand…«, ich piekste Ali in die Rippen, »… auf dem Staubsauger die Treppe ›runtergefahren‹ ist und jede Menge Kratzer in das Holz gemacht hat?«

Er spielte mit und sperrte den Mund sperrangelweit auf. »Noch schlimmer als damals?«

»Zehnmal schlimmer, kleiner Mann.«

»Was ist dann passiert, Daddy?«, meldete sich Jannie zu Wort.

In Wahrheit hatte Nana uns beiden eine schallende Ohrfeige verpasst… um uns anschließend so heftig zu umarmen, dass wir beinahe erstickt wären. Und auf dem Nachhauseweg kaufte sie uns rot-weiß-blaue Zuckerwatte, so groß wie unsere Frisuren. Sie war in dieser Beziehung immer ziemlich altmodisch, zumindest war sie es damals. Nicht dass ich ihr die gelegentlichen Backpfeifen verübelt hätte. So war es eben damals. Zuckerbrot und Peitsche, aber bei mir hat es anscheinend geholfen.

Ich griff nach ihrer Hand und schaute sie an. Sie lag zerbrechlich und regungslos in ihrem Bett, wie eine Art Platzhalter für die Frau, die ich schon so lange kannte und so von Herzen liebte, wahrscheinlich schon länger, als ich denken konnte.

»Du hast dafür gesorgt, dass wir nie wieder weggelaufen sind, stimmt‘s, Regina?«

Noch vor zwei Sekunden hatte ich Witze gerissen. Jetzt wurde ich von meinen Gefühlen überwältigt… vermutlich so ziemlich die gleichen Gefühle, die Nana an jenem Tag auf der National Mall empfunden hatte, bevor sie Blake und mich sicher und wohlbehalten in die Arme schließen konnte.

Ich hatte Angst und war verzweifelt, höchstwahrscheinlich weil es so unglaublich kräftezehrend war, die vielen Schreckensszenarien zu verdrängen, die mir ständig durch den Kopf gingen. Ich wünschte mir nichts sehnlicher, als dass unsere Familie wieder zusammenkam, so, wie es sein sollte, so, wie es immer gewesen war.

Aber ich war mir sehr unsicher, ob es jemals wieder so weit kommen würde, und diese Vorstellung konnte ich im Augenblick noch nicht ertragen. Vielleicht würde ich das niemals können.

Bleib bei uns, Nana.

73

Der nächste Morgen fing früh an, zu früh für die meisten Detectives, die mit diesem Fall befasst waren. Ich hatte mithilfe der Bücher aus Nicholsons Bankschließfach eine Liste mit Namen angefertigt, und Sampson hatte die Adressen von insgesamt zweiundzwanzig Hostessen ermittelt, die irgendwann einmal in dem Etablissement in Virginia gearbeitet hatten.

Um acht Uhr morgens schickte ich zehn Streifenbeamten los – jeweils als Zweier-Teams, um so viele der aufgelisteten Hostessen wie nur möglich in die Einsatzzentrale zu schaffen.

Ich ging davon aus, dass wir es mit ausgesprochenen Nachtschwärmern zu tun hatten. Also waren sie frühmorgens wahrscheinlich noch zu Hause anzutreffen. Ich wollte so viele wie nur möglich befragen, bevor sie anfangen konnten, sich untereinander abzusprechen und die Fakten zu verfälschen und die Ermittlungen dadurch noch tückischer werden zu lassen, als sie ohnehin schon waren.

Sampson bat außerdem unsere Freundin Mary Ann Pontano von der Sitte um einen Gefallen. Sie gestattete uns, die Räume in der Third Street zu benutzen, die ihre Einheit sich mit dem Drogendezernat teilte. Außerdem war sie bereit, zumindest bei einigen der Interviews persönlich dabei zu sein. Ich wollte ein weißes, weibliches Gesicht auf unserer Tischseite haben, als Gegenüber für die überwiegend weißen Prostituierten.

Um zehn Uhr hatten wir bereits beeindruckende fünfzehn Personen eingesammelt.

Ich verteilte sie auf alle verfügbaren Konferenzräume, Verhörzimmer, Büroabteile und Flure, und ich glaube kaum, dass ich mir im Drogendezernat an diesem Vormittag neue Freunde gemacht habe. Zu schade. Aber es war mir ziemlich egal, ob ich vielleicht irgendjemandem Unannehmlichkeiten bereitete.

Es herrschte das blanke Chaos, das auch vor den vier zusätzlichen Beamten, die darauf achten sollten, dass uns niemand vorzeitig den Rücken kehrte, nicht haltmachte. Die übrigen Teams hatte ich auf die Suche nach den Hostessen geschickt, die noch nicht aufgetaucht waren. Mit der Möglichkeit, dass einige von ihnen vielleicht nie wieder auftauchen würden, musste ich mich dann später beschäftigen.

Die Verhöre begannen zäh. Keine dieser wirklich ausgesprochen hübschen Frauen traute uns über den Weg, was ich ihnen nicht verübeln konnte. Wir hielten mit den Einzelheiten von Carolines Ermordung nicht hinter dem Berg und erwähnten auch, dass sie womöglich nicht die Einzige gewesen war. Ich wollte den jungen Frauen begreiflich machen, welch große Gefahr die Arbeit für Nicholson oder andere Arbeitgeber im Hostessen-Gewerbe bedeutete. Alles, um sie irgendwie zum Reden zu bringen.

Etliche der Frauen gaben schnell zu, dass sie Caroline gekannt hatten. Im Klub hatte sie sich Nicole genannt, aber allem Anschein nach war sie nicht oft dort gewesen. Sie war »nett«. Sie war »still«. Mit anderen Worten: Ich erfuhr nichts, was mir geholfen hätte, ihren Mörder zu finden.

Anstelle des Mittagessens drehte ich eine Runde um den Block, um den Kopf freizubekommen, aber das brachte auch nicht viel. Vergeudete ich hier etwa meine Zeit? Stellten wir die falschen Fragen? Oder sollten wir die Hostessen einfach alle wegschicken und uns am Nachmittag einem anderen Fall widmen?

Das war mein übliches Problem: Ich weiß nie, wann ich aufhören soll, weil aufhören sich immer wie *aufgeben* anfühlt. Und dazu war ich noch nicht bereit. Ein Grund lag darin, dass ich mich immer noch sehr lebhaft an Carolines »sterbliche Überreste« erinnern konnte. Und ich befürchtete, dass noch etliche andere auf dieselbe, grausame Weise gestorben waren.

Als ich gerade wieder die Third Street hinaufging, ohne mich einen Deut besser zu fühlen als zuvor, da klingelte mein Handy. Das Display zeigte Mary Ann Pontanos Nummer an.

»Ich gehe ein bisschen spazieren«, sagte ich. »Um einen klaren Kopf zu bekommen… falls das überhaupt möglich ist.«

»Ich hab dich überall gesucht«, sagte sie. »Du solltest wieder reinkommen und dich noch mal mit einer gewissen Lauren unterhalten.«

Ich beschleunigte meine Schritte. »Rote Haare, Ledermantel?«

»Genau die, Alex. Anscheinend kommt ihr Gedächtnis langsam auf Touren. Sie hat ein paar interessante Dinge über eines der vermissten Mädchen zu berichten, Katherine Tennancour.«

74

Wie alle Hostessen, die wir heute vernommen hatten, war auch Lauren Inslee schlank mit einem sehenswerten Vorbau und sah überhaupt absolut hinreißend aus. Sie hatte als Model in New York und Miami gearbeitet, besaß einen Abschluss der Florida State University und bediente Männer mit einer Vorliebe für den kecken Cheerleader-Typ. Nicholson hatte sich offensichtlich auf viele unterschiedliche Geschmäcker eingestellt, aber sein übergeordnetes ästhetisches Kriterium war »teuer«.

»Katherine ist tot, stimmt's?« Das war das Erste, was Lauren sagte, nachdem ich mich zu ihr gesetzt hatte. »Kein Mensch will mir etwas sagen. Sie wollen, dass *wir* mit *Ihnen* reden, aber Sie verraten uns mit keinem Wort, was wirklich passiert ist.«

»Weil wir es nicht wissen, Lauren. Darum wollen wir uns ja mit Ihnen unterhalten.«

»Okay, aber was *glauben* Sie? Halten Sie mich nicht für morbide. Ich will es einfach wissen. Sie war eine Freundin von mir, auch aus Florida. Sie wollte Rechtsanwältin werden. Sie hatte schon eine Zusage von der Stetson University, und das ist eine richtig gute Uni.«

Während sie sprach, spielte Lauren unentwegt mit einer Papierserviette und riss sie in winzige Stücke. Das Stück Pizza, das wir ihr besorgt hatten, lag unberührt auf einem Teller neben den Serviettenschnipseln. Ich glaubte ihr, dass sie wirklich die Wahrheit hören wollte. Also beschloss ich, ehrlich zu ihr zu sein.

»Im Polizeibericht steht, dass man in ihrer Wohnung keine Hinweise gefunden hat, die darauf hindeuten, dass sie eine

Reisetasche gepackt hat. Angesichts der Zeit, die mittlerweile vergangen ist… ja, die Wahrscheinlichkeit ist groß, dass sie nie wieder auftaucht.«

»Oh, Gott.« Die junge Frau wandte sich ab, kämpfte mit den Tränen, die Arme fest um den Körper geschlungen.

Die Stimmung im Raum wurde von Sekunde zu Sekunde deprimierender. Wir saßen in einem der größeren Verhörzimmer. Graffiti schimmerten durch die oberste Schicht Wandfarbe, und jahrealte Brandflecken auf dem Fußboden erinnerten an die zahlreichen Zigarettenstummel, die darauf schon ausgedrückt worden waren.

»Detective Pontano hat mir gesagt, dass Sie einen bestimmten Kunden des Blacksmith erwähnt haben? Im Zusammenhang mit Katherine? Lauren, was wissen Sie über diesen Kunden?«

»Ich weiß nicht«, entgegnete sie. »Vielleicht. Ich meine… ich weiß das, was Katherine mir erzählt hat. Aber dort waren sowieso ständig jede Menge Gerüchte im Umlauf.«

Ich versuchte, meiner Stimme einen möglichst ruhigen und unaufgeregten Klang zu geben. »Was hat sie Ihnen erzählt, Lauren? Ganz egal, was Sie hier aussagen, Sie haben nicht das Geringste zu befürchten. Das können Sie mir wirklich glauben. Es geht hier um nichts anderes als um einen spektakulären Mordfall. Was die Sitte dazu zu sagen hat, ist mir vollkommen schnurz.«

»Sie hat gesagt, dass sie einen Privatkontakt vereinbart hat, mit einem richtig hohen Tier. Sie hat ihn Zeus genannt. Danach habe ich Katherine nie wieder gesehen.«

Ich notierte es mir. *Zeus*?

»Ist das eine Art Deckname? Oder war das Katherines Code für den Kunden?«

Sie tupfte sich die Augen. »Ein Deckname. Das machen

fast alle Kunden so. Sie wissen schon – Mr. Shakespeare, Ledermann, Dirty Harry, was eben ihre Fantasie anregt. Natürlich steht man sich irgendwann doch Auge in Auge gegenüber. Aber so werden die echten Namen nirgendwo aufgeschrieben. Und glauben Sie mir, das ist für alle Beteiligten das Sicherste.«

»Natürlich.« Ich nickte. »Also, Lauren, wissen Sie vielleicht, wer Zeus ist? Haben Sie irgendeine Idee?«

»Ich weiß es nicht. Ganz ehrlich nicht. Das sage ich doch die ganze Zeit. *Angeblich* hat er irgendwas mit der Regierung zu tun, aber Katherine konnte, was das angeht, ziemlich leichtgläubig sein. Als sie's mir erzählt hat, habe ich das überhaupt nicht ernst genommen.«

Jetzt überschlugen sich meine Gedanken. »Leichtgläubig? Inwiefern? Können Sie das ein bisschen ausführen? Wie haben Sie das gemeint?«

Lauren ließ sich gegen die Stuhllehne sinken und strich sich mit beiden Händen die Haare aus dem Gesicht. Ich glaube, sie war froh, dass sie endlich über Katherine reden konnte – und ich erst!

»Sie müssen wissen«, sagte sie und beugte sich vor, »wenn es um ihren Beruf geht, lügen die Kunden einem ständig irgendwas vor. Sie glauben wahrscheinlich, wenn wir sie für besonders wichtig halten, dann geben wir uns noch mehr Mühe oder lassen sie ohne Gummi ran oder was sie sich sonst für Verrücktheiten ausdenken. Also glaube ich nicht mal die Hälfte von dem, was die mir erzählen. Ehrlich gesagt, eigentlich gehe ich davon aus, dass die, die über sich selber reden, *auf jeden Fall* lügen. Die Typen, die wirklich was zu sagen haben? Die behalten sowieso alles schön für sich.«

»Und Zeus?

»Ehrlich gesagt, ich weiß nicht mal, ob er überhaupt

existiert. Ist bloß ein Name. Von einem griechischen Gott, stimmt's? *Griechisch*? Ist das vielleicht ein Hinweis? Auf seine sexuellen Vorlieben?«

75

Ich bekam nicht einmal eine Chance, mir zu überlegen, was ich von Laurens Geschichte halten sollte … weil es mir am nächsten Morgen nämlich mitgeteilt wurde.

Ich stand gerade vor einem 7-Eleven in der L Street, nicht weit von zu Hause, und war dabei, meinen Mietwagen aufzutanken. Dabei dachte ich hauptsächlich an mein Auto und wie sehr ich es vermisste. Es war in der Werkstatt und bekam nach der Schießerei in Alexandria eine neue Scheibe verpasst. Ich wollte es unbedingt wiederhaben, am liebsten schon *gestern*. Es gibt eben einfach keinen Ersatz für Vertrautheit, die gewohnten Annehmlichkeiten des Alltags, den Becherhalter genau dort, wo man schon automatisch hinfasste.

Als mein Handy klingelte und das Display eine unterdrückte Nummer meldete, ging ich trotzdem ran, wie immer, seitdem Nana im Krankenhaus lag. Ohne nachzudenken.

»Herr Dr. Cross?« Eine weibliche Stimme, ein wenig förmlich, unbekannt. »Ich verbinde Sie mit dem Stabschef des Weißen Hauses.«

Bevor ich etwas sagen konnte, war ich in der Warteschleife gelandet. Ich war verblüfft, nicht nur wegen des Anrufs an sich, sondern auch wegen des Zeitpunkts. *Was sollte das denn heißen? Das Weiße Haus rief mich an? War das ein Traum?*

Es dauerte nicht lange, da war Gabriel Reese in der Leitung. Ich erkannte seine Stimme sofort, wahrscheinlich, weil ich ihn schon oft in den Nachrichten oder bei *Meet the Press* und ähnlichen Fernsehdebatten gesehen und gehört hatte.

»Guten Morgen, Detective Cross, wie geht es Ihnen?«, begrüßte er mich mit lebhafter Stimme.

»Ich schätze, das kommt drauf an, Mr. Reese. Darf ich erfahren, woher Sie meine Nummer haben?«

Er ging nicht darauf ein, natürlich nicht. »Ich würde mich gerne so schnell wie möglich persönlich mit Ihnen treffen. Am besten hier in meinem Büro. Mit Ihren Vorgesetzten habe ich bereits alles abgeklärt. Wann wäre es Ihnen denn möglich?«

Ich dachte an Ned Mahoney und wie aufgebracht er letzthin gewesen war. Wie paranoid angesichts der Möglichkeit, dass die Ermittlungsakten nach draußen gelangt sein könnten. Tja, jetzt war es wohl passiert.

»Entschuldigen Sie bitte, Mr. Reese, aber worum geht es eigentlich? Kann ich zumindest das erfahren?«

Es entstand eine kurze Pause, die vielleicht sogar genau kalkuliert war, da war ich mir nicht sicher. Dann sagte Reese: »Ich glaube, das wissen Sie bereits.«

Na ja, jetzt schon.

»Ich kann in fünfzehn Minuten da sein«, sagte ich.

Doch Reese hatte noch eine weitere Überraschung für mich im Köcher.

»Nein. Sagen Sie mir, wo Sie sind. Wir lassen Sie abholen.«

76

Wenige Minuten später traf ein Wagen mit einem Fahrer in Militäruniform bei mir ein. Er fuhr mir bis zu einem nahe gelegenen Parkhaus hinterher, wartete und brachte mich schließlich ins Weiße Haus.

Wir nahmen das Nordwesttor an der Pennsylvania Avenue. Ich musste zweimal meinen Ausweis zeigen, erst dem Torwärter und dann dem bewaffneten Wachmann beim Abzweig zum Westflügel. Von dort begleitete mich ein Agent des Secret Service durch den Eingang, der dem Rosengarten am nächsten lag.

Ich war schon oft genug im Weißen Haus gewesen, um zu wissen, dass ich auf dem direkten Weg ins Büro des Stabschefs war.

Mir war außerdem klar, dass sie nicht wollten, dass mein Besuch Aufmerksamkeit erregte, daher die Begleitung.

Gabriel Reese genoss eher den Ruf eines Aktenfressers als den einer Bulldogge, war aber auch für die heimliche Macht bekannt, die er im Amt des Stabschefs ausübte. Er und Vance waren alte Bekannte, und mehr als nur ein Kenner der Materie hatte ihn als den faktischen Vizepräsidenten dieser Regierung bezeichnet. Daraus schloss ich, dass Reese dieses Treffen entweder aus eigenem Antrieb oder aber auf Wunsch des Präsidialamts veranlasst hatte. Und beide Vorstellungen waren mir nicht besonders angenehm.

Mein Begleiter vom Secret Service übergab mich an eine Frau, deren Stimme genauso klang wie die Stimme der Frau, die mich vorhin angerufen hatte. Sie bot mir einen Kaffee an, ich lehnte ab, und dann brachte sie mich direkt zu Gabriel Reese.

»Detective Cross, danke, dass Sie gekommen sind.« Er gab mir über seinen Schreibtisch hinweg die Hand und bot mir einen der großen Ohrensessel an. »Mein herzliches Beileid zum Tod Ihrer Nichte. Das muss ja ein furchtbarer Schock gewesen sein. Unvorstellbar.«

»Das stimmt, ja, danke«, erwiderte ich. »Aber ich muss ehrlicherweise gestehen, dass die umfassenden Informationen, die Sie über diesen Fall haben, bei mir ein ungutes Gefühl auslösen.«

Er wirkte überrascht. »Viel seltsamer wäre es doch, wenn ich nichts darüber wüsste. Es ist schließlich Aufgabe des Secret Service, alles, was mit dem Weißen Haus zu tun hat, in Erfahrung zu bringen.«

Ich versuchte, meine Verblüffung zu verbergen. *Was hatte meine Morduntersuchung mit dem Weißen Haus zu tun? Was war denn eigentlich los?*

»In diesem Fall hätte ich ein Treffen mit dem Secret Service erwartet«, entgegnete ich.

»Immer eins nach dem anderen«, sagte er. Also gut. Mehr konnte mein Nervenkostüm im Moment sowieso nicht verkraften.

Reese strahlte keinerlei Aggressivität aus. Er schien sich seiner Sache einfach nur sehr sicher zu sein. Jetzt, wo ich ihm persönlich gegenübersaß, wirkte er sogar ein bisschen jünger als im Fernsehen, fast adrett, mit zugeknöpftem Kragen und konservativer Krawatte. Bei seinem Anblick wäre kein Mensch auf die Idee gekommen, dass die US-amerikanische Politik überall auf der Welt seine Handschrift trug.

»Im Augenblick«, fuhr er fort, »würde ich gerne erfahren, wie die Ermittlungen vorankommen. Bringen Sie mich auf den neuesten Stand, sagen Sie mir, wie Sie die Dinge sehen, was Sie bis jetzt herausgefunden haben.«

Dieses Gespräch wurde von Minute zu Minute seltsamer.

»Die Ermittlungen kommen gut voran, danke der Nachfrage.«

»Was ich meinte, war…«

»Ich glaube, ich weiß, was Sie gemeint haben. Aber bei allem schuldigen Respekt, Mr. Reese: Meine Berichte sind nicht für das Weiße Haus bestimmt.« *Noch nicht, jedenfalls.*

»Ich verstehe. Sie haben natürlich recht. Sie haben vollkommen recht. Bitte entschuldigen Sie mein Vorpreschen.«

Ich war bereits weitergegangen, als ich eigentlich wollte, aber Reese ganz genauso. Also beschloss ich, auch weiterhin in die Offensive zu gehen.

»Ist Ihnen im Zusammenhang mit dieser ganzen Sache irgendwann einmal der Name *Zeus* begegnet?«, wollte ich von ihm wissen.

Er überlegte kurz. »Nicht dass ich wüsste. Und an einen Namen wie Zeus könnte ich mich bestimmt erinnern.«

Ich war mir ziemlich sicher, dass er mich anlog, und mir fiel ein Satz ein, den Lauren Inslee über ihre Kunden gesagt hatte: Warum sollte jemand wie Reese meine Fragen überhaupt beantworten, wenn er mich *nicht* anlügen wollte?

Als das Telefon auf seinem Schreibtisch schnarrte, nahm er sofort ab. Er hörte zu und ließ mich nicht aus den Augen. Sobald er aufgelegt hatte, stand er auf. »Würden Sie mich bitte für eine Minute entschuldigen? Verzeihen Sie. Ich weiß, dass Sie viel zu tun haben.«

Er ging hinaus, und ein Secret-Service-Agent stellte sich mit dem Rücken zu mir in die geöffnete Tür. Was würde wohl passieren, wenn ich versuchte zu gehen? Doch ich blieb sitzen und dachte nach. Was hatte der Stabschef des Weißen Hauses mit meinem Fall zu tun? Welche Verbindung gab es denn da?

Bald schon konnte ich draußen Stimmen vernehmen, nur

ein leises Gemurmel, das von meinem Platz aus nicht zu verstehen war.

Der Agent in der Türöffnung wurde abgelöst. Sein Nachfolger trat ein und sah sich im Büro um. Sein Blick glitt über mich hinweg wie über die anderen Möbelstücke auch.

Dann trat er beiseite, und mit einem Lächeln auf den Lippen betrat eine Frau den Raum.

»Alex Cross. Ich habe schon so viel von Ihnen gehört. Und nur Gutes«, sagte die Präsidentin der Vereinigten Staaten.

77

Die Präsidentin besaß eine vollkommen andere Ausstrahlung als Reese. Sie schüttelte mir auf beinahe kollegiale Weise die Hand und ließ sich auf dem weichen Ledersofa nieder, anstatt sich hinter den Schreibtisch zu setzen. Nicht, dass mich das irgendwie ruhiger gemacht hätte.

»Ich habe Ihr Buch gelesen«, sagte sie. »Schon vor Jahren, aber ich kann mich noch gut daran erinnern. Sehr interessant. Und sehr beängstigend, weil alles das Realität ist.«

»Vielen Dank, Frau Präsidentin.«

Ich war ein Bewunderer von Margaret Vance. Sie hatte viel dafür getan, dass die beiden politischen Lager aufeinander zugegangen waren. Sie und ihr Mann, Theodore Vance, besaßen großen Einfluss, nicht nur in Washington, sondern überall auf der Welt. Unter normalen Umständen hätte ich mich sehr über eine Zusammenarbeit mit der Präsidentin gefreut. Aber jetzt waren die Umstände mit Sicherheit alles andere als normal.

»Ich möchte Sie um einen Gefallen bitten, Herr Dr. Cross.« Sie bedeutete ihrem Leibwächter mit einem Nicken, uns alleine zu lassen, und ich wartete ab, bis er die Tür ins Schloss gezogen hatte.

»In Bezug auf meine Ermittlungen?«

»Ganz recht. Ich setze voraus, Sie stimmen mir zu, dass durch die Ermittlungen in diesem Fall unter keinen Umständen Unschuldige in Mitleidenschaft gezogen werden dürfen, genauso wenig wie die nationale Sicherheit oder die Arbeit unserer Regierung. Ein bloßer Verdacht kann genauso viel Schaden anrichten wie eine offizielle Anklage, wenn er mit einem falschen Zungenschlag an die Öffentlichkeit gebracht wird. Aber das ist Ihnen natürlich auch klar.«

»Ja«, meinte ich. »Ich habe, was das angeht, schon die eine oder andere Erfahrung gesammelt.«

»Dann ist Ihnen auch bewusst, dass es sich hier um eine sehr delikate Angelegenheit handelt.« Ihre Worte klangen eher wie eine Rede und nicht so, als würde sie ein Gespräch führen. Anscheinend ging sie davon aus, dass im Grunde genommen alles geklärt war. »Ich möchte Sie mit einem unserer leitenden Agenten bekannt machen, Dan Cormorant. Bringen Sie ihn auf den neuesten Stand, und überlassen Sie ihm die weiteren Ermittlungen in diesem Fall.«

»Ich bezweifle, dass das in meiner Macht steht«, erwiderte ich, »und zwar aus verschiedenen Gründen.«

»Das dürfte kein Problem sein. Der Secret Service besitzt dieselben Befugnisse wie die Metropolitan Police.«

Ich nickte. »Innerhalb des Stadtgebiets von Washington, D. C., das ist richtig.«

Sie machte weiter, als hätte ich kein Wort gesagt. »Und selbstverständlich verfügt er auch über sämtliche Ressourcen, die zu solchen Ermittlungen notwendig sind. Wir haben hier die Besten der Welt versammelt.« Sie unterbrach sich und schaute mich über den Rand ihrer Brille hinweg an. »Anwesende ausgenommen, selbstverständlich.«

Mein lieber Schwan. Es ist wirklich ein einzigartiges Gefühl, wenn einem die Führerin der freien Welt in den Arsch kriecht. Zu schade, dass ich es nur wenige Sekunden lang genießen konnte. Eigentlich kann ich mich auf mein Gefühl ziemlich gut verlassen, aber in diesem Fall konnte ich mich des Eindrucks nicht erwehren, dass es gerade dabei war, mich in einen Abgrund zu lotsen, aus dem es kein Zurück mehr geben würde.

»Frau Präsidentin«, sagte ich. Mein Herz wummerte, aber

mein Verstand war immer noch klar. »Ich erbitte Bedenkzeit. Ich kann Ihnen im Lauf von vierundzwanzig Stunden Bescheid geben, entweder schriftlich oder persönlich, was immer Ihnen lieber ist.«

Sie versuchte gar nicht erst, ihre Gefühle zu verbergen. Zwei Falten tauchten links und rechts von ihrem Mund auf, wie Klammern.

»Ich bin nicht hier, um mit Ihnen zu verhandeln, Herr Dr. Cross. Dieses Treffen ist eine Gefälligkeit, und zwar eine besonders außergewöhnliche. Ich war davon ausgegangen, dass jemand wie Sie nicht einfach übergangen werden möchte. Das war offensichtlich ein Fehler.« Sie erhob sich, und ich tat es ihr nach. »Um ehrlich zu sein, ich bin überrascht. Man hat mir gesagt, Sie seien ein kluger Mann und Patriot.«

»Ein Patriot in einer momentan sehr schwierigen Lage, Frau Präsidentin.«

Vance sprach mich danach gar nicht mehr an. Der letzte Satz, den ich von ihr zu hören bekam, war an den Agenten hinter der Tür gerichtet.

»Bringen Sie Dr. Cross nach draußen. Wir sind hier fertig.«

Vierter Teil

BURNING DOWN THE HOUSE
(Talking Heads) Erschienen: 1983

78

Der rätselhafte Mord stellte sich immer mehr als tödliche Seuche heraus, die sich nach allen Richtungen ausbreitete und jeden infizierte, der damit in Berührung kam.

Adam Petoskey schreckte mit seinen gesamten 1,62 Metern ruckartig vom Sofa auf. Sein Herz hämmerte gegen die Rippen. Irgendetwas hatte ihn aufgeweckt, etwas anderes als diese grauenerregenden Albträume, von denen er in letzter Zeit auch mehr als genug gehabt hatte.

Was war das?

Was tun?

Die Wohnung war dunkel, nur der Fernseher lief. Er hatte sich *The Daily Show* angeschaut und war dabei eingeschlafen. Der sarkastische Humor von Jon Stewart hatte eine beruhigende Wirkung auf ihn gehabt.

Jetzt lief gerade so ein Werbefilmchen, wo irgendwelche Leute sich vor Lachen gar nicht mehr einkriegten. Es ging um irgend so ein Fitnessgerät. Vielleicht war er davon aufgewacht.

Die Paranoia war in diesen Tagen seine ständige Begleiterin, und sie hatte sich als ausgesprochene Zicke erwiesen. Seit einer Woche hatte er die Wohnung nicht mehr verlassen. Buchstäblich seit einer Woche. Das Telefon war ausgesteckt, die Jalousien die ganze Zeit heruntergelassen, und vor der Hintertür stapelten sich die Müllberge … seit jener Nacht, als er sie zugenagelt hatte, weil er sonst kein Auge zugetan hätte.

Es gab gewisse Dinge, die Adam Petoskey wusste … Dinge, die er verflucht noch mal lieber nicht gewusst hätte.

Es war schon beschissen genug gewesen, für Tony Nicholson und dessen Freundin Mara zu arbeiten, die Bücher zu fälschen und anschließend einfach wegzusehen. Aber *nicht* für ihn zu arbeiten, kein Wort von ihm zu hören, das war, wie sich herausgestellt hatte, noch viel schlimmer.

Und der heutige Abend war dafür ein sehr passendes Beispiel. Er stand auf, zitterte immer noch.

Auf halbem Weg in die Küche blieb er stehen. Zum hundertsten Mal in dieser Woche war er sich so gut wie sicher, dass da irgendjemand hinter ihm stand.

Und dann, noch bevor er sich umdrehen konnte, stand da *wirklich* jemand.

Ein starker Arm schlang sich um seine Kehle und drückte fest zu, bis seine Füße den Boden fast nicht mehr berührten. Klebeband wurde ihm quer über den Mund geklebt. Er hörte und spürte, wie es abgerissen und am Hinterkopf festgezurrt wurde.

»Wehren Sie sich nicht, Mr. Petoskey. Wenn Sie sich wehren, ziehen Sie den Kürzeren, und dann sind Sie tot.«

Ein harter Finger wurde ihm zwischen die Schulterblätter gedrückt und dirigierte ihn in Richtung Schlafzimmertür. »Gehen wir. Da entlang, mein Freund.«

Petoskeys Hirnwindungen liefen heiß. Er war schließlich ein Mann der Zahlen. Er konnte Gleichungen und Wahrscheinlichkeiten berechnen wie eine Maschine, und im Augenblick kam er immer nur zu dem einen Ergebnis, nämlich das zu tun, was dieser Kerl ihm befahl. Es war sogar ein seltsames Gefühl der Erleichterung, nach sieben Tagen Einsamkeit in diesem verfluchten Höllenloch den Anweisungen eines anderen zu folgen.

Im Schlafzimmer schaltete der Mann das Licht ein. Petoskey hatte ihn noch nie gesehen – groß gewachsen, weiße Hautfarbe und grau gesprenkeltes, dunkles Haar. Seine Pistole hatte so eine Verlängerung am Lauf, einen Schalldämpfer, wenn man denen im Fernsehen Glauben schenken konnte.

»Packen Sie eine Tasche«, sagte er. »Kleider, Portemonnaie, Reisepass, alles, was Sie für eine lange Reise brauchen.«

Petoskey fing augenblicklich an zu packen, aber währenddessen wurde sein bereits ausgelastetes Gehirn von neuen Fragen bestürmt. Wo sollte er hinfahren? Was für eine lange Reise? Und wie sollte er mögliche Fragesteller bloß von der Wahrheit überzeugen, dass er nämlich sein Wissen niemals irgendeiner Menschenseele verraten hätte?

Immer eins nach dem anderen, Petoskey. *Kleider, Portemonnaie, Reisepass…*

»Und jetzt ins Bad«, sagte der Mann. »Packen Sie auch da alles ein, was Sie brauchen.«

Genau, dachte er und klammerte sich an seine Aufgabe. *Nichts vergessen. Zahnbürste, Zahnpasta, Rasierer… Kondome? Na klar. Warum nicht positiv denken?*

Das Badezimmer war winzig und bot zwischen Waschbecken, Toilette und Duschkabine kaum genügend Platz zum Stehen.

Petoskey klappte das Arzneischränkchen auf, doch dann spürte er wieder etwas zwischen den Schulterblättern.

»Steig in die Dusche und leg dich hin, kleiner Mann.«

Das ergab doch keinen Sinn, aber im Augenblick ergab gar nichts einen Sinn. Sollte er gefesselt und ausgeraubt in der Duschwanne zurückgelassen werden?

»Nein«, sagte der Mann. »Andersrum. So, dass der Kopf am Abfluss liegt.«

Und mit einem Mal wurde ihm alles grässlich klar. Zum ersten Mal fing Petoskey an zu schreien – und hörte sein unscheinbares Stimmchen durch das Paketband dringen. Das war es also. Das war es also wirklich. Heute Abend würde er für immer verschwinden.

Er wusste zu viel – die bedeutenden Namen, all ihre schmutzigen Geheimnisse.

79

Es gab mittlerweile immer weniger Menschen, mit denen ich noch über diesen Mordfall sprechen konnte. Zum Glück gehörte Nana noch dazu.

Ich hatte mich ein paar Tage lang zurückgehalten, weil ich nicht noch zusätzlichen Stress in ihr Krankenzimmer tragen wollte. Doch als meine regelmäßigen Besuche eine gewisse Normalität erreicht hatten, wurde mir etwas klar. Wenn Nana bei Bewusstsein gewesen wäre, dann hätte sie mich jeden Tag gefragt, wie ich mit der Aufklärung von Carolines Ermordung vorankam. Da gab es nicht den geringsten Zweifel.

Also hielt ich mich nicht mehr zurück.

»Es läuft nicht gut, altes Haus. Was den Fall Caroline angeht«, erzählte ich ihr an diesem Abend. »Ich fühle mich überfordert, um ganz ehrlich zu sein. Noch nie im Leben war ich in einer ähnlichen Situation. Nicht dass ich wüsste, zumindest.

Ramon Davies ist kurz davor, mir den Fall wegzunehmen. Das FBI hat sich zuerst mit voller Wucht darauf gestürzt, aber jetzt habe ich keine Ahnung mehr, wo die überhaupt stehen. Und dann sitzt mir auch noch das Weiße Haus im Nacken, ob du's glaubst oder nicht.

Dabei sollen das alles doch angeblich die Guten sein, Nana. Ich weiß auch nicht. Der Unterschied ist immer schwieriger zu erkennen. Wie in diesem Spruch, den ich mal gehört habe: Du kannst dieses Land lieben und die Regierung trotzdem hassen.«

Im Zimmer herrschte Stille, wie immer. Jedes Mal, wenn ich da war, schaltete ich den Lautsprecher der Herzüberwachung aus, sodass die einzigen Geräusche, abgesehen von meiner Stimme, im Surren des Beatmungsgeräts und den gelegentlichen Gesprächsfetzen bestanden, die von der Schwesternstation draußen im Flur ins Zimmer drangen.

Nanas Zustand war unverändert, aber mir kam sie immer kränker vor. Kleiner, grauer, weiter weg. Irgendwie schien sich mein ganzes Leben zurzeit in eine einzige Richtung zu bewegen.

»Ich weiß gar nicht, was ich damit anfangen soll. Irgendwann, irgendwie wird es rauskommen, und wenn es rauskommt, dann gibt es einen gewaltigen Skandal. Richtig gewaltig, altes Haus, so was wie Watergate. Es wird Anhörungen und jede Menge Meinungsmache und Beeinflussungsversuche geben, und wahrscheinlich wird nie jemand die Wahrheit erfahren. Ich komme mir vor, als wäre ich der Einzige, der diese eine bestimmte Tür öffnen will. Ich will wissen, was dahinter zum Vorschein kommt. Ich muss es wissen.«

Die Stille hatte noch einen anderen Effekt. Sie machte es möglich, dass ich Nanas Antwort hören konnte.

Armer Alex. Eine Ein-Mann-Armee, hmm? Was hast du denn sonst noch zu bieten?

Das war keine rhetorische Frage. Das würde sie wirklich interessieren. Also dachte ich ein bisschen nach… Ich hatte Sampson, der war auf meiner Seite. Bree natürlich auch. Und Ned Mahoney, irgendwo da draußen.

Und dann war da noch eine andere Idee, die ich schon länger mit mir herumtrug, eine ziemlich verzweifelte Idee. Sobald man einmal angefangen hatte, sie in die Tat umzusetzen, würde sie sich nicht mehr rückgängig machen lassen, aber andererseits: Wie verzweifelt sollte meine Lage eigentlich noch werden?

Ich steckte den Arm durch das Schutzgitter des Betts und griff nach Nanas Hand. Einfache Dinge wie zum Beispiel eine

Berührung bedeuteten mir mittlerweile mehr als je zuvor. Hauptsache, ich stellte eine Verbindung zu ihr her, so lange wie irgend möglich.

Das Beatmungsgerät surrte. Draußen im Flur lachte jemand.

»Danke, altes Haus«, sagte ich. »Wo immer du gerade bist.«

Gern geschehen, ließ sie mich irgendwie spüren, und dabei beließen wir es. Wie immer hatte Nana das letzte Wort.

80

Unterdessen ging das Morden weiter. Alle, die irgendetwas wussten, schwebten in Gefahr.

Dreitausendfünfhundert Kilometer von Virginia entfernt, auf der Insel Trinidad, direkt vor den Toren der Hauptstadt Port of Spain, stand ein leuchtend blaues Haus. Dort war Esther Walcott aufgewachsen, und dorthin war sie nach der Razzia in Mr Nicholsons Klub geflüchtet.

Mum und Bap hatten sie mit offenen Armen empfangen und, was noch wichtiger war, hatten sie nicht nach dem Leben in Amerika gefragt, das sie so mir nichts, dir nichts hinter sich gelassen hatte.

Ihre zwei Jahre als Hostess und Personalbeschafferin für das Etablissement in Virginia hatten ihr zumindest zu einem ansehnlichen Kontostand verholfen, und sie hatte vor, es in einem eigenen Friseur- und Nagelstudio anzulegen, vielleicht sogar in der West Mall. Davon hatte sie als kleines Mädchen schon immer geträumt. Es erschien ihr wie der perfekte Beginn eines neuen Lebens.

Doch als sie in dieser dritten Nacht zu Hause aufwachte, weil eine Männerhand sich über ihren Mund legte, und als sie die Stimme mit dem amerikanischen Akzent hörte, da wusste Esther, dass sie nicht weit genug geflüchtet war.

»Ein Laut und ich bringe alle um, die hier im Haus sind. *Alle!* Hast du das verstanden, Esther? Du brauchst bloß zu nicken.«

Es war ihr fast unmöglich, nicht zu schreien. Ihr Atem raste, sie keuchte, schnappte nach Luft, aber sie schaffte es zu nicken.

»Braves Mädchen, kluges Mädchen. Wie in diesem Haus in Amerika. Wo ist dein Koffer?« Sie deutete auf den Schrank. »Okay. Ganz langsam jetzt. Ich will, dass du dich aufsetzt.«

Er zog sie in eine sitzende Position und ließ sie erst los, nachdem er ihr einen Streifen Paketband über den Mund geklebt hatte. Draußen hatte es vierundzwanzig Grad Celsius, aber ihr kam es vor wie unter null. Seine rauen Hände auf ihrem Bauch, ihren Brüsten riefen in ihr ein Gefühl der Nacktheit hervor. Der Verletzlichkeit. Und der Traurigkeit.

Als in dem Spalt unter ihrer Tür ein Lichtschimmer erschien, fing ihr Herz wie wild an zu schlagen – Hoffnung flammte auf, dann die Angst. *Da kam jemand zu ihr ins Zimmer!*

Der Eindringling wandte sich im Halbdunkel zu ihr um, den Finger auf die Lippen gelegt. Er erinnerte sie daran, was auf dem Spiel stand. Ihre Familie.

Einen Augenblick später ertönte ein leises Klopfen. »Esther?« Das war die Stimme ihrer Mutter, und mit einem Mal hielt sie es nicht mehr aus. Mit der rechten Hand riss sie sich das Klebeband vom Mund.

»Lauf weg, Mummy! Ein Mann mit einer Pistole! Lauf!«

Doch dann flog die Zimmertür auf. Esther erkannte die füllige Gestalt ihrer Mutter, die durch das Flurlicht von hinten beschienen wurde.

Ein leises Plopp ertönte. Es klang überhaupt nicht wie ein richtiger Schuss, aber Miranda Walcott griff sich an die Brust und sackte lautlos zu Boden.

Jetzt fing Esther an zu schreien. Selbst wenn sie gewollt hätte, sie hätte nichts dagegen machen können. Als Nächstes hörte sie die Stimme ihres Vaters. Er kam im Laufschritt näher!

»*Esther? Miranda?*«, rief er.

Der Eindringling verließ den Platz neben ihr und huschte zur Tür. Sie warf sich ihm hinterher, wollte wenigstens seine Hacken zu fassen bekommen, wollte ihn irgendwie zum Stolpern bringen.

Stattdessen schlug sie unsanft auf dem Fußboden auf und hörte erneut dieses schreckliche Plopp.

Im Flur ging irgendetwas zu Bruch, und ihr armer Bap flog gegen die Wand.

Esther sah im Augenwinkel weiße Funken sprühen, und das Zimmer schwankte, als sie zurück auf das Bett krabbelte. Mit beiden Händen riss und zerrte sie an dem Fliegendraht im Fenster.

Es war nicht weit bis zu dem Salbeibusch vor dem Haus, und sie war schon fast draußen, als starke Hände sie an den Knöcheln packten. Ihr Körper wurde mit roher Gewalt über das hölzerne Fensterbrett wieder zurück ins Innere gezerrt.

Esther schrie noch einmal laut auf und wusste, dass die Nachbarn es hören würden. Sie wusste aber auch, dass es zu spät war, dass das nichts mehr ändern würde.

Sie würden alle umbringen, die irgendetwas wussten.

Und alle, die ihnen dabei im Weg standen.

81

Damon war übers Wochenende nach Hause gekommen, und das war für alle eine tolle Sache. Ich hatte ihm das Ticket besorgt und ihn gebeten herzukommen, zum Teil wegen Nana und zum Teil, weil wir ihn durch diese ganze Aufregung noch stärker vermissten als je zuvor.

Ich wollte die Kinder jedenfalls alle beisammenhaben, und sei es nur für ein paar Tage.

Es begann mit einem Willkommens-Abendessen für Day, bei dem viele seiner Lieblingsspeisen aufgefahren wurden: Caesar Salad für alle, für mich mit Sardellen; Nanas Frikadellen mit Sauerteigbrötchen, die die beiden Jüngeren extra ausgehöhlt hatten, und zum Nachtisch Jannies Monkey Bread. Es war das erste Mal, dass sie den süßen Hefekuchen ganz alleine gebacken hatte, ohne Nanas Hilfe. Days gesamter Besuch war eine sehr fröhliche und sehr traurige Angelegenheit zugleich.

Es war interessant, die Veränderungen im Haus mit Damons Augen zu sehen. Jannie, Ali und ich hatten uns schon daran gewöhnt, dass Bree die Termine der verschiedenen Familienmitglieder koordinierte, bei den Hausaufgaben half und das Essen auf den Tisch stellte. Für Damon war das alles neu. In der Regel kommentierte er alles mit einer Vielzahl von Dankeschöns, die Bree sehr zu schätzen wusste.

Ich wartete, bis wir seine Berichte vom Leben an der Cushing Academy gehört und fertig gegessen hatten, dann brachte ich das Gespräch langsam auf Nana.

»Lasst uns jetzt darüber reden«, sagte ich schließlich.

Jannie stieß einen Seufzer aus. Sie war am umfassendsten informiert, aber ich glaube, emotional war das Ganze für sie schwieriger als für alle anderen. Nana und sie hatten ein unglaublich enges Verhältnis, sie machten alles gemeinsam und das schon, seit Jannie ein Baby gewesen war.

»Wie meinst du das, Dad?«, wollte Damon wissen. »Wir wissen doch alle, was los ist, oder?«

»Genauso, wie ich es gesagt habe – wir sollten darüber reden. Es kann sein, dass es Nana bald besser geht. Das hoffen wir. Oder sie liegt noch länger im Koma. Aber es ist auch denkbar, dass sie… dass sie nie wieder aufwacht.«

»Kann sein, dass sie *stirbt*«, sagte Jannie ein wenig grob. »Wir haben's kapiert, Dad. Sogar Ali.«

Ich schaute Ali an, aber bis jetzt wirkte er relativ stabil. Was das anging, war er seinem Alter ein ganzes Stück voraus. Nana und ich haben ihn seit seinem vierten Lebensjahr wie einen Erwachsenen behandelt und seine Intelligenz gebührend beachtet. Eine meiner – und Nanas – Theorien zum Thema Kindererziehung lautet, dass man ihnen gar nicht genug Liebe geben kann, dass sie aber innerhalb der Familie mit denselben Erwartungen klarkommen müssen, denen sie auch außerhalb begegnen. Man sollte sie nicht zu sehr verhätscheln oder inakzeptables Verhalten einfach hinnehmen.

Ich nickte Janelle zu. »Wir haben's alle kapiert. Wir sind traurig und wütend. Kommt her, alle miteinander. Vielleicht bin ich ja der Einzige, der jetzt ein kleines bisschen Zuwendung nötig hat.«

Wir drängten uns eng aneinander und umarmten uns, und es war besser, einfach nur an Nana zu denken, ohne zu reden.

Bree war die Erste, die sich nicht mehr beherrschen konnte, und dann brachen alle in Tränen aus. Daran war absolut nichts Peinliches, es waren einfach nur Tränen der Liebe. Kann sein, dass das nicht in jeder Familie funktioniert, aber bei uns schon.

82

Am Montag war ich bereit, den nächsten Ermittlungsschritt in Angriff zu nehmen. Ihr Name war Wylie Rechler, aber ihre Leser kannten sie nur als »Jenna«. Sie hatte dem FBI und der Metropolitan Police bereits mehrfach geholfen, ganz besonders dem Sittendezernat.

Wylie Rechler war Washingtons Antwort auf Cindy Adams und Perez Hilton. Sie unterhielt einen sehr populären Klatsch-und-Tratsch-Blog mit dem Titel »Jenna Knows«. Darin hatte sie im Lauf der Jahre ein paar kleinere Geschichten aus dem politischen Washington veröffentlicht – Angelina Jolies Nominierung für einen Sitz im Rat für auswärtige Beziehungen der USA, Barack Obamas heimliche Rauchgewohnheiten –, aber der größte Teil ihrer Eintragungen beschäftigte sich mit dem Sozial- und Sexleben der »Menschen, die uns am Herzen liegen«, wie sie auf ihrer Homepage genannt wurden.

Sampson und ich trafen uns mit der beliebten Promi-Journalistin am Nachmittag im Neiman Marcus Store im Stadtviertel Friendship Heights. Wylie brachte einen neuen Designerduft auf den Markt – was immer das bedeuten soll. Das Parfüm hieß ebenfalls »Jenna Knows«. Die Luft war jedoch so stark mit billigem Duftwasser geschwängert, dass ich immer nur »Jenna Nose« denken musste.

Mitten im Laden, gleich bei den Rolltreppen, hatte sie ihren Stand aufgebaut. Hübsche Damen in schwarzen Kitteln bespritzten sämtliche Vorübergehenden, während Jenna höchstpersönlich in rot-schwarze Pappschachteln verpackte Parfümflaschen signierte, die zu einer großen Pyramide gestapelt auf dem sichelförmigen Tresen standen.

Als sie unsere Dienstmarken sah, legte sie in einer perfekt gekünstelten Geste ihre manikürte Hand flach an die Brust. »Oh, Gott! Jetzt bin ich doch zu weit gegangen, stimmt's?« Die Menschenmenge in unserem Rücken reagierte mit Gelächter.

»Könnte ich Sie vielleicht zu einer fünfminütigen Pause überreden?«, sagte ich zu ihr. »Es ist wichtig.«

»*Mais oui.*« Mit einer ausladenden Bewegung stand Wylie auf. »Entschuldigen Sie mich, meine Damen, der Klatsch verlangt nach mir. Die Metro Police weiß alles, aber … wird sie uns auch alles verraten?«

Sobald wir die Menge hinter uns gelassen hatten, fiel ein Teil der Theatralik von ihr ab. »Ich stecke doch nicht ernsthaft in Schwierigkeiten, oder?«, wollte sie wissen.

»In keinster Weise«, sagte Sampson und hielt ihr die Tür auf, die auf die Wisconsin Avenue führte. »Aber wir brauchen Ihre Hilfe.«

Erst als wir in meinem Wagen saßen, sprachen wir weiter. Ich fragte sie ganz direkt: »Haben Sie schon einmal etwas von einem Sexklub für besonders einflussreiche Persönlichkeiten gehört? Draußen in Virginia? Der Laden heißt Blacksmith Farms. Zunächst einmal wollen wir nur gerne wissen, ob Sie das bestätigen können.«

Sie hatte in einer kleinen, roten Handgelenkstasche herumgewühlt, aber jetzt erstarrte sie mitten in der Bewegung. »Soll das heißen, dass es stimmt?«

»Mich würde einfach interessieren, was Sie gehört haben. Namen, Geschichten, einfach alles.«

»Schon seit einer ganzen Weile gar nichts mehr«, erwiderte sie und zog einen Lippenstift hervor. »Nicht genug jedenfalls, um daraus eine Geschichte zu stricken. Ich habe das Ganze eigentlich für ein, na ja, eine Art lächerliches modernes Märchen gehalten.«

»Ist es denn nicht Ihr Job, Gerüchte an die Öffentlichkeit zu bringen?«, wollte Sampson wissen.

»Schätzchen, mein Job besteht darin, so dicht wie irgend möglich bei der Wahrheit zu bleiben und zuzusehen, dass ich nicht ständig verklagt werde. Da habe ich einen ziemlich schmerzhaften Lernprozess hinter mir, nachdem ich in meinem Blog mal über das Liebesleben von Condoleeza Rice geschrieben habe. Und, nur damit Sie's wissen: So etwas wie ein altes Gerücht gibt es in Washington nicht.«

»Wie meinen Sie das?«, hakte ich nach.

»Ich meine damit, dass man hier keinen Stock durch die Gegend schwingen kann, ohne damit irgendeinen investigativen Journalisten zu treffen, der sich einen Namen machen will. Gerüchte werden hier entweder sehr schnell zu Schlagzeilen – oder sie sind Totgeburten. Als ich von dieser Geschichte nichts mehr gehört habe, da war ich überzeugt, dass es eine Sackgasse war.«

Sie ließ ein zufriedenes Lächeln sehen und malte sich mithilfe des Rückspiegels die Lippen an. »Bis jetzt zumindest.«

»Da ist noch ein Punkt«, sagte ich und sah ihr in die Augen. »Sie müssen für eine Weile Stillschweigen bewahren.«

»*Wie bitte?* Sie wissen aber schon, womit ich meine Brötchen verdiene, oder?«

»Und ich nehme an, Sie wissen, womit ich meine verdiene«, entgegnete ich. »Das hier ist eine Morduntersuchung, Jenna, kein Spiel. Verstehen Sie, was ich damit sagen will?«

»Also gut, jetzt bekomme ich's wirklich mit der Angst zu tun«, sagte sie und steckte den Lippenstift wieder ein. Dann endlich brach sie ihr Schweigen und nannte mir ein paar Namen, die sie im Zusammenhang mit dem Sexklub gehört hatte. Namen, die mir neu waren, und das war hilfreich.

»Hören Sie.« Ich gab ihr zwei von meinen Visitenkarten.

»Rufen Sie mich an, wenn Sie etwas hören, und bitte geben Sie mir Ihre Telefonnummer. Sobald wir so weit sind, bekommen Sie von mir sämtliche Unterlagen. Einverstanden?«

»Das kommt drauf an.« Sie fächelte sich mit den Visitenkarten Luft zu. »Woher soll ich wissen, dass Sie tatsächlich einer sind, der sich für Gefälligkeiten revanchiert?«

Ich wählte meine Worte sehr sorgfältig. »Ich bin zu Ihnen gekommen, weil ich Ihre Hilfe brauche und weil ich weiß, dass Sie der Metro Police schon öfter geholfen haben. Das bedeutet, dass ich mir gar nicht erlauben kann, Sie vor den Kopf zu stoßen. Reicht Ihnen das als Beweis meiner Aufrichtigkeit?«

Sie zog einen goldenen Füller hervor, kritzelte ein paar Zahlen auf eine Karte und küsste sie. Erst dann gab sie sie mir zurück. Neben ihrer Nummer prangte ein Lippenstiftmund.

»Köstlich«, sagte sie.

Ich nahm die Karte. »Eher das, was Sie vor einer Minute gesagt haben: angsterregend.«

83

Zu meiner großen Verwunderung meldete sich am folgenden Vormittag einer von Tony Nicholsons Anwälten bei mir. Nicht der Bücherwurm mit Fliege und Hosenträgern von der nächtlichen Razzia, sondern ein anderer. Einer, der sich noch teurer anhörte, mit einer Telefonnummer, die mit 202 begann. Im Herzen des Herzens der Hauptstadt.

»Detective Cross, mein Name ist Noah Miller von der Kanzlei Kendall and Burke. Ich nehme an, mein Mandant Anthony Nicholson ist Ihnen ein Begriff?«

»Seit letzter Woche versuche ich, Ihren Mandanten zu erreichen«, erwiderte ich. »Ich habe ein halbes Dutzend Nachrichten für *Anthony* hinterlassen.«

»Bei Nyth-Klein?«, erkundigte er sich.

»Sehr richtig.«

»Ja. Die haben die Vertretung für die Kapitalgesellschaft und die Tochtergesellschaften in Virginia. Wir jedoch haben die persönliche Vertretung für Mr. Nicholson übernommen… und damit wären wir auch schon beim Grund meines Anrufs. Ich möchte zunächst einmal unmissverständlich zum Ausdruck bringen, dass dieser Kontakt auf ausdrücklichen Wunsch meines Mandanten hin und gegen anwaltlichen Rat geschieht.«

Damit hatte er meine ganze Aufmerksamkeit. »Wann kann ich ihn sprechen?«

»Können Sie nicht. Das ist nicht der Grund für meinen Anruf. Bitte hören Sie genau zu. Ich habe hier den Schlüssel zu einem Bankschließfach, den Sie sich gerne abholen können. Mr. Nicholson sagt, er sei wichtig für Ihre Ermittlungen. Er glaubt außerdem, dass ihm die Metro Police die besten Überlebenschancen bietet. Mit dem FBI möchte er lieber nichts zu tun haben.«

Ich hatte bereits angefangen, Kendall and Burke zu googeln. »Nicholsons Schließfach habe ich mir bereits angesehen«, sagte ich, als die Seite der Kanzlei sich auf meinem Bildschirm öffnete. Groß und sehr angesehen, in der K Street.

»Ja, ich weiß. Es handelt sich um ein anderes Schließfach bei derselben Bank«, sagte er, und meine Finger verharrten regungslos über der Tastatur. Was mochte sich in diesem zweiten Schließfach befinden? Und, noch wichtiger: Wie konnten wir Nicholson beschützen? Und vor wem?

»Kann ich davon ausgehen, dass Sie noch heute vorbeikommen und diesen Schlüssel abholen?«, fuhr Miller fort.

»Auf jeden Fall, aber ich habe noch eine Frage«, entgegnete ich. »Warum die Metropolitan Police? Warum ich? Warum will Nicholson seine Informationen nicht an das FBI weitergeben?«

»Ehrlich gesagt, mein Mandant traut den Leuten, von denen er festgehalten wird – beziehungsweise, um genauer zu sein, der Integrität ihrer Ermittlungen –, nicht. Da wäre noch etwas: Er möchte sichergehen, dass seine Kooperationsbereitschaft nicht ohne Gegenleistung bleibt.«

Ich konnte mir ein Lächeln nicht verkneifen. Wie ausgesprochen seltsam, dass ich mich plötzlich auf derselben Seite des Zauns befand wie Tony Nicholson, äh, Anthony. Das klang ja fast so, als wäre er langsam genauso paranoid wie ich – und das hatte womöglich einen guten Grund.

»2020 K Street, vierter Stock?«, fragte ich ihn und schrieb mir die Adresse vom Bildschirm ab.

»Sehr gut, *Detective* Cross. Am besten zwischen halb zwei und zwei. Danach bin ich nicht mehr im Haus.«

»Dann also bis halb zwei«, erwiderte ich und legte auf, bevor er auflegen konnte.

84

Ich brauchte nicht lange, um mir von Nicholsons Rechtsanwalt bei Kendall and Burke den Schlüssel geben zu lassen und nicht viel länger, um die Exeter Bank zu betreten und wieder zu verlassen. Es war fast so, als wetteiferten der Rechtsanwalt Noah Miller und die Bankfilialleiterin darum, wer mich schneller wieder aus seinem beziehungsweise ihrem Leben verbannen konnte. Ich hatte nichts dagegen.

Der einzige Gegenstand in dem zweiten Schließfach war eine unbeschriftete CD. So etwas hatte ich erwartet. Ich brachte sie sofort ins Daly Building und rief von unterwegs Sampson an. Er saß an seinem Schreibtisch, also konnten wir uns direkt nach meiner Ankunft zusammensetzen.

Als ich mein Büro betrat, war mein hünenhafter Freund schon da. Er hatte die Füße hochgelegt und einen Laptop auf den Beinen.

»Hast du schon gewusst, dass Zeus den Beinamen *Der Wolkensammler* hatte?«, sagte er. »Dass er symbolisch als Blitz, Adler, Bulle und Eiche dargestellt werden kann? Oh, und pädophil war er auch. Heißt es zumindest.«

»Faszinierend«, erwiderte ich. »Nimm die Schuhe von meinem Schreibtisch und schieb das da mal rein.«

Ich gab ihm die CD und machte die Bürotür zu.

»Was ist das?«, wollte Sampson wissen.

»Tony Nicholsons Lebensversicherung, glaubt er zumindest.«

Wenige Sekunden später startete das Video.

Ich erkannte das Schlafzimmer aus dem Apartment in der Kutschenscheune von Nicholsons Klub sofort. Abgesehen von den frischen Laken und vielleicht ein paar Kleinigkeiten sah es genauso aus, wie ich es in Erinnerung hatte.

Der Datumsstempel am unteren Bildrand zeigte den 20. Juli des letzten Jahres an, die Uhrzeit lautete 01.30 Uhr.

»Kann man diese Anzeige auch fälschen?«, fragte ich Sampson.

»Na klar. Wieso? Glaubst du, dass Nicholson dich verarschen will?«

»Kann sein. Wahrscheinlich. Ich weiß noch nicht.«

Nach ungefähr dreißig Sekunden ruckelte das Bild, und die Zeitanzeige sprang auf 02.17 Uhr.

Jetzt lag eine junge Frau auf dem Bett, nur mit einem schwarzen Spitzenhöschen bekleidet. Sie war blond und zierlich, und ihre Hände waren mit schwarzen Handschellen an die Pfosten über ihrem Kopf gefesselt. Die Beine waren bis zum Äußersten gespreizt.

Es gab keinen Ton, aber sie bewegte sich auf eine Art, die auf mich eher verführerisch wirkte als verängstigt oder abwehrend. Trotzdem spürte ich ein unangenehmes Ziehen in der Magengegend. Was immer gleich kommen mochte, ich wollte es eigentlich lieber nicht sehen.

Jetzt trat ein Mann ins Bild, ein richtiges Ekelpaket in voller Sado-Maso-Montur mit Gummi- oder Latexhose und einem langärmeligen Hemd. Außerdem trug er schwere Stiefel und eine sehr gut sitzende Maske mit einem langen Reißverschluss am Hinterkopf. Er war groß und muskulös, aber mehr konnte man beim Anblick der Bilder nicht sagen.

»Er weiß, dass es eine Kamera gibt«, sagte Sampson. »Vielleicht will er ja, dass das gefilmt wird.«

»Lass es uns einfach anschauen, John.«

Ich konnte jetzt nicht reden. Ich musste bereits daran denken, was mit Caroline geschehen war, möglicherweise in diesem Zimmer, vielleicht sogar unter den Händen dieses Widerlings, dem wir gerade zusahen.

Zeus oder wer immer das sein mochte, beugte sich über die Frau und legte ihr eine schwarze, nierenförmige Augenbinde an. »Er trägt einen Ring«, sagte ich. »An der rechten Hand.«

Er sah aus wie ein Examensring, aber die Bildqualität war zu schlecht, als dass man es genau erkennen konnte.

Er ließ sich Zeit und holte noch ein paar andere Dinge aus der Kommode: eine Spreizstange, die er an beiden Fußknöcheln befestigte, und eine kleine braune Flasche. Sie enthielt vielleicht Amylnitrit.

Als er ihr das Fläschchen unter die Nase hielt, lief das Gesicht des Mädchens knallrot an. Anschließend baumelte ihr Kopf kraftlos von einer Seite zur anderen.

Schweigend sahen Sampson und ich zu, wie sie Sex hatten. Die meiste Zeit stützte sich der Widerling mit der einen Hand auf die Matratze und mit der anderen drückte er ihr die Kehle zu. Es sah aus, als ließe er das Mädchen nur gelegentlich zum Atmen kommen, um durch den Sauerstoffentzug ihre Lust zu steigern.

Die junge Frau machte offensichtlich mit und wirkte nicht weiter beunruhigt, was sehr beunruhigend anzusehen war. Dann plötzlich bäumte er sich auf, hatte wohl einen Orgasmus und riss die freie Hand in Jubelpose in die Luft.

Sein ganzes Körpergewicht lag auf ihrer Kehle, und ihre Bewegungen wurden mit einem Mal ruckartig und verzweifelt. Ihre Beine ragten unter ihm hervor. Es war fürchterlich mit anzusehen, so, als ob es jetzt in diesem Moment geschah, und wir konnten nichts dagegen unternehmen.

Je mehr das blonde Mädchen zappelte, desto erregter wurde er, bis ihr Körper schließlich erschlaffte und sie sich nicht mehr rührte. Dann küsste er sie.

»Oh, mein Gott«, sagte Sampson mit erstickter Stimme. »Was ist bloß aus dieser Welt geworden?«

Anschließend stieg der Mörder vom Bett. Er hatte sein Interesse an dem Mädchenkörper verloren. Es dauerte keine Minute, dann war er verschwunden.

Zwanzig Sekunden später war das Video zu Ende.

»Komm, John. Wir fahren nach Alexandria. Wir müssen rausfinden, ob das Zeus war.«

85

Sampson und ich betraten die Haftanstalt in Alexandria durch den Besuchereingang. Wir gingen durch vertraute Gänge vorbei am Archiv und an Tür Nummer 15, wo die Haftentlassungen stattfanden, bis wir vor der Kommandozentrale standen.

Dort wurden wir mithilfe unserer Dienstmarken durch eine weitere Stahltür geschleust und standen vor dem Anmeldungstresen.

Hier endete der einfache Teil unseres Besuchs.

Hinter dem Tresen saßen drei Wachen. Zwei davon waren im mittleren Alter und hielten sich eher im Hintergrund. Ein jüngerer Beamter hatte die undankbare Aufgabe, sich mit unangemeldeten Besuchern wie uns herumzuschlagen. Als er anfing zu sprechen, blitzte ein Goldzahn in seinem Mund auf.

»Was ist der Grund für Ihr Erscheinen?«

»Detective Cross und Detective Sampson, Metropolitan Police Department. Wir möchten zwei Häftlinge vernehmen, Anthony Nicholson und Mara Kelly.«

»Sind Sie angemeldet?«, sagte er und griff bereits nach dem Telefonhörer.

»Wir haben die beiden schon einmal vernommen«, erwiderte ich. »Wir haben bloß noch ein paar kurze, ergänzende Nachfragen, dann sind wir wieder weg.«

Es war jedenfalls einen Versuch wert. Vielleicht konnten wir uns ja irgendwie durchmogeln.

Das Telefonat dauerte nur wenige Sekunden. Als der Beamte auflegte, blickte er mich an und schüttelte den Kopf.

»Also: *Erstens* haben Sie gar keine Genehmigung für heute,

und *zweitens* spielt es sowieso keine Rolle. Die beiden sind nämlich schon weg, sowohl Nicholson als auch Kelly.«

»Weg?« Ich traute meinen Ohren nicht. »Sie meinen wohl, sie sind verlegt worden, oder?«

»Ich meine *weg,* Mann.« Er klappte ein schwarzes Ringbuch auf. »Genau, da haben wir's ja. Heute Vormittag, elf Uhr. Ein gewisser Miller hat eine Kaution in bar hinterlegt. *Meine Fresse …* je eine Viertel Million.«

Jetzt wurden auch die beiden anderen Wärter neugierig. Sie kamen näher und blickten ihm über die Schulter. Einer stieß einen leisen Pfiff aus. »Muss ja schön sein«, meinte der andere.

»Ja, was?«, pflichtete der Jüngere bei.

Es war nicht ihre Schuld, und sie hatten damit gar nichts zu tun, aber sie standen eben gerade vor mir.

»Was ist denn hier eigentlich los?«, sagte ich. »Bei Nicholson besteht dringende Fluchtgefahr! Hat sich vielleicht irgendjemand darüber Gedanken gemacht? Er hatte für den Tag seiner Festnahme Flugtickets gebucht!«

Der jüngere Gefängniswärter starrte mich an. Die anderen beiden hatten die Hand an ihre Schlagstöcke gelegt. »Ich kann Sie verstehen, aber Sie müssen ein Stück zurücktreten, *und zwar sofort.*«

Ich spürte Sampsons Hand auf meiner Schulter. »Hier verschwendest du bloß deine Puste, Alex. Lass uns gehen. Nicholson und das Mädchen sind verschwunden.«

»Das ist eine Katastrophe, John.«

»Ich weiß, und daran lässt sich nichts mehr ändern. Komm jetzt.«

Ich ließ mich von ihm mitziehen, aber ich hätte ein hübsches Sümmchen dafür gegeben, wenn ich jemandem einen Schwinger hätte verpassen dürfen. Tony Nicholson zum Beispiel. Oder diesem schmierigen Rechtsanwalt, diesem Miller.

Beim Hinausgehen hörte ich die Wärter über ihre ehemaligen Gefangenen sprechen. »Verfluchte, reiche Arschlöcher, Mann. Die machen doch sowieso immer, was sie wollen.«

»Ganz genau. Wie heißt es so schön: Die Reichen werden immer reicher, und die Armen…«

»… arbeiten hier.«

Das Letzte, was ich hörte, war das Gelächter der Wärter.

86

Was für ein Theater, unvorstellbar! Ganz egal, ob Nicholson sich mit seinem eigenen Geld freigekauft hatte oder nicht, in jedem Fall hatte er dazu die Unterschrift eines Bundesrichters unter ein Formblatt sowie einen noch höherrangigen Helfer benötigt, der die ganze Geschichte eingefädelt hatte.

Die Verschwörung zog Tag um Tag immer weitere und breitere und schmutzigere Kreise. Ich glaube, ich empfand mehr Bewunderung als Bestürzung angesichts des Ganzen, und, was alles noch schlimmer machte, ich hegte den Verdacht, dass es noch lange nicht zu Ende war.

John und ich machten uns die Mühe, erst bei Nicholsons Haus und anschließend bei Mara Kellys Wohnung vorbeizufahren, aber dort war alles genau so, wie wir erwartet hatten.

Gelbes Absperrband vor der Tür, aber keinerlei Anzeichen dafür, dass in den vergangenen Tagen jemand da gewesen war. Und selbst wenn, dann waren sie jetzt schon längst über alle Berge. Ich ging davon aus, dass wir weder Nicholson noch Kelly jemals wieder zu Gesicht bekommen würden.

Bevor wir wieder auf den Highway fuhren, bat ich Sampson, an einer Tankstelle in der Nähe von Mara Kellys Apartment anzuhalten. Dort kaufte ich mir ein kleines Prepaid-Handy für neununddreißig Dollar und wählte die Nummer, die ich mir kürzlich besorgt hatte.

Wylie Rechler meldete sich beim ersten Klingeln. »Hier spricht Jenna. Schieß los.«

»Hier Detective Alex Cross, Jenna. Wir haben uns kürzlich in Friendship Heights kennengelernt. Sind Sie so weit, wollen Sie einsteigen?«

Am anderen Ende der Leitung war ein melodramatischer Seufzer zu hören. »Schätzchen, ich war schon beim letzten Mal so weit. Was können Sie mir anbieten?«

»Kommt Ihnen der Name Tony Nicholson irgendwie bekannt vor?«

»Ich glaube nicht. Nein, bestimmt nicht. Müsste ich den kennen?«

»Das ist der Mann mit dem kleinen schwarzen Buch, das Sie so wahnsinnig gerne in die Finger kriegen würden, obwohl das weder Ihnen noch mir je vergönnt sein wird. Er hat bis heute Morgen, elf Uhr, in einem Bundesgefängnis gesessen. Jetzt ist er auf Kaution auf freiem Fuß, und wenn ich einen Tipp abgeben müsste, dann würde ich schätzen, dass er gerade dabei ist, das Land zu verlassen. Zusammen mit dem kleinen schwarzen Buch.«

»Was bedeutet das für mich?«

»Das könnte allerhand bedeuten, Jenna. *Falls* Sie mir helfen wollen. Ich möchte, dass Sie Sam Pinkerton von der *Post* einen Floh ins Ohr setzen«, sagte ich. »Meinen Sie, das kriegen Sie hin?«

»Ich denke schon.« Sie unterbrach sich und fuhr dann mit gesenkter Stimme fort. »Sam ist für die Berichterstattung aus dem Weißen Haus zuständig. Das wissen Sie, richtig?«

»Das ist richtig.«

»O Gott, o Gott, ich bin schon ganz feucht – bitte entschuldigen Sie meine Ausdrucksweise. Also gut, was kann ich von Mr. Pinkerton erwarten, wenn ich ihn anrufe? *Falls* ich ihn anrufe?«

Ich sagte ihr die Wahrheit. »Zunächst einmal vielleicht gar nichts. Aber Sie beide könnten bei dieser Geschichte ein ziemlich gutes Team bilden. Sie decken jeden möglichen Blickwinkel ab.«

»Ich glaube, ich habe mich gerade in Sie verliebt, Detective.«

»Da wäre noch was«, fuhr ich fort. »Sam kann mich auf den Tod nicht ausstehen. Sie erreichen wahrscheinlich sehr viel mehr, wenn Sie mich komplett aus dem Spiel lassen.«

Nachdem ich das Gespräch beendet hatte, musterte Sampson mich vom Fahrersitz aus einmal von oben bis unten. »Ich denke, du bist mit Sam Pinkerton befreundet?«

»Bin ich auch.« Ich steckte das neue Handy in die Tasche zu meinem alten. »Und das soll auch so bleiben.«

87

Jetzt gab es nur noch eines, was ich zu erledigen hatte, und ich bat Sampson, mich abzusetzen.

Einer der großen Söhne Washingtons und einer der Menschen, die ich am meisten ins Herz geschlossen hatte, Hilton Fenton, war vor einiger Zeit viel zu jung im Alter von sechzig Jahren gestorben. Ich hatte ihm an unzähligen Abenden im Kinkead's in Foggy Bottom zugehört, wo er seit 1993 Hauspianist gewesen war. Dort fand an diesem Nachmittag ein Gedenkkonzert für ihn statt.

Rund hundertfünfzig Menschen zwängten sich in das Lokal, um seiner zu gedenken und natürlich seine wunderbare Musik zu hören, dargeboten von seinen Freunden. Es herrschte eine durch und durch friedliche und entspannte und einfach wunderbare Atmosphäre. Die Musik hätte nur schöner sein können, wenn Hilton selbst am Klavier gesessen hätte.

Als Andrew White sich erhob und eine von Hiltons Kompositionen spielte, wurde ich unglaublich glücklich, weil ich den Mann gekannt hatte, der hinter dieser Musik stand, aber gleichzeitig auch tieftraurig, weil ich wusste, dass ich sie nie wieder so hören würde, wie nur Hilton sie spielen konnte.

Er fehlte mir sehr, aber die ganze Zeit musste ich auch an Nana denken. Sie hatte mich damals mitgenommen, als ich Hilton zum ersten Mal live gehört habe.

88

Nach dem aufwühlenden Zwischenstopp im Kinkead's nahm ich mir ein Taxi in die Fifth Street und ging nach oben in meine Dachkammer, um dort zu arbeiten. Und als ob das alles nicht schon interessant genug gewesen wäre, standen an diesem Abend ein paar ungebetene Besucher vor unserem Haus. Bree kam so gegen elf Uhr in mein Arbeitszimmer.

»Alex«, sagte sie, »draußen auf der anderen Straßenseite, genau gegenüber, steht seit einer Stunde ein Ford Explorer mit zwei Typen drin. Die haben Kaffeebecher auf dem Armaturenbrett stehen, sonst nichts. Kein Kommen, kein Gehen, sitzen bloß da und beobachten das Haus. Oder dich hier oben.«

Ich kannte niemanden mit ähnlich sicheren Instinkten wie Bree, daher war mir sofort klar, dass wir noch ein zusätzliches Problem bekommen hatten. Ich schnallte mir meine Glock um und zog eine Jacke über.

Dann schaute ich auf dem Weg nach unten noch schnell in Damons Zimmer vorbei und griff mir seinen alten Louisville Slugger. Ein Baseballschläger aus guter, alter Esche, keines von diesen Aluminiumdingern.

»Komm bitte nicht raus«, bat ich Bree vor der Haustür. »Und falls es Probleme gibt, rufst du die Funkstreife.«

»Falls es Probleme gibt, rufe ich die Funkstreife *und* komme raus«, erwiderte sie. Ich ging die Stufen der Eingangstreppe hinunter. Der Explorer stand schräg gegenüber auf der anderen Straßenseite. Als ich den ersten Schlag landete und seine linke Heckleuchte auslöschte, stieg der Fahrer aus.

»Was machen Sie denn da, verdammt noch mal?«, brüllte er mich an. »Sind Sie wahnsinnig geworden, Mann?«

Im Schein der Straßenlampen konnte ich erkennen, dass er untersetzt, aber nicht dick war, mit kahl rasiertem Schädel und einem schon mehrfach gebrochenen Nasenbein. Ich hatte eigentlich mit Regierungsbeamten gerechnet, aber das, was ich da sah, sah eher nach Privatdetektiv aus den Gelben Seiten aus.

»Warum beobachten Sie mein Haus?«, gab ich zurück. »Wer sind Sie?«

Jetzt stieg sein Partner auf der Beifahrerseite aus, aber sie hielten beide respektvollen Abstand.

»Alex?« Ich hörte, wie Bree in meinem Rücken näher kam. »Ist alles in Ordnung?«

»Alles klar«, rief ich. »Washingtoner Kennzeichen, DCY 182.«

»Hab ich«, sagte sie.

Der Glatzkopf streckte mir die geöffneten Handflächen hin. »Jetzt aber mal im Ernst, Mann, gehen Sie ein bisschen vom Gas. Wir wissen, dass Sie bei der Polizei sind.«

»Ich gehe vom Gas, sobald Sie mir sagen, was Sie hier vor meinem Haus zu suchen haben.«

»Nichts Besonderes, okay? Ich trage ja nicht mal eine Waffe.« Er machte seine Weste auf. »Wir haben bloß den Auftrag, Sie für eine kleine Weile im Auge zu behalten. Mehr nicht.«

»*Mich?*« Ich holte noch ein bisschen weiter aus. »Oder mich und meine Familie?«

»Sie! Nur Sie.« Ich war mir nicht sicher, ob er die Wahrheit sagte oder nur das, was ich hören wollte.

»Wer hat Ihnen den Auftrag gegeben?«, wollte ich wissen.

»Das weiß ich nicht. Ganz ehrlich. Wir werden bar bezahlt. Ich weiß bloß, wie Sie aussehen und wo Sie heute überall waren.«

Das trug nicht besonders viel zu meiner Beruhigung bei. Ich machte ein paar Schritte und erledigte die zweite Heckleuchte.

»Und wo war ich überall?«

»Sie untersuchen einen Mordfall für die Metro Police. Hat irgendwas mit einem Häftling in Alexandria zu tun, und jetzt lassen Sie endlich das Auto in Ruhe, verdammt noch mal!«

Irgendwie hatte sich das Ganze umgedreht. Die Erkenntnis traf mich wie ein Faustschlag und ließ sich nicht mehr leugnen. *Die Leute, denen ich auf den Fersen war, sind jetzt mir auf den Fersen.*

»Eines kann ich Ihnen sagen, Sie sollten auf sich aufpassen«, sagte der zweite Privatdetektiv jetzt.

Ich machte einen Schritt auf ihn zu. »Wieso denn das?«

»Wegen uns brauchen Sie sich nicht den Kopf zu zerbrechen. Aber wer immer dahintersteckt und woran immer die Sie hindern wollen – sie haben ziemlich viel Macht. Mehr sage ich nicht. Sehen Sie zu, was Sie daraus machen.«

»Danke für die Warnung.« Ich deutete die Straße entlang. »Aber jetzt sind Sie hier fertig. Falls ich einen von Ihnen noch einmal hier in der Gegend sehe, dann nehme ich Sie fest und lasse den Wagen abschleppen, ist das klar?«

»Uns festnehmen?« Jetzt, wo er wieder festen Boden unter den Füßen hatte, wollte der erste Kerl ein bisschen Rückgrat zeigen. »Und mit welcher Begründung?«

»Ich bin Polizist, schon vergessen? Mir wird schon was einfallen.«

»Und was ist mit meinem Auto, Mann? Der Schaden macht doch bestimmt fünfhundert Dollar!«

»Stellen Sie das Ihren Klienten in Rechnung«, erwiderte ich. »Und glauben Sie mir: Die können sich's leisten.«

89

Am nächsten Morgen wurde ich erneut in Ramon Davies' Büro bestellt. Er hatte sogar einen seiner Büroakrobaten geschickt, der mich vor meiner Bürotür abfing.

»Was will er denn von mir?«, fragte ich den Beamten. Mir fiel absolut kein positiver Anlass dafür ein, nur sehr, sehr negative. Wie zum Beispiel noch mehr Leichen.

»Ich weiß nicht, Sir. Ich soll Sie bloß abholen. Mehr hat man mir nicht gesagt.«

Ich habe einmal gehört, dass Woody Allen seine Schauspieler ganz in Ruhe lässt, solange sie ihre Sache gut machen, und erst dann eingreift, wenn sie selber nicht weiterkommen. Bei Davies ist das ganz ähnlich. Ich hasste diese Besuche in seinem Büro.

Als ich eintrat, sah ich, dass noch jemand bei ihm war. Ich kannte das Gesicht aus dem Weißen Haus, aber der Name fiel mir erst wieder ein, als Davies uns miteinander bekannt machte.

»Alex Cross, das ist Special Agent Dan Cormorant. Er ist vom Secret Service. Er würde sich gerne mit Ihnen unterhalten.«

Cormorant war der Agent, der Präsidentin Vance bei meinem Besuch neulich ins Büro des Stabschefs gebracht hatte. Ich nahm an, dass er auf Drängen seiner Chefin hier war.

»Wir sind uns schon mal begegnet, flüchtig«, sagte ich und gab ihm die Hand. »Sie haben nicht zufällig irgendwas mit den beiden Privatdetektiven zu tun, die sich gestern Abend vor meinem Haus herumgetrieben haben, oder?«

»Ich weiß nicht, wovon Sie sprechen«, erwiderte er.

»Na, so eine Überraschung.«

»Alex!« Ramon brachte mich mit erhobener Stimme und einem Handzeichen zum Schweigen. »Lassen Sie uns zur Sache kommen.«

Cormorant und ich setzten uns ihm gegenüber an den Tisch.

»Ich will nicht weiter auf die speziellen Entwicklungen eingehen, die dazu geführt haben, dass wir jetzt hier sitzen«, sagte Davies, und es war klar, was er damit meinte. Wir würden später darüber reden, wenn wir alleine waren. »Aber ich sage Ihnen, was als Nächstes zu geschehen hat. Alex, Sie nehmen sich Zeit für Special Agent Cormorant und händigen ihm sämtliche ermittlungsrelevanten Unterlagen aus, die er benötigt. Wenn Sie damit fertig sind, melden Sie sich wieder bei mir. Ich habe hier einen Vierfach-Mord in Cleveland Park, der geradezu nach Ihnen schreit. Ein spektakulärer Fall, ein kapitales Verbrechen.«

Ich hörte seine Worte, aber ich war mit meinen Gedanken nicht bei der Sache. Vermutlich war es Ramon peinlich, dass ihm der Secret Service aufs Auge gedrückt worden war, wahrscheinlich vom Polizeichef höchstpersönlich. Jedenfalls hatte er noch nie so mit mir geredet, aber ich beschloss, mir so lange auf die Zunge zu beißen, bis ich eine Ahnung bekam, was Cormorant eigentlich vorhatte.

Kurz darauf war die Sitzung beendet, und ich nahm Cormorant mit in mein Büro.

»Wie lange sind Sie schon bei der Präsidententruppe?«, wandte ich mich an ihn. »Da kommt ja längst nicht jeder hin.«

»Ich bin seit acht Jahren beim Secret Service«, sagte er und umging damit eine Antwort auf meine eigentliche Frage. »Davor war ich beim Philadelphia Police Department und, falls es Ihnen hilft, ich weiß genau, wie ungern Sie mich hier haben wollen.«

Ich ging nicht weiter darauf ein, sondern sagte: »Also, wo stehen Ihre Leute denn im Augenblick in Bezug auf Tony Nicholson? Wo hält er sich auf? Falls ich diese Frage überhaupt stellen darf.«

Er lächelte. »Was haben Sie denn schon herausgefunden?«

»Dass er bis Freitag früh, elf Uhr, in Alexandria eingesessen hat und seither spurlos verschwunden ist. Zumindest, was die Metro Police angeht.«

»Genau da stehen wir auch«, sagte Cormorant. »Das ist zum Teil auch der Grund für meinen Besuch. Das Ganze ist ein einziges, *großes* Rätsel, Detective Cross. Und ein gefährliches obendrein.«

Er machte einen etwas entspannteren Eindruck als viele der Typen, die ich beim Service kannte, aber das ist natürlich relativ. Und die Frage blieb trotzdem bestehen: War er hier, um diesen Fall ganz legitim zu übernehmen … oder um ihn zu beerdigen?

Ich holte Nicholsons neueste CD aus meiner Schreibtischschublade und gab sie ihm. »Die meisten Beweismittel lagern beim FBI, aber das hier ist noch ganz frisch.«

Er drehte sie in seinen Händen. »Was ist das?«

»Ist Ihnen der Name Zeus bereits geläufig? Ich gehe davon aus.«

Er schaute mich an, ohne zu antworten.

»Cormorant, wollen Sie, dass ich Ihnen helfe oder nicht? Ich würde das wirklich gerne tun.«

»Ja, den Namen Zeus habe ich schon einmal gehört«, sagte er dann.

»Das soll er angeblich sein. Auf der CD.«

»Angeblich?«

»Man sieht einen Mord. Weißer, männlicher Täter mit einem deutlich erkennbaren Ring an der rechten Hand. Ich werde keinerlei Mutmaßungen anstellen, und das sollten Sie auch nicht tun.«

Bemerkungen wie diese sollte ich eigentlich besser für mich behalten. Daran musste ich noch arbeiten. Ich sah, dass Cormorant sich sofort verspannte.

»Was haben Sie noch?«, hakte er nach. »Ich muss wirklich alles wissen, Detective.«

»Geben Sie mir ein bisschen Zeit, um meine Notizen zu sortieren. Aber Sie können das gesamte Material morgen haben«, sagte ich.

»Gibt es davon mehrere Kopien?« Er hielt die CD, die ich ihm gegeben hatte, in die Höhe. »Wie viele von diesen Dingern sind noch im Umlauf?«

»Das ist meines Wissens die einzige«, lautete meine Antwort. »Ich habe sie aus Nicholsons Schließfach. Er wollte sie als Verhandlungsmasse benutzen. Wenn wir ihn aufspüren könnten ...«

»Also gut.« Er gab mir erneut die Hand. »Wir sprechen uns bald wieder.«

Als er weg war, ging ich die gesamte Unterhaltung in Gedanken noch einmal durch und notierte mir jedes Wort, an das ich mich erinnern konnte. Wie viele Lügen hatte Cormorant mir bereits jetzt aufgetischt? Und umgekehrt, wie viele würde ich ihm noch erzählen müssen, abgesehen von der einen mit den Kopien von Nicholsons CD, bevor das alles endlich vorbei war?

90

Hier mal ein Beispiel dafür, wie verrückt beziehungsweise paranoid die Dinge mittlerweile geworden waren. Ich benutzte mein eigenes Handy überhaupt nicht mehr, sondern kaufte mir ungefähr alle achtundvierzig Stunden ein neues Prepaid-Gerät.

Nach meiner Unterredung mit Dan Cormorant ging ich los, um mir das nächste zu besorgen und damit Sam Pinkerton bei der *Washington Post* anzurufen.

Sam und ich hatten uns ursprünglich in einem Fitnessstudio kennengelernt, wo wir beide unsere Trainingseinheiten abspulten. Er bevorzugt Shotokan, ich bin eher fürs Boxen, aber trotzdem liefern wir uns gelegentlich einen Sparringskampf oder setzen uns gelegentlich auf einen Drink zusammen. Es war also nicht völlig abwegig, dass ich ihn anrief und fragte, ob er nicht Lust hätte, nach Feierabend auf ein Glas ins Union Pub zu kommen.

Den übrigen Nachmittag verbrachte ich damit, Tony Nicholsons Schatten zu jagen, ohne einen Schritt weiterzukommen.

Um kurz nach fünf ging ich die Louisiana Avenue hinauf und den Columbus Circle entlang, um mich mit Sam zu treffen.

Wir bestellten jeder ein Bier, plauderten und erzählten uns, was in letzter Zeit so passiert war, wie es unseren Kindern ging, was wir von dem Schul-Etat-Fiasko in Washington hielten, ja, wir sprachen sogar über das Wetter. Es tat gut, einfach dazusitzen und eine Zeit lang ein halbwegs normales Gespräch zu führen. Meine Tage hatten mir in letzter Zeit dafür keinen Spielraum gelassen.

Bei der zweiten Runde wurde das Ganze dann deutlich konkreter und zielgerichteter.

»Na, wie läuft's denn bei der Arbeit im Moment so?«, erkundigte ich mich.

Er ließ sich an seine Rückenlehne sinken und blickte mich mit schief gelegtem Kopf an. »War das der offizielle Beginn unserer Sitzung?«

»Ja, genau. Ich hab da gerade so einen Fall am Wickel und wüsste gerne, wie die Stimmung hier draußen so ist.«

»Meinst du vielleicht *hier drüben*?« Er deutete vage in Richtung des Weißen Hauses. Dort war sein Revier, nur wenige Querstraßen von der Kneipe entfernt. »Geht es um ein Gesetzgebungsverfahren oder um etwas anderes? Ich glaube, ich kenne die Antwort schon.«

»Etwas anderes«, sagte ich.

»Aber doch bestimmt nicht um den sechzigsten Geburtstag der Präsidentin, oder?«

»Sam.«

»Ich könnte dich auf die Gästeliste schleusen, wenn du willst. Das Essen wird bestimmt ziemlich gut. Magst du Norah Jones? Sie wird da auftreten. Mary Blige auch.« Ich wusste, dass er mir gleich einen Gefallen tun würde, aber nicht, ohne mich ein bisschen auf die Folter zu spannen.

»Okay, pass auf«, sagte er. »Kennst du diesen Blog ›Jenna Knows‹? Vor ein paar Tagen habe ich einen Anruf bekommen, von Jenna persönlich. Natürlich darf man bei so einer Sache nie vergessen, welche Quelle man da anzapft, aber vielleicht reicht es, wenn ich dir sage, dass sie mir ziemlich durchgeknalltes Zeug erzählt hat. Ich kann im Moment noch keine Einzelheiten preisgeben. Vielleicht hast du ja übermorgen noch mal Lust, mir ein Bier zu spendieren.« Er leerte sein Glas. »Oder willst du mir vielleicht doch verraten, woran du gerade arbeitest?«

»Kein Kommentar. Noch nicht«, erwiderte ich. Und außerdem dachte ich: *Auftrag ausgeführt*. Was immer jetzt noch geschehen mochte, die ganze Sache war wenigstens ins Laufen gebracht, mit mir oder ohne mich.

»Da wäre noch etwas«, fuhr ich fort. »Es klingt vielleicht ein bisschen unkonventionell.«

»Das ist mir immer noch die liebste Konvention«, sagte er und signalisierte der Kellnerin mit kreisendem Zeigefinger, dass sie noch eine Runde bringen sollte.

»Ganz unter uns: Falls mir im Lauf der nächsten Tage oder Wochen etwas zustoßen sollte, dann möchte ich, dass du dich darum kümmerst.«

Sam erstarrte und blickte mich fassungslos an. »Großer Gott, Alex.«

»Ich weiß, es ist eine merkwürdige Bitte. Mehr als merkwürdig, schätze ich.«

»Gibt es da nicht … ich weiß auch nicht … eine komplette Polizeidirektion, die sich um dich kümmern könnte.«

»Das kommt darauf an, wie du das meinst«, sagte ich, als die nächste Runde gebracht wurde. »Sagen wir mal, ich fordere Verstärkung an.«

91

Vor zwei Wochen, ach was, noch vor *einer* Woche hatte Tony Nicholson Fünfhundert-Dollar-Champagnerflaschen knallen lassen, wenn er Durst gehabt hatte. Und jetzt kauerte er hier, auf einem versifften Rastplatz an der I-95, im Regen wie irgend so ein Dritte-Welt-Flüchtling.

Mara wartete drinnen und schaute zu den Glasscheiben des Raststätten-Restaurants heraus. Als er ihren Blick erwiderte, tippte sie mit dem Ziegefinger auf ihr Handgelenk und zuckte mit den Schultern, als wollte sie ihn daran erinnern, dass sie eigentlich schon längst über alle Berge sein müssten.

Na klar, na klar.

Die einzige Alternative zu dem hier war keine… nämlich eine Zelle in der Haftanstalt von Alexandria. Zumindest besaßen sie jetzt die Aussicht auf Reisepässe, Flugtickets und ausreichend Bargeld, um diesen Plastik-Kontinent für immer zu verlassen.

Allerdings hatte sein Kontaktmann sich verspätet, und Nicholsons Verfolgungswahn wuchs mit jeder Minute, die verstrich. Dazu kam noch, dass sein verletztes Knie ihm bei dem Regen und der Kälte immer größere Schmerzen verursachte und durch das lange Herumstehen wie wahnsinnig zu pochen angefangen hatte.

Endlich, nachdem noch einmal fünf Minuten vergangen waren, tat sich etwas.

Ein Lieferwagen auf dem gegenüberliegenden Parkplatz ließ die Lichthupe aufleuchten. Nicholson schaute hinüber, und der Fahrer winkte ihn zu sich.

Dann winkte er noch einmal – und noch drängender.

Nicholson klopfte das Herz bis zum Hals. Irgendwas *stimmte* da nicht. Eigentlich war ein Pkw abgemacht gewesen und kein Lieferwagen, und außerdem sollte der Treffpunkt genau hier sein, wo sie gesehen werden konnten. Wo nichts Merkwürdiges passieren konnte.

Zu spät. Bei einem hastigen Blick in das Schnellrestaurant stellte er fest, dass Mara verschwunden war. Dort, wo sie gewesen war, stand jetzt ein kleiner Junge. Er hatte die Hände zu beiden Seiten an den Kopf gelegt und schaute zum Fenster hinaus. Nicholson kam sich vor wie in einer Neuverfilmung von *Das Dorf der Verdammten*.

Mit rasendem Puls signalisierte Nicholson dem Fahrer, dass er gleich wiederkommen wollte, und humpelte in hoffentlich halbwegs natürlich wirkendem Tempo auf die Tür zu.

Das Restaurant und der Zeitungskiosk im Inneren waren so gut wie leer, und Mara war nirgendwo zu entdecken.

Ein schneller Blick in die menschenleere Damentoilette bestätigte, was er sowieso schon wusste: Ab sofort war er auf sich alleine gestellt. Er ging an den Klos vorbei zur Hintertür und gelangte wieder ins Freie.

Der hintere Parkplatz lag verlassen und wie leergefegt da. Sein Mietwagen stand vielleicht fünfzig Meter entfernt, fünfzig Meter zu viel für seinen Geschmack. Er warf einen Blick über die Schulter zurück und sah jemanden aus der Tür kommen – vielleicht der Fahrer des Lieferwagens, vielleicht auch nicht. Das war angesichts des Nebels und des windgepeitschten Regens nur schwer zu sagen.

Unter größten Schmerzen verfiel er in einen hinkenden Laufschritt, aber hinter sich hörte er jetzt noch schnellere Schritte auf den nassen Asphalt klatschen.

Aus dem Augenwinkel bemerkte er den Lieferwagen, der am Rand des Parkplatzes entlangrollte. Die Aufschrift auf der

Seitenwand lautete *Pete's Meats,* und trotz seiner verzweifelten Lage registrierte ein Teil seines Gehirns die Ironie, die darin lag.

Heilige Muttergottes. Ich bin so gut wie tot. Und Mara auch. Vielleicht hat sie's schon erwischt.

Er bekam noch eine Hand an die Klinke seines Mietwagens. Schwielige Finger legten sich über seinen Mund und erstickten jeden Schrei, dessen er fähig gewesen wäre. Der Mann besaß gewaltige Arme, und Nicholson wurde herumgewirbelt wie ein kleines Kind.

Für einen Sekundenbruchteil war er sich sicher, dass ihm jeden Moment das Genick gebrochen werden sollte. Doch stattdessen spürte er einen Stich unterhalb des Kinns und einen markerschütternden, stechenden Schmerz. Er verlor die Orientierung.

Die Umgebung verschwamm vor seinen Augen. Der Parkplatz, der Himmel, das Auto, alles verschmolz zu einer einzigen, konturlosen Masse, bis sich der Vorhang senkte und alles in sehr, sehr weite Entfernung rückte.

92

Nicholson erwachte. Es war dunkel, und er lag auf dem kalten Boden, aber wenigstens war er am Leben. Dann merkte er, dass er vollkommen nackt sowie an Händen und Füßen gefesselt war.

Ein furchtbarer Schmerz jagte seinen Hals entlang, als er versuchte, sich umzusehen. Aber er war immer noch im Spiel, und das war doch letztendlich das, was zählte.

Hinter ihm stand irgendein Gebäude, aus dem ein fahles Licht nach draußen drang. Alles andere waren Schatten und Bäume. Ein Stapel Feuerholz vielleicht. Neben dem Gebäude irgendeine Maschine. Ein Schneegebläse vielleicht oder ein Rasenmäher?

»Er wacht auf«, ertönte eine Stimme ganz in seiner Nähe.

Nicholson hörte Fußtritte und hin und her schwappendes Wasser. Die Schritte kamen näher, und der Strahl einer Taschenlampe beleuchtete den Boden vor seinen Augen. Er sah ein Paar Füße in dunklen Ziegenlederschuhen.

»Willkommen zurück, Tony. Dachte schon, wir hätten dich vorhin verloren. Bitte schön!«

Das Wasser traf ihn wie ein elektrischer Schlag. Sein gesamter Körper wurde starr unter der Kälte, und er japste nur noch beim Atmen.

»Hebt ihn auf«, sagte jemand anderes.

Sie packten ihn unter den Achseln und ließen seinen nackten Hintern auf einen Holzstuhl plumpsen. Die Taschenlampe ließ nur Andeutungen erkennen… ein Gesicht, einen Baumstumpf, ein silbernes Blitzen in einer Hand. Pistole? Telefon?

»Wo ist Mara?«, lallte er mit schwerer Zunge, als er schlagartig zu Bewusstsein gekommen war.

»Mach dir um die mal keine Gedanken. Das geringste deiner Probleme. Kannst du mir glauben.«

»Wir hatten eine Abmachung!« Es klang kläglich, und das wusste er auch. »Man hat mir Versprechungen gemacht. Ich habe alles erledigt, genau wie verlangt.«

Da spürte er ein Pieksen am Scheitel. »Wer weiß sonst noch von Zeus?«, wollte einer der Männer wissen. Seine Stimme klang beiläufig, desinteressiert.

»Niemand! Ich schwöre! Niemand weiß davon. Ich habe meine Aufgabe erfüllt. Und Mara ihre.«

Eine stechende Linie lief, fast wie Feuer, hinter seinem Ohr entlang bis hinunter in seinen Nacken. Eine leichte Brise, nichts weiter als eine kleine Luftbewegung, ließ den Schmerz wie Säure aufflammen.

»Kein Adam Petoskey? Keine Esther Walcott?«

»Nein! Ich meine … kann sein, dass sie sich ein bisschen was zusammengereimt haben. Adam war gegen Ende nicht mehr ganz so vorsichtig wie zu Anfang. Aber ich schwöre bei Gott …«

Zwei weitere Schnitte, quer über seine Brust bis hinunter zum Unterleib. Nicholson schrie beide Male auf.

Er zog den Bauch ein, als könnte er der Klinge irgendwie entkommen, während sie immer weiter nach unten glitt, Haut von Haut trennte, und schließlich verharrte, genau dort, wo sein Penis ansetzte.

»Wer noch, Nicholson? Wäre ein guter Zeitpunkt, ins Plaudern zu kommen.«

»Niemand! Allmächtiger, tu das nicht!«

Jetzt brach er in Tränen aus, stöhnte, war vollkommen aufgelöst. Das alles war so unglaublich ungerecht. Er hatte sein ganzes Erwachsenenleben lang eine Lüge an die nächste gereiht, und jetzt saß er hier und war gefangen in der Wahrheit.

»Ich weiß nicht, was Sie wollen«, stammelte er. »Ich weiß wirklich nichts mehr …«

Irgendwo in seinem Rücken drang eine dritte Stimme aus der Dunkelheit. Sie klang anders als die beiden anderen und besaß diesen charakteristischen, leicht gequetschten Südstaatenakzent, den Nicholson schon seit seiner Ankunft in Amerika verachtete.

»Hey, ihr Burschen, machen wir dem Ganzen ein Ende. Ich hab auch noch was anderes zu tun.«

Jetzt war der Moment gekommen, wo Nicholson seinen letzten Trumpf aus dem Ärmel zog, seinen *Rettungsring* … das hoffte er zumindest.

»Ich habe eine CD an die Bullen weitergegeben. Mit einer Aufnahme von Zeus. Sie ist bei Detective Alex Cross.«

93

Was sein muss, muss sein. Das war schon immer einer von Nanas Lieblingssprüchen gewesen – ein Teil Sturheit, ein Teil Optimismus –, und er ging mir in diesen Tagen nicht mehr aus dem Kopf. Ich ließ nicht locker, nicht bei meinem Fall und auch nicht bei ihr.

Die Intensivstation des St. Anthony's Hospital war mir mittlerweile mehr als vertraut. Ich kannte alle Krankenschwestern und Pfleger und etliche Familienmitglieder der anderen Patienten. An diesem Abend zum Beispiel stand ich gerade im Flur und unterhielt mich mit einer neu gewonnenen Bekannten über die Hirnverletzung ihres Vaters, da schrillte die Alarmglocke in Nanas Zimmer.

Hier oben war ein Alarm nicht immer ein Grund, um in Panik zu verfallen. Ständig piepste es irgendwo, weil Fingerklammern verrutscht waren oder die Elektronik versagte. Die Faustregel lautete, dass man sich umso mehr Sorgen machen musste, je höher und durchdringender das Geräusch wurde.

Dieses hier ging tief los, aber als ich in Nanas Zimmer ankam, war es zu einem lauten Heulen angeschwollen. Eine der Krankenschwestern, Zadie Mitchell, war bereits da.

»Was ist?«, fragte ich sie. »Irgendwas Schlimmes?«

Sie befestigte gerade Nanas Sauerstoffklemme und hatte den Blick auf einen Monitor gerichtet, daher gab sie mir nicht gleich eine Antwort.

Hinter mir betrat eine zweite Krankenschwester, Jayne Spahn, das Zimmer. »Stimmt was nicht mit dem Blutdruck?«, erkundigte sie sich.

»Nein«, meinte Zadie. »Der ist in Ordnung. Hol Donald

Hesch.« Sie drückte auf die Sauerstofftaste am Beatmungsgerät und fing sofort an, Flüssigkeit abzusaugen.

Mein Herz schlug jetzt schneller. »Zadie, was ist denn los mit ihr?«

»Der Sauerstoffgehalt des Bluts ist abgesackt. Sie brauchen sich noch keine Sorgen zu machen, Alex.«

Da war ich mir nicht so sicher. Nana hatte sehr viel überschüssige Flüssigkeit im Körper, und trotz des Beatmungsgerätes war ihr Herz nur unter großer Anstrengung in der Lage, den benötigten Sauerstoff im ganzen Körper zu verteilen. In meiner Vorstellung war sie gerade dabei, hier vor meinen Augen zu ertrinken.

Nach wenigen Minuten kam Dr. Hesch ins Zimmer, begleitet von Jayne und einer Atemtherapeutin. Sie zwängten sich zwischen die Geräte und kümmerten sich um Nana. Ich konnte nichts weiter tun, als danebenzustehen, zuzuhören und durchzuhalten.

»Heute Morgen hat sie eine Bolusinjektion erhalten, um den MAP bei über vierzig zu stabilisieren. Und seitdem wir Sie angepiepst haben, bin ich dabei, blutigen Schleim abzusaugen.«

»Haben wir eine aktuelle BGA?«

»Nein. Ihre Arterien sind total verkalkt. Die letzte BGA ist von vorgestern.«

»Okay, gehen Sie auf zehn, und versuchen Sie in einer Stunde noch mal eine Messung zu bekommen. Mal sehen, wie die Dialyse morgen früh anschlägt. Ich schaue mir mittlerweile mal die Röntgenbilder an.«

Hesch hastete wortlos aus dem Zimmer, und Jayne nahm mich am Ellbogen und brachte mich auf den Flur.

»Sie hat heute Nacht zu kämpfen, Alex, aber sie wird es gut überstehen.«

Ich blickte zur Tür hinein, wo Zadie und die Atemtherapeutin noch immer mit Nana beschäftigt waren. Ich fühlte mich so hilflos, weil ich ihr das nicht geben konnte, was sie brauchte, nicht einmal etwas so Elementares wie Sauerstoff. *Gerade* so etwas Elementares.

»Alex, haben Sie mich verstanden?« Erst jetzt merkte ich, dass Jayne immer noch mit mir sprach. »Bis morgen früh wird sich nichts Neues ergeben. Sie können so gegen sieben Uhr wieder vorbeikommen und nach ihr sehen …«

»Nein«, sagte ich. »Ich bleibe über Nacht hier.«

Sie legte mir die Hand auf die Schulter. »Das ist wirklich nicht nötig«, sagte sie.

»Ich verstehe.«

Aber es ging mir gar nicht mehr darum, was nötig war und was nicht. Es ging darum, was ich noch selbst in der Hand hatte und was nicht. Während der vergangenen zehn Minuten hatte ich nicht nur darüber nachgedacht, was wäre, wenn Nana uns verlassen würde. *Was, wenn ich nicht hier wäre?* Was, wenn sie starb und in diesem Augenblick niemand bei ihr war?

Das würde ich mir niemals verzeihen, dachte ich. Und wenn das bedeutete, dass ich wieder eine Zeit lang Nachtschichten schieben musste, dann würde ich das eben machen.

Koste es, was es wolle, aber ich würde für Nana da sein.

94

Senator Marshall Yarrow hob gerade eine Tasche mit Golfschlägern aus dem Kofferraum seines Lincoln Navigator, als er mich und Sampson über den Parkplatz des Washington Golf and Country Club auf sich zukommen sah. Er machte ein Gesicht, als hätte ich ihm gerade seinen Samstagvormittag ruiniert. Ist denn das zu glauben? So ein Pech.

»Was machen Sie denn hier?«, wollte er wissen, als wir neben seinem Wagen standen.

»Drei Termine, drei Absagen«, entgegnete ich. »Sie mögen mich für verrückt halten, Herr Senator, aber ich habe das Gefühl, Sie gehen mir aus dem Weg. Bis jetzt zumindest.«

»Und wer ist das da?« Er musterte John von oben bis unten… eher von unten, angesichts von Sampsons Körpergröße.

»Das ist mein Partner, Detective Sampson. Tun Sie einfach so, als sei er gar nicht da. Er passt doch prima ins Bild, oder? Wir beide eigentlich. Als Caddys vielleicht?«

Yarrow schnaubte und winkte jemandem unter dem Eingangsbaldachin des Klubgebäudes zu. »Mike, wir sehen uns gleich drin. Bestellst du mir bitte einen Espresso?«

Erst danach wurde mir klar, dass es sich bei dem anderen um Senator Michael Hart gehandelt hatte, Senator von North Carolina und Demokrat im Gegensatz zu Yarrow, der Republikaner war.

»Ist es Ihnen lieber, wenn wir die Unterhaltung in meinem Auto führen?«, fragte ich ihn. »Oder vielleicht in Ihrem?«

»Sehe ich so aus, als wäre ich scharf darauf, mich mit Ihnen in ein Auto zu setzen, Detective Cross?« Ich war verblüfft, dass er sich an meinen Namen erinnern konnte.

Dann verschwand er aus dem Blickfeld, indem er sich zwischen seinen Geländewagen und das daneben platzierte Riesenschiff, einen nagelneuen Hummer H3T, stellte. Bei einer Klub-Eintrittsgebühr von schätzungsweise hunderttausend Dollar gab es hier vermutlich niemanden, der sich allzu viele Gedanken um den Benzinpreis machte.

»Ich möchte Sie nicht lange aufhalten, Herr Senator«, sagte ich, »aber ich dachte, es würde Sie vielleicht interessieren, dass wir einfach nicht mehr richtig weiterkommen. Die einzige Maßnahme, die mir jetzt noch einfällt, ist die Veröffentlichung der Aufnahmen aus Tony Nicholsons Klub.«

Yarrows Blick huschte hinüber zu Sampson. Ich nehme an, er fragte sich, ob wir ihn beide in Aktion gesehen hatten oder bloß ich. Seine Hände schlossen sich fest um den Schlägerkopf des Drivers in seiner Tasche.

»Falls Sie uns also nicht noch eine andere, sinnvolle Ermittlungsrichtung nennen können …«

»Warum sollte ich?«, unterbrach er mich, immer noch cool.

»Bloß so ein Gefühl. Im Zusammenhang mit diesen ständigen Terminabsagen.«

Er holte einmal tief Luft und fuhr sich mit der Hand über die Wochenendstoppeln rund um sein Kinn. »Tja, also, ich würde sagen, das sollten Sie alles mit meinem Anwalt besprechen.«

»Das ist bestimmt keine schlechte Idee«, erwiderte ich. »Aber nur, damit Sie Bescheid wissen, für uns ist das heute ein Arbeitstag. Und irgendetwas Konkretes müssen wir heute noch vorweisen.«

Yarrow tat mir beinahe leid, er schien sich sehr unwohl zu fühlen. Es gab keinen Ausweg mehr, und das wusste er. Manchmal, wenn ich Glück habe, sagen die Leute dann die Wahrheit.

»Nur mal angenommen, ich hätte Ihnen etwas zu sagen«, meinte er schließlich. »Was könnten Sie mir hinsichtlich eines Straferlasses anbieten?«

»Im Augenblick gar nichts. Das ist Sache der Staatsanwaltschaft.«

»Richtig, weil Sie mit denen ja nie gemeinsame Sache machen, stimmt's?«

»Ich kann Ihnen Folgendes anbieten«, fuhr ich fort. »Sie sagen uns, was Sie wissen, und wenn Ihnen dann der Secret Service einen Besuch abstattet, und das wird er ganz bestimmt, dann nicht wegen Behinderung der Justiz und Verschwörung zur Vertuschung einer Mordserie.«

Ich konnte mir nur ausmalen, wie sehr Yarrow mich in diesem Augenblick hassen musste. Er blickte mir starr in die Augen und sagte: »Verraten Sie mir eines, Detective Sampson. Würden Sie Ihren Partner hier als nachtragenden Menschen bezeichnen?«

Sampson legte eine seiner Pranken auf das Dach von Yarrows Wagen. »Nachtragend? Alex? Nö, das würd ich nicht sagen. Eher *realistisch*. Apropos realistisch: Vielleicht lassen Sie sich die Bedeutung dieses Wortes noch mal kurz durch den Kopf gehen.«

Zuerst dachte ich, Senator Yarrow würde uns stehen lassen oder vielleicht sogar die Beherrschung verlieren und mit einem seiner Eisen auf uns losgehen. Stattdessen griff er in seine Tasche und öffnete mit einem Zirpen die Türen seines Lincoln.

»Steigen Sie ein.«

95

Das lederne Interieur von Yarrows Auto roch nach Kaffee und Zigaretten. Ich hätte ihn eher als Zigarrenraucher eingeschätzt.

»Zunächst möchte ich ein paar Dinge aus dem Weg räumen«, fing ich an. »Waren Sie zahlender Kunde in diesem Klub, ja oder nein?«

»Nächste Frage.«

»Sie haben gewusst, dass Hostessen, die mit diesem Etablissement in Verbindung standen, ums Leben gekommen sind.«

»Nein. Ich habe erst kurz, bevor dieses ganze Theater losgegangen ist, angefangen, Verdacht zu schöpfen.«

»Und was wollten Sie mit Ihrem Verdacht anstellen?«

Yarrow drehte sich plötzlich um und hielt mir den ausgestreckten Zeigefinger vors Gesicht. »Sie sollen mich nicht so verhören, Cross. Ich bin US-Senator, verdammt noch mal, und nicht irgend so ein erbärmlicher Ganove in Southeast.«

»Genau meine Rede, Mr. Yarrow. Sie sind US-Senator, und man erwartet von Ihnen, dass Sie so etwas wie ein Gewissen haben. Also, haben Sie nun etwas für uns oder nicht?«

Er ließ sich Zeit, lange genug um eine Packung Zigaretten aus dem Handschuhfach zu holen. Ich bemerkte, dass die Flamme seines goldenen Feuerzeugs zitterte.

Nach ein paar tiefen Zügen fing Yarrow erneut an zu reden, den Blick zur Windschutzscheibe gerichtet.

»Es gibt da einen Mann, mit dem Sie sich mal beschäftigen sollten, einen gewissen … Remy Williams. Ich könnte mir gut vorstellen, dass er in diese Sache verwickelt ist.«

»Wer ist das?«, wollte ich wissen.

»Das ist, ehrlich gesagt, eine gute Frage. Ich glaube, er war früher mal beim Secret Service.«

Bei den letzten beiden Worten jagte mir ein Funkenregen durch den Kopf. »Secret Service? Welche Abteilung?«, fragte ich nach.

»Personenschutz.«

»Im Weißen Haus?«

Yarrow rauchte fast ununterbrochen, während seine andere Hand das Lenkrad umklammert hielt, so fest, dass seine Knöchel weiß wurden. »Ja«, sagte er mit einem großen Seufzer. »Im Weißen Haus.«

Sampson starrte mich über die Kopfstütze hinweg an, und ich bin mir sicher, dass wir uns genau dieselbe Frage stellten. War das diese Verbindung zum Weißen Haus, die uns immer wieder begegnet war? Oder einer dieser Zufälle, die einem ständig die Ermittlungen sabotierten?

Senator Yarrow brauchte jetzt keine Motivationshilfen mehr. »Remy soll angeblich in irgend so einer runtergekommenen Hütte draußen in Louisa County hausen, weit ab vom Schuss, wie einer von diesen Einsiedlern mit ihrem speziellen Mineralwasser und den Gewehren und all dem Zeug. Zurück zur Natur, so was in der Art.«

»In welcher Beziehung stehen Sie zu ihm?«, wollte Sampson wissen.

»Er hat mir überhaupt erst von dem Klub erzählt.«

»Das ist ja eigentlich keine Antwort auf meine Frage«, sagte ich. »Hören Sie, Herr Senator, ich zeichne unser Gespräch nicht auf. Noch nicht jedenfalls.«

Yarrow ließ das Seitenfenster herunter und schnippte den letzten Ascherest auf den Asphalt. Den Stummel legte er in seinen Aschenbecher. Ich spürte, wie er bereits wieder anfing, sich zu verschanzen.

»Er ist der Bruder meiner Exfrau, okay? Ich habe den Drecksack seit über einem Jahr nicht mehr gesehen, und das spielt auch keine Rolle. Der Punkt ist doch der: Wenn Sie jetzt zu ihm rausfahren, dann fangen Sie mit Ihrem Arbeitssamstag vielleicht doch noch etwas Sinnvolleres an, als einen Diener des Volkes zu schikanieren.«

96

Die Fahrt an den westlichen Rand von Louisa County, rund eine Stunde südlich von Nicholsons Klub, dauerte gut zwei Stunden. Diese beiden Punkte bildeten ein wunderschönes Dreieck mit genau der Stelle auf der I-95, wo Johnny Tucci aus Philly mit den sterblichen Überresten meiner Nichte im Kofferraum von einer Polizeistreife gestoppt worden war. Vielleicht machten wir ja doch endlich einmal Fortschritte.

Yarrows vage Ortsangabe sorgte dafür, dass wir etliche Male falsch abbogen, aber schließlich zweigten wir doch von der Route 33 auf die richtige Schotterstraße ab. Nach einer kilometerlangen Fahrt durch den Wald erreichten wir eine Barrikade aus Felsbrocken, die offensichtlich von Hand auf die Straße geschleppt worden waren. Es dauerte nicht lange, bis wir sie beseitigt hatten.

Dahinter führte eine Fahrspur ins Unterholz, und es dauerte noch einmal eine halbe Stunde, bis wir den nächsten Hinweis auf menschliche Besiedelung zu Gesicht bekamen. Remy Williams' nächster Nachbar schien der Lake Anna State Park zu sein.

Die Zufahrt, wenn man es so nennen konnte, befand sich an der Rückseite einer eingeschossigen Bruchbude inmitten eines dichten Nadelwalds. Von unserem Standort aus machte sie einen unfertigen Eindruck. Sie besaß zwar ein galvanisiertes Stehfalzdach, doch die Wände bestanden lediglich aus verzogenen, verwitterten Sperrholzbrettern über einer weißen Zellstoff-Membran.

»Sehr hübsch«, murmelte Sampson. Vielleicht war es auch ein Knurren. »Nächste Haltestelle: beim Unabomber.«

Die Hütte war größer als Ted Kaczynskis berühmt gewordener Verschlag, den ich sogar einmal mit eigenen Augen gesehen habe, aber die Botschaft war im Großen und Ganzen dieselbe: Hier residiert ein Irrer.

Die beiden kleinen Fenster, die zur überdachten Eingangsterrasse zeigten, waren dunkel. Ein unbefestigter Vorplatz bot Platz für mehrere Fahrzeuge, aber es war keines zu sehen. Das Gelände wirkte vollkommen menschenleer, und in gewisser Hinsicht hoffte ich, dass es auch wirklich menschenleer war.

Erst, als ich fast ganz um das Haus herumgefahren war, entdeckte ich an der Seite den Baumhäcksler.

»Sampson?«

»Ich seh's.«

Es war eine alte, gewerbetaugliche Maschine mit zwei Rädern und einer Anhängerdeichsel, die auf einem massiven Schlackestein ruhte. Die Farbe war zum größten Teil abgeblättert. Nur ein paar wenige, impressionistische Kleckse auf dem Rahmen erinnerten noch an das grün-gelbe John-Deere-Emblem. Daneben lag eine zusammengefaltete, blaue Plane, beschwert mit einem Zehn-Liter-Gasbehälter.

Ich ließ den Automotor laufen, wir stiegen aus, und ich zog meine Glock.

»Ist jemand da?«, rief ich halbherzig.

Ich bekam keine Antwort. Nur den Wind, ein paar zwitschernde Vögel in den Bäumen und das leise Brummen meines Wagens.

Sampson und ich näherten uns der Eingangsterrasse aus unterschiedlichen Richtungen. Wir wollten zunächst einen Blick durch die Fenster werfen, bevor wir zur Tür gingen.

Es dauerte ein paar Sekunden, bis meine Augen sich an die Lichtverhältnisse gewöhnt hatten. Dann sah ich an der gegenüberliegenden Wand einen Mann in einem Stuhl sitzen. Es war zu dunkel, um irgendwelche Einzelheiten zu erkennen, und ich konnte nicht einmal sagen, ob er am Leben war oder nicht. Nicht mit Sicherheit. Noch nicht.

»Scheiße«, murmelte Sampson.

Ganz genau. Genau mein Gedanke.

97

Die Eingangstür des Schuppens besaß kein Schloss, sondern nur einen schmiedeeisernen Bügel. Kaum hatte ich sie aufgestoßen, rochen wir es.

Diese Kombination aus Süße und Fäulnis, die so leicht zu erkennen und so schwer zu ertragen ist. Als hätte man Obst und Fleisch tagelang in einem Behälter vor sich hin rotten lassen.

Das Innere war fast leer, abgesehen von einigen wenigen Möbelstücken – einem Metallbett, einem Holzofen, einem langen Bauerntisch.

Der einzige Stuhl war besetzt, und zwar von Remy Williams, der offensichtlich auch darauf gestorben war.

Ein Teil seines Gesichts fehlte und bot, zusammen mit dem schlaff herabhängenden Unterkiefer, einen Anblick wie aus einem düsteren Comic. Eine Remington-Schrotflinte hing ihm noch in der linken Hand, den Lauf auf den weichen Nadelholzboden gerichtet.

Der andere Arm hing seitlich am Körper herab, und auf seinem Unterarm war eine Art Schriftzug zu sehen. *Schriftzug? War es das?*

»Was zum Teufel …?« Sampson legte die Hand vor Mund und Nase und bückte sich, um es besser erkennen zu können. »Oh, nein, das darf doch nicht wahr sein.«

Als ich den Strahl meiner Maglite darauf richtete, sah ich, dass der Arm nicht beschriftet, sondern *graviert* worden war.

Vor Williams' Füßen lag ein Jagdmesser mit einer fünfzehn Zentimeter langen Klinge, auf der die gleichen rötlich braunen

Streifen zu sehen waren wie auf seiner Haut. Die Buchstaben waren leicht zu entziffern: SORRY.

98

Nachdem wir Williams gefunden hatten, passierte sehr viel sehr schnell. Innerhalb weniger Stunden waren all die altvertrauten Akteure in neuen Versionen zur Stelle – die Virginia State Police aus Richmond und das FBI-Team aus Charlottesville. Ich konnte kein einziges bekanntes Gesicht entdecken, was vielleicht gut war, vielleicht aber auch nicht. Das würde sich bald herausstellen.

Das kriminaltechnische Team des FBI bestand aus ernsthaft dreinblickenden Serologen, Spurenanalytikern, Waffenexperten, Fotografen und Fingerabdruck-Spezialisten. Sie bauten ein Zelt auf und breiteten auf improvisierten Tischen aus Sperrholzplatten und Sägeböcken lange Bahnen Pergamentpapier aus.

Der Boden rund um den Häcksler wurde in zwanzig mal zwanzig Zentimeter große Quadrate aufgeteilt, und dann fingen sie an, Quadrat um Quadrat sorgfältig abzusuchen und potenzielle Indizien von Erde und Abfall zu trennen.

Der Häcksler selbst sollte in einem Labor in Richmond in seine Einzelteile zerlegt werden, aber mit einem speziellen Wirkstoff hatte man bereits Spuren von Körperflüssigkeiten daran nachgewiesen. Eine genaue Inspektion der Maschine hatte auch etliche mutmaßliche Knochenfragmente zwischen den Klingen zutage gefördert.

Alles war fein säuberlich fotografiert und dokumentiert und entweder zum Trocknen ausgebreitet oder in Umschläge verpackt worden.

Die Durchsuchung des Waldes ging, wie sich herausstellen sollte, schneller vonstatten. Ein Oberstleutnant der State

Police forderte zwei Hundestaffeln an, die schon nach wenigen Stunden einen knappen Kilometer östlich der Hütte ein frisch umgegrabenes Fleckchen Erde entdeckt hatten.

Der vorsichtige Einsatz von Schaufel und Spaten brachte dann in anderthalb Metern Tiefe zwei Plastiksäcke mit »sterblichen Überresten« zum Vorschein. Allen Anwesenden war die Anspannung ins Gesicht geschrieben. Auf solche Dinge ist man niemals wirklich vorbereitet.

Die neu entdeckten Überreste sahen genauso aus wie die von Caroline, und alle waren sich einig, dass sie nicht länger als drei Tage unter der Erde gelegen hatten. Ich musste sofort an Tony Nicholson und Mara Kelly denken, die offiziell immer noch als vermisst galten.

»Es passt alles zusammen, theoretisch zumindest«, sagte ich zu Sampson. »Du holst sie aus dem Gefängnis, und dann lässt du sie ein für alle Mal verschwinden. Wir sollten glauben, dass sie das Land verlassen haben.«

»Absolut wahnsinnige Methode, um Spuren zu verwischen«, sagte Sampson. »Aber effektiv, das muss ich zugeben.«

Es war ein Uhr nachts, und wir saßen auf der Kante der Eingangsterrasse und sahen einem FBI-Agenten zu, der das, was von den kürzlich Verstorbenen noch übrig war, als Beweismittel markierte, bevor sie in einen Leichensack gesteckt wurden. John konnte sich einfach nicht davon lösen, aber ich hatte genug gesehen. Es deprimierte mich, dass aus der Ermordung meiner Nichte der grässlichste Fall meiner gesamten Karriere geworden war.

Doch diese Tatsache trieb mich gleichzeitig auch an. Zum vierten Mal innerhalb von vier Stunden wählte ich Dan Cormorants Telefonnummer.

Dieses Mal nahm der Agent des Secret Service auch tatsächlich ab.

»Wo stecken Sie und Ihre Leute eigentlich?«, wollte ich wissen. »Haben Sie überhaupt mitgekriegt, was hier los ist?«

»Ganz offensichtlich haben Sie keinen Fernseher«, erwiderte er. »Man hat den Eindruck, als ob jeder Sender bis auf ESPN da draußen im Wald herumkriecht.«

»Cormorant, hören Sie zu. Remy Williams war nicht Zeus, genauso wenig wie Tony Nicholson oder Johnny Tucci. Williams war vielleicht ein eiskalter Killer, aber er ist nicht der Mann, den wir suchen.«

»Da stimme ich Ihnen zu«, meinte Cormorant. »Und wissen Sie, warum? Weil wir Zeus identifiziert haben. *Gerade eben*. Wollen Sie am Nebenschauplatz sein? Dann bleiben Sie, wo Sie sind. Aber falls Sie dabei sein wollen, wenn wir die ganze Sache ein für alle Mal zu Ende bringen, dann schlage ich vor, Sie setzen sich in Bewegung und fahren auf dem schnellsten Weg zurück in die Stadt. Pronto, Detective Cross. Dieser Fall steht kurz vor dem Abschluss. Das sollten Sie sich nicht entgehen lassen.«

99

Es schien mir so, als hätte ich bei unserer Ankunft im Eisenhower Executive Office Building, gegenüber vom Westflügel des Weißen Hauses, ausschließlich Adrenalin und Koffein im Blut. Es war mittlerweile fast vier Uhr morgens, aber die Einsatzzentrale brummte wie am helllichten Tag.

Die Stimmung im Konferenzsaal war angespannt, und das war noch zurückhaltend ausgedrückt. Auf einem der Dutzende von Flachbildschirmen an der Wand lief CNN mit einem Luftbild von Remy Williams' Hütte und dem Untertitel *Secret-Service-Agent tot aufgefunden*.

Im vorderen Teil des Raums brüllte ein hemdsärmeliger Agent um die fünfzig so laut in sein Telefon, dass alle anderen zwangsläufig mithören mussten.

»Es kümmert mich einen Scheißdreck, mit wem Sie das abstimmen müssen. Er ist kein Angehöriger des Secret Service. Also ändern Sie verdammt noch mal die Grafik!«

Ich hatte bereits etliche bekannte Gesichter gesehen, unter anderem auch Emma Cornish, die Verbindungsbeauftragte der Metropolitan Police zur Sondereinheit Gewaltverbrechen des Secret Service. Auch Barry Farmer war da, einer von zwei Secret-Service-Agenten, die der Mordkommission der Metro Police zugeteilt waren. Es hatte beinahe den Anschein, als seien die beiden Abteilungen über Nacht miteinander verschmolzen.

Alles nur Show?

Das wagte ich noch nicht zu beurteilen.

Wir setzten uns alle an einen langen, ovalen Tisch, und die erste Lagebesprechung begann. Der Mann mit der lauten Stimme war Special Agent Solo Ridge, der Einsatzleiter. Er hatte hier die Fäden in der Hand und erhob sich nun zusammen mit Agent Cormorant.

»Ich gebe jetzt ein Informationsblatt herum«, sagte Ridge und reichte je einen halben Stapel nach links und rechts. »Die Zielperson heißt Constantine Bowie alias Connie Bowie alias *Zeus*. Die meisten von Ihnen wissen es bereits, aber Bowie war von 1988 bis 2002 Agent des Secret Service.«

Niemand im Saal zuckte zusammen, außer mir und Sampson vielleicht. Es kam mir vor, als sei dieser Fall vor unseren Augen gerade völlig neu aufgerollt worden.

Ich hob die Hand. »Alex Cross, Metropolitan Police Department. Ich bin gerade erst dazugekommen, aber gibt es überhaupt eine Verbindung zwischen Bowie und Remy Williams und wenn ja, worin besteht sie? Abgesehen von der Tatsache, dass es beides mutmaßlich ehemalige Secret-Service-Agenten sind.«

»Detective Cross, schön, dass Sie dabei sind«, sagte Ridge. Einige Köpfe wandten sich zu mir um. »Unsere Konzentration gilt im Augenblick in erster Linie dem Exagenten Bowie. Alles andere ist vorerst auf das absolut Notwendige reduziert.«

»Ich frage ja nur, weil …«

»Wir wissen die Mitarbeit der Metro Police selbstverständlich zu schätzen, wie immer. Die ganze Sache ist offensichtlich ein bisschen delikat, aber wir werden das jetzt ganz bestimmt nicht alles auseinanderdröseln. Wir wollen zusehen, dass wir weiterkommen.«

Ich ließ Ridge weitermachen, zumindest vorerst. Das war eine Brücke, die ich noch nicht sofort überqueren musste. Oder sprengen.

Auf einem der Monitore tauchte jetzt ein Bild von Bowies Dienstausweis aus dem Jahr 2002 auf. Er sah aus wie eine Million anderer Agenten auch – weiße Hautfarbe, blaue Augen, kantiger Unterkiefer, zurückgekämmte braune Haare. Alles da, bis auf die dunkle Sonnenbrille.

»Bowie wird des Mordes an mindestens drei Frauen beschuldigt«, machte Ridge weiter. »Sie haben alle in einem sogenannten Herrenklub in Culpeper County gearbeitet. Die Namen dieser Frauen lauten Caroline Cross, Katherine Tennancour, Renata Cruz…« Die Fotos aus den Überwachungskameras, die dabei über den Bildschirm huschten, kannte ich alle schon. »Und das hier ist Sally Anne Perry.«

Ein Video wurde gestartet, und ich erkannte mit einem Blick, dass es sich um die Aufnahme handelte, die ich erst kürzlich Cormorant übergeben hatte. Wie Ridge gesagt hatte, *der Secret Service wusste die Mitarbeit der Metro Police zu schätzen.*

»Das, was Sie jetzt gleich sehen werden, ist alles andere als angenehm«, sagte Ridge, »aber Sie sollten wissen, wem wir da auf den Fersen sind. Der Mann, der jetzt gleich das Schlafzimmer betritt, ist Constantine Bowie. Und er wird einen Mord begehen.«

100

Das Video begann, und alle hielten ihre professionelle Fassade aufrecht, während Agent Ridge weitersprach.

»Nebenbei ein bisschen Geschichte. Bowie wurde 1988 für den Secret Service rekrutiert. Davor war er beim Philadelphia Police Department. Dreizehn Jahre lang gibt es nicht viel zu berichten, aber kurz nach 9/11 wurde er zusehends unzuverlässiger.

Im Februar 2002, nach einem unangemessenen Schusswaffeneinsatz, auf den ich zu diesem Zeitpunkt nicht näher eingehen werde, wurde Bowie ohne Pensionsansprüche aus dem Dienst entlassen.«

Jetzt übernahm Cormorant das Wort und blendete das Bild eines unauffälligen Bürogebäudes ein.

»Im Jahr 2005 hat er hier in Washington die Firma Galveston Security gegründet …«

»Galveston?«, fragte jemand dazwischen.

»Sein Geburtsort«, sagte Cormorant. »Heute besitzt er Zweigstellen in Philadelphia und Dallas und ein Nettovermögen von rund sieben Millionen. Die Verbindung nach Philly beweist noch gar nichts, aber es ist immerhin bemerkenswert, dass mindestens ein Vertrag mit dem Mafiaclan Martino in Philadelphia existiert.«

Cormorant ließ den Blick zu mir herüberwandern, dann fuhr er fort. »Außerdem haben wir festgestellt, dass von Bowies Handy aus zweimal auf dem Telefon angerufen wurde, das heute Nacht in Remy Williams' Hütte gefunden wurde. Das erste Mal vor zwei Monaten, das zweite Mal vor vier Tagen.«

»Wo ist Bowie jetzt?«, erkundigte sich einer der Agenten.

»Nach Angaben des Observationsteams zu Hause, und zwar seit gestern Abend, elf Uhr. Wir lassen sein Haus von einem halben Dutzend Agenten beschatten.«

»Wann können wir losschlagen?«, wollte ein weiterer Fragesteller wissen. Die Anspannung, die sich im Saal verbreitet hatte, ließ sich förmlich mit Händen greifen. Ich glaube, niemand wollte diesen Einsatz in Angriff nehmen, aber gleichzeitig hätten sie es auch alle gerne schon hinter sich gehabt.

Agent Ridge blickte auf die Uhr. »Wir schlagen los, sobald Sie so weit sind«, sagte er, und alle erhoben sich von ihren Plätzen.

101

Gespenstische Stille herrschte, als wir uns einer Reihe von Flachdach-Backsteinhäusern in der Winfield Lane in Northwest näherten. Zwei Tennisspieler waren auf einem der Georgetown Courts auf der gegenüberliegenden Straßenseite bereits zugange, und die Spielfelder waren noch feucht. Wenn Nana zu Hause wäre, dachte ich, dann würde sie jetzt wohl gerade aufstehen und sich zum Kirchgang fertig machen.

Wir hatten auf der Rückseite des Hauses vier Beamte des Sondereinsatzkommandos und an jedem Ende des Häuserblocks einen Streifenwagen postiert, dazu stand ein Notarztwagen auf Abruf. Wir Übrigen stiegen ein paar Hausnummern vor Bowies Hauseingang, wo gerade ein einsamer weißer Lieferwagen anhielt, aus unseren Fahrzeugen.

Sobald Ridge das Kommando gegeben hatte, kletterte ein fünf Mann starker Sturmtrupp in Schutzanzügen aus dem Lieferwagen und schlängelte sich in einer Reihe die Eingangstreppe zu Bowies Haus empor. Es war eine lautlose Operation. Sie brachen die Tür auf und verschwanden dann im Inneren.

Danach warteten wir zehn Minuten lang, während sie durch das Haus schlichen und ein Zimmer nach dem anderen sicherten. Ridge hielt den Kopf gesenkt und die Hand an den Ohrhörer gedrückt, während der Kommandeur der Spezialeinheit ihm mit Flüsterstimme den jeweiligen Stand durchgab. Er streckte einen Finger in die Höhe, um anzuzeigen, dass sie das erste Stockwerk erreicht hatten, und wenige Minuten später dann zwei.

Plötzlich richtete er sich auf. Ich hörte Rufe aus dem Haus nach draußen dringen.

»Sie haben ihn!«, sagte Ridge, doch dann: »Moment.«

Es folgte ein schneller Wortwechsel, wobei Ridge seinen Gesprächspartner mehrfach anblaffte. »Ja? Ich höre. Nicht zurückweichen.« Schließlich sagte er: »Okay, einen Moment bitte« und wandte sich dann zu uns.

»Wir haben eine Pattsituation«, sagte er. »Bowie ist bewaffnet und aggressiv. Er sagt, er will nicht mit dem Secret Service reden.«

Ich musste keine Sekunde nachdenken. »Lassen Sie mich das machen«, sagte ich.

Ridge hob einen Finger in die Höhe und wandte sich wieder an das Mikrofon in seinem Ärmelaufschlag. »Peters, ich lasse Ihnen ein Telefon bringen…«

»Nein«, unterbrach ich ihn. »Von Angesicht zu Angesicht. Er hat im Augenblick nichts als fünf schwer bewaffnete Beamte vor sich. Wir sind nicht nur zur Dekoration hier, Ridge. Sie haben uns aus einem ganz bestimmten Grund mitgenommen, und jetzt wissen wir auch, welcher das ist.«

Danach gab es noch einmal ein langes Hin und Her zwischen Ridge, dem Kommandeur des Sondereinsatzkommandos und Constantine Bowie. Schließlich kam es zu einer Einigung. Bowie wollte ihnen gestatten, den Rest des Hauses zu inspizieren, um sicherzustellen, dass außer Bowie niemand da war, und dann würde ich reingehen. Irgendjemand reichte mir eine kugelsichere Weste, und Ridge gab mir Anweisungen.

»Achten Sie darauf, dass sich immer Kräfte der Sondereinsatztruppe zwischen Ihnen und Bowie befinden. Wenn Sie ihn dazu bringen können, sich zu ergeben, dann tun Sie das, wenn nicht, gehen Sie wieder. Ziehen Sie das Ganze nicht in die Länge.« Er warf erneut einen Blick auf seine Armbanduhr. »Fünfzehn Minuten. Mehr nicht. Dann hole ich Sie persönlich da raus.«

102

Der Profiler in mir arbeitete auf Hochtouren, als ich in den Alkoven von Bowies Haus trat. Es war luftig und geschmackvoll eingerichtet. Eine Menge Geld war in frühamerikanische Antiquitäten und Kunstgegenstände geflossen. Außerdem war es auffallend aufgeräumt. Nicht eine einzige herumliegende Zeitschrift oder Zeitung, kein verirrter Krimskrams, nichts. Hier musste jemand einfach alles unter Kontrolle halten. *War das das Haus von Zeus? Hatte er auch hier gemordet?*

Das Schlafzimmer befand sich ganz oben, im zweiten Stock.

Die beiden Sondereinsatzkräfte im Flur nickten mir stumm zu, als ich näher kam. Auch zwei der drei Beamten im Schlafzimmer konnte ich erkennen. Sie hielten Bowie mit ihren Maschinenpistolen aus unterschiedlichen Richtungen in Schach. Ich machte mich bemerkbar.

»Bowie, ich heiße Alex Cross. Ich bin von der Metropolitan Police, ich komme jetzt rein, okay?«

Nach einer kurzen Pause ertönte eine angestrengte Stimme. »Komm rein. Ich will deine Dienstmarke sehen.«

Er saß auf dem Boden, nur mit einer Boxershorts bekleidet, und schwitzte heftig. Das Doppelbett war offensichtlich frisch benutzt, und die Schublade des Nachttischchens hing offen.

Er hatte sich unter ein Fenster verzogen, zwischen das Bett und einen von zwei Schränken. Mit ausgestreckten Armen hielt er eine .357 SIG Sauer umklammert und zielte damit auf den Beamten, der ihm am nächsten war.

Als Nächstes registrierte ich den Siegelring an seiner rechten Hand – Gold mit einem roten Stein, genau wie der in dem

Video, das wir mittlerweile alle gesehen hatten. *Mann, er machte uns das Ganze viel zu leicht. Warum? War er Zeus?*

Ich streckte beide Hände nach vorn, sodass die Dienstmarke gut zu erkennen war, und kam bis zur Türöffnung. Alle anderen waren wie zu Salzsäulen erstarrt.

»Hübsches Haus«, sagte ich ohne Einleitung. »Wie lange wohnen Sie hier schon?«

»*Was?*« Bowie musterte mich einen Moment, dann richtete er den Blick wieder auf sein Ziel.

»Ich frage mich, wie lange Sie hier schon wohnen. Das ist alles. Um das Eis zu brechen.«

Er schnaubte. »Meine geistige Verfassung testen?«

»Ganz genau.«

»Ich wohne hier seit zwei Jahren. Die Präsidentin der Vereinigten Staaten heißt Margaret Vance. Sieben mal acht ist sechsundfünfzig, okay?«

»Dann ist Ihnen ja wahrscheinlich auch klar, was Sie hier gerade anrichten«, sagte ich.

»Da liegst du falsch«, lautete seine Antwort. »Ich hab, verdammt noch mal, keinen Schimmer, was hier eigentlich abgeht.«

»Tja, dann will ich es Ihnen mal verdeutlichen. Ich werd's zumindest versuchen. Formal betrachtet liegt ein Haftbefehl wegen des Mordes an Sally Anne Perry gegen Sie vor.«

Seine Augen blitzten vor Zorn, ohne zu zucken. »So eine Scheiße! Seit sie mich rausgeschmissen haben, wollen die mir was anhängen.«

»Wer denn?«

»Der Secret Service. Das FBI. Und Präsidentin Vance auch, soweit ich das beurteilen kann.«

Ich machte kurz Pause, holte einmal tief Luft und hoffte, er würde das auch tun. »Sie senden gerade aber ziemlich doppeldeutige Signale aus, Bowie«, sagte ich. »Erst wirken Sie vollkommen klar und dann wieder …«

»Tja, na ja, bloß weil ich paranoid bin, heißt das noch lange nicht, dass sie nicht hinter mir her sind, oder?«

Seltsamerweise ließ sich dagegen nichts einwenden, also machte ich weiter.

»Verraten Sie mir doch mal, was Sie hören wollen, bevor Sie die Waffe ablegen?«

Er deutete mit dem Kinn auf den Beamten, der ihm am nächsten war. »Die sollen ihre zuerst wegnehmen.«

»Nun kommen Sie schon, Constantine. Das machen die niemals, und das wissen Sie auch. Gehen Sie auf mein Angebot ein. Falls Sie wirklich unschuldig sind, dann bin ich auf Ihrer Seite. Woher haben Sie diesen Ring?«

»Hören Sie auf mit diesen Fragen. Hören Sie auf.«

»Okay.«

Er besaß durchtrainierte, muskulöse Arme, aber nach mittlerweile mindestens zwanzig Minuten fingen sie langsam an zu zittern. Und jetzt veränderte er tatsächlich seine Haltung, winkelte eines seiner Knie an und legte den Schussarm darauf ab.

»Bowie, ich …«

Man hörte Glas klirren. Mehr nicht. Eines der kleinen Fenster in seinem Rücken zersplitterte, und Bowie fiel mit dem Kopf voran auf den Teppich. In seinem Hinterkopf war ein kleines, dunkles Loch zu erkennen.

Ich konnte es nicht glauben. Ich wollte es nicht glauben. Die Spezialeinheit reagierte sofort. Jemand zog mich rückwärts in den Flur, während die anderen sich Bowie näherten.

»Ein Schuss … Zielperson am Boden! Schickt sofort den Notarzt hoch!«

Ein paar Sekunden später hatte ich mich in das Zimmer zurückgedrängt. Ich zitterte vor Wut am ganzen Körper. Warum hatten sie auf ihn geschossen? Warum jetzt? Ich hatte ihn doch zum Reden gebracht. Bowie lag auf dem Boden, die Arme nach rechts und links ausgestreckt. Ich schaute durch die zerbrochene Fensterscheibe und sah auf dem gegenüberliegenden Dach einen weiteren Beamten stehen, mit einem Gewehr in der Hand.

»Moment noch«, sagte der Kommandeur gerade. »Wir kommen runter und holen euch ab.«

Und dann brachten mich zwei Secret-Service-Leute zur Tür hinaus und die Treppe hinunter, und sie ließen nicht den geringsten Zweifel aufkommen. Ich hatte ganz offensichtlich meine Schuldigkeit getan.

An der Eingangstreppe wurden wir von einem Notärzteteam erwartet. Die Dienstvorschrift besagte, dass sie verständigt werden mussten, aber das war in diesem Fall auch wirklich der einzige Grund. Ich hatte genug gesehen, um zu wissen, dass Constantine Bowie so tot war, wie es toter nicht ging.

Und dass ich bei dieser ganzen, verdammten Zirkusveranstaltung nur der Köder gewesen war. Dass sie die ganze Zeit vorgehabt hatten, ihn zu töten.

Wer immer *sie* waren.

103

Das Ganze kam mir viel zu sauber, viel zu einfach vor, aber das bedeutete nicht, dass Constantine Bowie *nicht* der Killer war, oder? Die nächsten Tage bestanden nur aus Papierkram, massenhaft Papierkram. Ich glaube, die meisten Leute haben überhaupt keine Vorstellung davon, wie viel Tinte benötigt wird, um einen Mordfall im Aktenschrank verschwinden zu lassen, besonders einen Fall von solchen Dimensionen.

Und das, obwohl FBI und Secret Service übereinstimmend der Meinung sind, dass der Gerechtigkeit Genüge getan wurde.

Endlose Sitzungen standen an und danach öffentliche Anhörungen. Eine umfassende Untersuchung durch den Kongress war ebenfalls angekündigt worden, verbunden mit allerhand unbestätigten Spekulationen auf dem Capitol Hill und in den Medien. Das ganze Land war in Aufruhr über Tony Nicholsons Kundenliste, über die Rolle des Secret Service und auch über die Frage, ob Bowie bei seiner Mordserie womöglich Komplizen gehabt hatte, die immer noch auf freiem Fuß waren.

Ich wollte den Papierkram hinter mich bringen und mir den Rest der Woche freinehmen. Am Mittwoch machte ich spät Feierabend und ging direkt vom Büro ins Krankenhaus. Nana sah in den letzten Tagen sehr viel entspannter aus, wie ein Engel, was irgendwie schön, aber gleichzeitig auch schwer auszuhalten war. Ich war lange wach in dieser Nacht und sah sie einfach nur an.

Am Donnerstagmorgen wurde ich schon ziemlich früh von Tante Tia abgelöst, und als ich endlich, endlich zu Hause war, erwischte ich Bree noch im Bett. Ich kuschelte mich an sie, und sie räkelte sich leise.

»Mach, was du willst«, flüsterte sie mir zu. »Hauptsache, du weckst mich nicht auf.«

Aber dann lachte sie auf, drehte sich zu mir um und gab mir einen Guten-Morgen-Kuss, ohne unsere Füße und Beine unter der Decke zu entknoten.

»Also los, dann mach jetzt mit mir, was du willst«, sagte sie.

»Das ist schön. Weißt du noch, wie das geht?«, fragte ich.

Sie nickte, ihre Stirn an meine gelehnt, und ich dachte, dass ich vielleicht Glück hatte und nie mehr irgendwo anders zu sein brauchte. Nie wieder.

Dann ging die Schlafzimmertür auf. *Aber natürlich.* »Daddy, bist du da?« Ali streckte seinen Kopf herein und hüpfte auf das Bett, bevor wir ihm sagen konnten, dass er wieder rausgehen sollte.

»Kleiner Mann, wie oft habe ich dir schon gesagt, dass du immer erst anklopfen sollst?«, fragte ich ihn.

»So ungefähr eine Million«, sagte er mit einem Lächeln und zwängte sich zwischen uns.

Das wollte Jannie sich nicht bieten lassen und tauchte ebenfalls bald auf, und die beiden fingen an, auf uns einzuplappern, als wäre es nicht erst halb sieben Uhr morgens. Aber trotzdem, irgendwie war es auch schön, dass wir alle beieinander waren.

Um sieben stand ich in der Küche, briet Speck und Eier und machte Tomaten-Sandwiches, während Bree Kaffee kochte und Orangensaft einschenkte. Jannie und Ali suchten in der Zeitung nach meinem Namen, und ich hatte sogar eine Gershwin-CD aufgelegt. Nicht mit Bree im Schlafzimmer allein, aber trotzdem gar nicht so schlecht.

Als ich gerade dabei war, meine Frühstückskreation aus der

Pfanne zu holen, zwitscherte oben ein Telefon, so laut, dass man es trotz der Musik hören konnte.

Alle anderen erstarrten mitten in der Bewegung und richteten ihre Blicke auf mich und den fetttriefenden Pfannenwender in meiner Hand.

»Was denn?«, sagte ich mit Unschuldsmiene und weit aufgerissenen Augen. »Ich höre nichts.«

Das brachte mir einen Jubelsturm vom Esstisch und einen sanften Klaps auf den Po von Bree ein.

Wer immer das gewesen war, er oder sie war schlau genug, es nicht noch einmal zu versuchen.

104

Ein paar Stunden später kamen Bree und ich wieder nach Hause. Wir hatten die Kinder zur Schule gebracht und ein paar notwendige Einkäufe erledigt. »Nach oben«, sagte ich, noch bevor die Haustür hinter uns ins Schloss gefallen war. »Wir haben da noch was zu erledigen.«

Sie nahm mir die Einkaufstüte aus der Hand und gab mir einen Kuss. »Bin gleich da. Fang nicht ohne mich an.«

Ich war schon halb oben, als sie aus der Küche meinen Namen rief.

»Alex!« Ihre Stimme klang angespannt. Was war denn jetzt los? »*Besuch*.«

Als ich zu ihr kam, stand sie vor der Tür zur Sonnenterrasse und schaute hinaus.

»Rate mal, wer da ist?«, sagte sie.

Ich stellte mich zu ihr und sah Ned Mahoney draußen sitzen und mit den Fingern auf den Gartentisch trommeln.

»Ver*dammt* noch mal«, sagte ich.

Er stand nicht auf, als ich auf die Terrasse und dann in den Garten ging, um ihn zu fragen, was los war.

»Hast du vorhin hier angerufen?«, wollte ich wissen. Ned nickte und schon, bevor er ein Wort geredet hatte, wusste ich, dass der Fall noch nicht abgeschlossen war. »Willst du reinkommen?«

»Lass uns hierbleiben«, erwiderte er.

Ich holte eine Jacke und zwei Tassen Kaffee und kam wieder nach draußen.

Während ich mich an den Gartentisch setzte, leerte Ned in einem großen Zug seine Tasse. Er machte einen ausgelaugten

Eindruck. Sein sonstiges Temperament schien verschwunden oder zumindest erschöpft zu sein.

»Alles in Ordnung?«, erkundigte ich mich.

»Bloß ein bisschen übermüdet«, erwiderte er. »Ich hab mit dieser Sache noch nicht abgeschlossen, Alex. Ich hab jeden freien Tag und sämtliche Urlaubstage darauf verwendet. Kathy würde mich am liebsten umbringen.«

Ich nickte. »So geht's Bree auch. Und sie hat eine Pistole.«

»Trotzdem, es hat sich gelohnt. Junge, Junge, und wie es sich gelohnt hat! Ich möchte dich mit jemandem bekannt machen. Er heißt Aubrey Lee Johnson. Er wohnt in Alabama, aber er hat einen kleinen Betrieb, der maßgefertigte Angelschnurrollen herstellt, und hat daher viel in Virginia zu tun.«

Ned trank den letzten Rest Kaffee, und ich schob ihm meine Tasse hin. Seine übliche Lebhaftigkeit stellte sich jetzt langsam wieder ein. »Der Mann glaubt, dass er etwas Interessantes zu erzählen hat. Und weißt du was, Alex? *Er hat recht.*«

105

Niemals hätte Mahoney dafür eine Reisegenehmigung bekommen. Selbst, wenn es sein Fall gewesen wäre – und das war es ja nicht –, achtet das FBI darauf, dass unsere Steuerdollars nicht verschwendet werden und verlangt von seinen Agenten, dass sie die jeweiligen lokalen Niederlassungen beauftragen, falls Vernehmungen außerhalb des eigenen Bundesstaats notwendig sind. Ned hatte bereits ein paar E-Mails mit der Niederlassung in Mobile ausgetauscht, aber letztendlich beschlossen wir, auf eigene Rechnung nach Alabama zu fliegen.

Am darauffolgenden Vormittag landeten wir auf dem Regionalflughafen von Mobile und nahmen uns einen Mietwagen.

Aubrey Johnson wohnte auf der rund eine Stunde südlich gelegenen Insel Dauphin Island in dem gleichnamigen Ort. Es war ein verschlafenes, kleines Dorf, zumindest um diese Jahreszeit, und wir hatten keine Mühe, sein Geschäft zu finden: *Big Daddy's Fishing Tackle* in der Cadillac Avenue.

»Darum sind wir hergekommen? Wegen Big Daddy's Fishing Tackle?«, sagte ich zu Ned.

»Es kommt dir vielleicht komisch vor, aber genauso ist es. Wir sind am Ziel. Hier wird der Schleier gelüftet. Wenn wir Glück haben jedenfalls.«

»Also dann, versuchen wir unser Glück.«

Johnson war ein groß gewachsener, geselliger Mittfünfziger und bat uns wie zwei gute, alte Freunde zu sich in Haus. Dann schloss er zweimal ab.

Ned hatte ihn bereits am Telefon ausgefragt, aber Johnson erzählte seine Geschichte auch mir noch einmal… wie er vor ungefähr einem Monat spät abends auf der Route 33 in Virginia unterwegs gewesen war, als plötzlich ein wunderschönes Mädchen im Negligé aus dem Wald und direkt vor seinen Wagen gestolpert kam.

»Ehrlich gesagt, ich hab damals gedacht, heut ist mein Glückstag«, sagte er. »Bis ich dann begriffen hab, dass sie in einem fürchterlichen Zustand war. Wenn die Kugel in ihrem Rücken nur ein bisschen größer gewesen wäre, sie hätte es nicht überlebt.«

Dennoch hatte die junge Frau darauf bestanden, dass Johnson weiterfuhr, zumindest, bis sie einen anderen Bundesstaat erreicht hatten. Schließlich hatte er sie in einer Notaufnahme kurz vor Winston-Salem abgeliefert.

»Aber Annie wollte nicht auf die Polizei warten und hat gesagt, dass sie auf jeden Fall wieder wegwill, entweder mit mir oder zu Fuß. Also habe ich sie mitgenommen. Hätte ich wahrscheinlich nicht machen sollen, aber jetzt ist es nun mal passiert. Seither haben meine Frau und ich uns um sie gekümmert.«

»Und ihr Name ist Annie?«, wollte ich wissen.

»Dazu komme ich gleich noch«, erwiderte Johnson.

»Warum hat sie denn überhaupt irgendwann angefangen, mit ihrer Geschichte herauszurücken?«, wollte ich wissen. Ich wusste bisher nur, dass der Kontakt zwischen Mr. Johnson und Mahoney schon zustande gekommen war, bevor Constantine Bowie und Zeus in den Schlagzeilen gelandet waren.

»Das ist ein bisschen kompliziert«, erwiderte er. »Sie hat uns immer noch nicht alles erzählt. Wir kennen nicht einmal ihren richtigen Namen. Wir sagen einfach Annie zu ihr, um die Dinge nicht noch komplizierter zu machen. Ich habe ein paar Mal so ein bisschen vorgefühlt, aber viel konnte ich ja nicht sagen, und ich glaube, niemand hat mich so richtig ernst genommen. Bis Agent Mahoney mich dann zurückgerufen hat, als Reaktion auf meinen Anruf beim FBI-Büro in Mobile.«

»Und wo ist sie jetzt, Aubrey?«, wollte Ned wissen.

»Ganz in der Nähe.« Johnson nahm einen Schlüsselbund von der Theke. »Sie soll es Ihnen selbst erzählen, aber so viel kann ich Ihnen schon mal verraten. Dieser Kerl aus der Zeitung, den sie immer Zeus nennen? Sie sagt, dass sie den falschen geschnappt haben. Sie ist nicht Annie, und er ist nicht Zeus.«

106

Johnson nahm uns in seinem Pick-up mit zurück durchs Dorf, bis wir fast bei der Brücke zum Festland waren.

Dann bog er von der Hauptstraße ab und stellte den Wagen am Hafen von Dauphin Island ab. Nicht einmal die Hälfte der Anlegestellen war belegt, und das Hafenbüro sah der Jahreszeit entsprechend genauso verschlossen aus wie die Imbissbude.

Wir folgten Aubrey Johnson auf einen der drei lang gestreckten Anleger bis zu einem Sportangelboot namens *May*. Eine korpulente Frau, höchstwahrscheinlich Mrs. Johnson, erwartete uns an Deck. Sie begegnete uns mit sehr viel mehr Skepsis als ihr Mann.

»Sind sie das?«, sagte sie.

»Das weißt du doch, May. Fangen wir an.«

Sie rührte sich nicht von der Stelle. »Das Mädchen hat die Hölle durchgemacht, ist Ihnen das klar? Sie müssen sehr behutsam mit ihr umgehen.«

Ich hatte damit kein Problem, im Gegenteil, ich war eher dankbar für ihre Haltung. Wir versicherten Mrs. Johnson, dass wir sie freundlich behandeln würden, und folgten ihr unter Deck in eine kleine Kabine.

»Annie« saß in der Ecke einer Sitzbank am Esstisch und machte einen abgespannten und nervösen Eindruck. Trotzdem war sie eine wunderschöne junge Frau mit genau den puppenhaften Gesichtszügen, die Tony Nicholson für das Blacksmith Farms anscheinend bevorzugt hatte. Ihre Cargohose und das viel zu große, pinkfarbene Sweatshirt waren wohl entweder geliehen oder ein Sonderangebot im Secondhandladen gewesen. Ihr rechter Arm lag in einer grauen Segeltuchschlinge. Sie saß etwas gebeugt da, und wenn sie sich bewegte, konnte ich sehen, dass ihr der Rücken dort, wo die Kugel eingedrungen war, immer noch ziemlich wehtat.

Mahoney stellte uns beide vor und fragte sie dann, ob sie bereit sei, uns ihren richtigen Namen zu verraten.

»Ich heiße Hannah«, sagte sie nach kurzem Zögern. »Hannah Willis. Können Sie mir vielleicht helfen? Dass ich jemand anders werden kann? Zeugenschutz oder wie das heißt?«

Ned versicherte ihr, dass die Staatsanwaltschaft entscheiden würde, ob sie überhaupt aussagen musste, aber falls ja, dann sei sie eine perfekte Kandidatin für das Zeugenschutzprogramm. Bis dahin würden wir keinerlei Aufzeichnungen von ihren Aussagen machen.

»Fangen wir mal damit an, was Ihnen zugestoßen ist«, sagte ich. »An dem Abend, als Aubrey Sie in seinem Pick-up mitgenommen hat.«

Sie nickte bedächtig, suchte nach Erinnerungen oder vielleicht auch nur nach der Kraft, um sie uns erzählen zu können. May Johnson saß neben ihr und hielt die ganze Zeit ihre Hand.

»Es war so eine Art Privatparty im Blacksmith«, sagte Hannah. »Wir haben überhaupt nicht gewusst, was da passieren soll, und kannten nur den Codenamen des Kunden. *Zeus.* Heißt das vielleicht, dass er ziemlich von sich überzeugt ist? Zeus ist doch ein Gott?«

»Hat diese Party in dem Apartment über der alten Kutschenscheune stattgefunden?«, erkundigte ich mich.

»Genau.« Sie schien sich zu wundern, dass ich das bereits wusste. »Ich war das allererste Mal da oben. Ich wusste, dass die Bezahlung dort besser ist.«

»Sie haben von ›wir‹ gesprochen«, sagte Ned. »Wie viele waren denn noch dabei, außer Zeus?«

»Bloß ich und noch ein anderes Mädchen, Nicole«, sagte sie. »Aber ich glaube nicht, dass das ihr richtiger Name war.«

Ich hörte diesen Namen nicht zum ersten Mal in einem solchen Gespräch. Mein Herz hämmerte wie wild, während ich in meine Jackentasche fasste und das Bild von Caroline hervorholte, das ich seit dem Beginn dieser grässlichen und grauenvollen Affäre bei mir trug.

»Ist sie das, Hannah?«, fragte ich sie.

Sie nickte, und dann kamen ihr die Tränen.

»Ja, Sir. Das ist das tote Mädchen. Das ist Nicole.«

107

Ich hörte aufmerksam zu, isolierte meinen Zorn von Hannahs Bericht über Carolines Ermordung und ihre eigenen, fürchterlichen Qualen im Blacksmith Farms.

Sie schilderte uns, wie Zeus sie beide mit Handschellen ans Bett gefesselt hatte, wie er sie dann mit Fäusten und Zähnen traktiert hatte, Caroline mehr als sie selbst, aus Gründen, die ihr bis jetzt schleierhaft waren. Nachdem er beide Frauen vergewaltigt hatte, sagte sie: »Nicole war beinahe bewusstlos, und der Matratzenbezug auf dem Bett war ganz klebrig von all dem Blut.«

Kurz darauf war er gegangen, und Hannah hatte schon gehofft, dass das Schlimmste jetzt vorbei war, da waren zwei Männer hereingekommen und hatten sie mitgenommen. Der eine war groß und blond gewesen, der andere untersetzt und Latino. In diesem Augenblick hatte sie begriffen, was ihnen als Nächstes bevorstand ... aufgrund dessen, wie Zeus sich verhalten hatte.

»Die beiden waren sehr schnell, als hätten sie das alles schon öfter gemacht. Sie haben das ganze Chaos, was er angerichtet hat, sauber gemacht«, sagte Hannah. »Ich habe immer noch ihre gelangweilten Gesichter vor mir.«

Anschließend waren die beiden Frauen die Treppe hinuntergetragen und in einen Kofferraum verfrachtet worden. Hannah erzählte uns, wie sie dort gelegen und Carolines Hand gehalten und versucht hatte, sie immer wieder zum Reden zu ermuntern. Aber irgendwann hatte Caroline ihr nicht mehr geantwortet. Als sie dann schließlich am Ziel angelangt waren und der Kofferraumdeckel geöffnet wurde, da war sie tot.

Sie waren im Wald gelandet, bei irgendeiner Hütte. Ein dritter Mann war da, und er schien die beiden anderen abzulösen. Die einzige Lichtquelle war seine Laterne, die er Hannah ins Gesicht hielt, damit er sie betrachten konnte wie ein Stück Fleisch. Dann stellte er die Lampe auf den Boden, um Caroline ein bisschen genauer zu untersuchen, um festzustellen, ob sie wirklich tot war.

Das war der Moment, in dem Hannah beschloss, dass sie nichts zu verlieren hatte, da sie garantiert ebenfalls umgebracht werden sollte. Sie verpasste der Laterne einen Tritt und rannte los, in den Wald.

Die drei Männer rannten ihr natürlich hinterher und gaben mehrere Schüsse ab, unter anderem auch den, der sie in den Rücken getroffen hatte. Aber irgendwie war sie weitergerannt.

Sie konnte das bis heute nicht schlüssig erklären, und ihre Erinnerungen waren nur sehr vage, bis sie auf die Straße traf und die näher kommenden Scheinwerfer von Aubrey Johnsons Pick-up sah.

Jedes Detail ihrer Geschichte passte zu dem, was ich bereits wusste – die mutmaßlichen Bisswunden an Carolines sterblichen Überresten, die Hütte im Wald, die Beschreibung der beiden Männer mit dem Auto. Es gab nur noch eine einzige offene Frage.

Die Frage.

»Wer war das, Hannah? Wer war Zeus? Woher wissen Sie, wer das war?«

»Weil er uns sein Gesicht gezeigt hat. Er hat seine grässliche Maske abgenommen und hat gesagt, dass es keine Rolle spielt, ob Caroline und ich ihn erkennen.«

Ich ergriff als Erster wieder das Wort. »Hannah, wer ist es. Wer ist Zeus?«

Und trotz allem, was ich über diesen Fall wusste, traf mich ihre Antwort wie ein Faustschlag mitten ins Gesicht.

108

Das Grand Foyer des Kennedy Center leuchtete wie die Weihnachtsdekoration bei Macy's. Anlass für das Spektakel waren die alljährlichen »Kennedy Center Honors«, ein großer Galaempfang, dessen festlicher Höhepunkt in einer Preisverleihung bestand. Damit wurden Künstler geehrt, die sich um die Bewahrung und Förderung der amerikanischen Kultur verdient gemacht hatten. Fünf der besten und schillerndsten Vertreter der Unterhaltungsindustrie hatten ihre Orden erhalten, und halb L. A. schien gekommen zu sein, um sich mit halb Washington in diesen Saal zu quetschen. Für Washington ein absolut außergewöhnliches Ereignis. Nie gab es hier mehr Stars zu sehen.

Für Teddy war es eindeutig eine Nacht zum Feiern. Hätte man all diese Reichen und Schönen nach der Schlagzeile der Woche gefragt, neun von zehn hätten dieselbe Antwort parat gehabt. Zeus war tot. Ein sehr böser Mensch hatte schreckliche Dinge getan und hatte für seinen Irrsinn die Höchststrafe erhalten. Der Stoff der Klassiker.

Und wie jedes gute Märchen war das Ganze eine Lüge, die nur entfernte Ähnlichkeit mit der Wahrheit besaß. In Wirklichkeit befand sich Zeus hier mitten unter ihnen und labte sich an Hummercocktail und Champagner, genau wie alle anderen auch. *Nun ja, nicht genau wie alle anderen*. Teddy lebte in einer Welt, in der selbst die Mächtigsten ihm regelmäßig in den Hintern krochen, und die Leute bezahlten gutes Geld, nur um mit ihm im selben Raum zu sein. Wenn das kein Privileg war, das sich zu bewahren lohnte, dann wusste er auch nicht.

Trotzdem, da war noch diese Sache mit »dem Drang«. Wunderschöne Mädchen zu vögeln. Ihnen Schmerzen zu bereiten. Zu töten. Ob er »den Drang« von nun an in Schach halten konnte oder nicht, das musste sich noch zeigen, aber ein besserer Zeitpunkt, eine bessere Möglichkeit, das alles hinter sich zu lassen, war überhaupt nicht denkbar. Er war aus dem Schneider. Er hatte eine zweite Chance bekommen.

Also verbannte Teddy all diese aufwühlenden Gedanken in sein Unterbewusstsein, wo sie vorerst gut aufgehoben waren, und widmete sich wieder den Gästen, so wie nur er es konnte. Das war Teddy pur, Teddy in Bestform, Teddy in seinem Element.

Er plauderte an der Theke kurz mit Meryl Streep und John McLaughlin. Machte dem Pressesprecher des Weißen Hauses ein Kompliment in Bezug auf seinen großartigen Auftritt kürzlich bei *Meet the Press*. Gratulierte Patti LuPone, eine der Preisträgerinnen des heutigen Abends, zu ihren herausragenden Leistungen… wie immer die auch aussehen mochten. Und er blieb in Bewegung, immer in Bewegung, immer in Bewegung, blieb nie zu lange auf einem Fleck stehen, zog keine Plauderei in die Länge, gab niemals irgendetwas Persönliches preis. Darin lagen die ganze Schönheit und der Reiz einer Cocktailparty.

Schließlich traf er in der Hall of Nations auf Maggie, die sich gerade mit dem frisch gewählten demokratischen Gouverneur von Georgia und seiner hundegesichtigen Frau unterhielt, deren Namen sich Teddy einfach nicht merken konnte.

»Wenn man vom Teufel spricht…«, sagte Maggie und hakte sich bei ihm unter. »Hallo, Liebling. Wir haben gerade über dich gesprochen. Douglas, Charlotte und ich.«

»Hallo Doug, Charlotte. Nur Gutes, hoffe ich«, sagte er, und die anderen lachten, als würde es von ihnen erwartet. Wurde es auch.

»Ihre Frau hat gerade erzählt, dass Sie ein begeisterter Reiter sind«, sagte der Gouverneur.

»Ah«, erwiderte Teddy. »Mein kleines Geheimnis. Viele habe ich ja nicht mehr, aber die würde ich liebend gerne für mich behalten.«

»Sie müssen uns unbedingt auf der Farm besuchen kommen. Rund um unser Sommerhaus gibt es ein paar wunderschöne Reitpfade.«

»Das hört sich ja großartig an … die Farm«, sagte er. Es war eine Lüge, die niemandem wehtat. »Und die Präsidentin und ich würden uns sehr freuen, Sie demnächst einmal im Weißen Haus zu Gast zu haben.« Er blickte Maggie mit einem milden Lächeln an. »Hab ich nicht recht, Schatz?«

109

Als Mahoney und ich an diesem Abend vom Flughafen zurück in die Stadt fuhren, waren wir Teil einer Krisen-Telefonkonferenz, die eilends organisiert worden war, während wir noch im Flugzeug saßen. Theodore »Teddy« Vance war immer noch in Begleitung seiner Frau, der Präsidentin der Vereinigten Staaten, bei den Kennedy Center Honors, so viel war bekannt. Wir hatten ihn. Die Frage war nur, wie wir vorgehen sollten.

Der heftigste Widerstand kam vom Secret Service, obwohl der ironischerweise bei dieser Entscheidung am wenigsten zu sagen hatte, abgesehen vielleicht von mir. Die stellvertretende Abteilungsleiterin, Angela Riordan, bestritt den größten Teil der Diskussion.

»Bei diesem ganzen Mist von wegen Inhaftierung und so weiter spielen wir garantiert nicht mit, verstanden? Wir reden hier über den First Gentleman der Vereinigten Staaten. Falls das FBI auch nur mit dem Gedanken spielen sollte, in unseren Sicherheitsbereich einzudringen, dann ist er über alle Berge, bevor der erste Mann das Gebäude betreten hat. Habe ich mich klar genug ausgedrückt?«

»Damit haben wir kein Problem, Angela.« Das war Luke Hamel, der stellvertretende FBI-Direktor, der für den Fall verantwortlich gewesen war, bevor er von Charlottesville übernommen worden war. Auch der FBI-Direktor persönlich, Ron Burns, war uns zusammen mit ein paar FBI-Juristen zugeschaltet. »Kein Mensch hat etwas von einer Festnahme gesagt«, fuhr Hamel fort. »Wir wollen uns doch bloß ein bisschen mit ihm unterhalten, weil wir hoffen, dass er uns bei der Klärung einiger offener Fragen behilflich sein kann.«

»Dann sehe ich keinen Grund, wieso das Ganze nicht bis morgen warten kann.« Ich erkannte den leichten Akzent von Vances persönlichem Rechtsanwalt Raj Doshi, der gerade auf dem Weg von Maryland in die Stadt war.

»Ehrlich gesagt gibt es einen *sehr* guten Grund dafür«, sagte ich. »Diese ganze Verschwörung hat bereits mehrere Menschen das Leben gekostet. Wenn wir nicht sofort etwas unternehmen, riskieren wir noch mehr Todesopfer, und die Tatsache, dass wir dieses Gespräch überhaupt führen, vergrößert dieses Risiko zusätzlich.«

»Entschuldigen Sie mal … Detective Cross, nicht wahr?«, ließ sich Riordan vernehmen. »Wir treffen hier ganz bestimmt keine taktischen Entscheidungen auf der Grundlage Ihres Gefühls oder Ihrer Paranoia.«

»Bei allem schuldigen Respekt, aber Sie haben doch gar keine Ahnung, ob ich paranoid bin oder nicht«, erwiderte ich. Ich wollte es nicht unnötig betonen, aber Ned Mahoney und ich hielten mehr Trümpfe in der Hand als alle anderen Gesprächsteilnehmer.

Letztendlich, schätze ich, erkannte auch Riordan, dass sie keine andere Wahl hatte, und sträubte sich nicht länger gegen eine sofortige Vernehmung von Vance.

Als Doshi darauf bestand, dass die Vernehmung nicht im Kennedy Center stattfinden sollte, gab es keinen Widerspruch vonseiten des FBI. Schnell hatte man sich auf das Eisenhower Building verständigt.

»Hier noch einmal Cross«, sagte ich dann. »Kann ich davon ausgehen, dass Dan Cormorant bereits im Kennedy Center Dienst tut?«

»Warum wollen Sie das wissen?« Das war Agent Silo Ridge. Ich hatte gar nicht gewusst, dass er auch dabei war.

»Cormorant ist mein Kontaktmann beim Secret Service in

Sachen Zeus«, sagte ich. »Es würde mich sehr wundern, wenn er *keine* Informationen hätte, die uns weiterhelfen können.«

Die ganze Wahrheit lautete, dass ich Cormorant die eine oder andere Frage stellen wollte, aber ich wollte ihm persönlich gegenüberstehen, bevor ich Dinge sagte, die ich später vielleicht bereuen sollte.

Ich bekam keine Antwort, aber das spielte auch keine Rolle. Ich würde es bald genug erfahren. Vor uns tauchten bereits die gewaltigen Umrisse des Kennedy Center auf.

110

Vermutlich hatte es noch nie zuvor eine Festnahme wie diese gegeben, nicht in den Annalen der Polizeigeschichte und ganz bestimmt nicht in meiner persönlichen Geschichte als Polizist.

Wir trafen uns auf der River Terrace des Kennedy Center, direkt vor dem Grand Foyer, wo die Party in vollem Gang war. Ich hatte bereits eine Handvoll Filmstars hinter den fast zwanzig Meter hohen Fenstern vorbeischweben sehen, aber bis jetzt noch keine Spur von Teddy Vance. *Keine Spur von Zeus?*

Luke Hamel hatte noch einen leitenden FBI-Agenten mitgebracht, James Walsh, den ich aber nicht kannte und dem ich auch, glaube ich, noch nie zuvor begegnet war. Mein alter Chef Ron Burns hielt sich dezent im Hintergrund, aber er hatte dafür gesorgt, dass Mahoney und ich dabei sein konnten. Ich würde mich, wenn möglich, später einmal dafür revanchieren.

Der Secret Service war durch Riordan und Ridge vertreten, dazu kamen noch die operativen Kräfte, die bereits im Gebäude waren, also die Agenten-Pärchen im Smoking, die an jeder Tür postiert waren, die zahlreichen Vertreter der Metropolitan Police im Erdgeschoss sowie ein Hubschrauber und etliche Notärzteteams in Bereitschaft. Das alles war Standard für eine Veranstaltung mit Beteiligung der Präsidentin.

Abgesehen vom Weißen Haus gab es in ganz Washington am heutigen Abend kein besser gesichertes Gebäude. Ich spürte, wie sich die Anspannung in meinem Körper ausbreitete.

Sobald wir vor Ort waren, ordnete Riordan eine vorübergehende »Vollsperrung« des Kennedy Center an – niemand durfte hinein oder hinaus, bis der First Gentleman weggebracht worden war. Als Nächstes wurde der Verkehr großräumig umgeleitet. Sehr viele Autofahrer würden große Umwege und Unannehmlichkeiten in Kauf nehmen müssen, aber das war im Moment unsere geringste Sorge.

Der First Gentleman war aller Wahrscheinlichkeit nach ein Mörder!

Es dauerte keine Minute, bis Dan Cormorant im Smoking nach draußen kam. Er erstattete Angela Riordan Bericht, ohne die anderen zu beachten.

»Madam. Wir sind so weit.«

»Gut. Ich will, dass das Ganze schön ruhig über die Bühne geht, verstanden, Dan? Montana kommt hier durch diese Tür raus, und dann gehen wir rüber ins Eisenhower Building.«

»Jawohl, Madam.«

Als er sich zum Gehen wandte, fing er meinen Blick auf. Ich wusste nicht, wie viel Cormorant bereits erfahren hatte, aber meine Anwesenheit sprach für sich. Er musste wissen, worum es hier ging. Trotzdem konnte ich nicht einschätzen, was in ihm vorging, und er war schon wieder auf dem Weg ins Innere und sprach Befehle in seinen Ärmelaufschlag.

»Hier Cormorant. Einsatzkommando Montana bereithalten, auf mein Zeichen. Zentrale, wir brauchen den Wagen an der North Plaza. *Sofort.*«

Ich folgte meinem Instinkt, beugte mich nach vorn und sagte leise zu Agent Ridge: »Sie sollten mit ihm reingehen.«

Er würdigte mich keines Blickes. »Danke für den Tipp, Detective.«

»Das ist mein Ernst«, sagte ich, doch er hielt mich mit gestrecktem Arm zurück. Es war fast schon ein Schlag.

»Cross, eines Tages sind Sie der König der Welt, aber bis dahin sehen Sie zu, dass Sie von Ihrem hohen Ross wieder runterkommen.«

Ich fand das sehr schwer. Das ganze Szenario gefiel mir nicht … nicht, wenn Theodore Vance tatsächlich unser Killer war.

111

Irgendetwas stimmte nicht. Teddy konnte Cormorants Anspannung spüren, noch bevor der Secret-Service-Agent ein einziges Wort gesagt hatte. »Bitte entschuldigen Sie, Sir. Würden Sie bitte mitkommen? Es ist ziemlich wichtig.«

Maggie sah es auch und wusste genau, wie sie reagieren musste. Sie setzte ihr strahlendstes Partylächeln auf. »Halten Sie ihn nicht zu lange auf, Dan, okay?«

»Jawohl, Madam.«

»Herr Gouverneur, darüber müssen wir gleich noch mal reden«, sagte Teddy zu seinen und Maggies Gästen. »Ich bin sofort wieder da.«

Dann, ohne genau zu wissen, warum, beugte er sich vor und gab seiner Frau einen Kuss auf die Wange. »Ich liebe dich, Schatz«, flüsterte er ihr ins Ohr, und sie zwinkerte ihm zu.

Süße Maggie. Die Welt würde wahrscheinlich niemals erfahren, wie wundervoll diese Frau sein konnte. Nicht dass er sie wirklich liebte, im eigentlichen Sinn des Wortes, oder dass er selbst gewusst hätte, wie sich das eigentlich anfühlen sollte. Aber es funktionierte. *Sie* funktionierten. Ganz egal, was sie alles nicht über ihn wusste, es konnte das Wahrhaftige, das sie miteinander hatten, nicht auslöschen. Die Summe der Teile und so weiter. Kompliziert, wie jede Beziehung.

Er machte zwei schnelle Schritte und schob sich neben den Agenten, während sie gemeinsam das Foyer durchschritten.

»Was ist denn los, Dan?«

»Sir, Sie müssen jetzt ganz ruhig bleiben«, meinte Cormorant. »Das FBI möchte Ihnen ein paar Fragen stellen. Sie warten draußen und begleiten uns dann ins Eisenhower Building.«

Teddy blieb ruckartig stehen. »Moment mal. Wollen Sie etwa…« Er legte den Kopf ein wenig schräg und lächelte ein paar Gaffer an, die vorbeigingen. Dann wandte er dem Saal den Rücken zu. »Wollen Sie etwa, dass ich einen Herzinfarkt kriege?«

»Sir, ich weiß, was ich tue. Ganz bestimmt. Sie müssen mir vertrauen.«

»Ihnen vertrauen? Sie bringen mich ja direkt zu denen!«

Cormorant steckte die Hand mit dem Mikrofon in seine Jacketttasche und senkte die Stimme zu einem eindringlichen Flüstern. »Habe ich meine Loyalität mittlerweile nicht hundertprozentig unter Beweis gestellt? Um Himmels willen, Teddy, reißen Sie sich zusammen. Die wollen Ihnen nur ein paar Fragen stellen.«

»Warum kann ich Ihnen das einfach nicht abnehmen, Dan? Die Lage ist ernst. Sehr ernst, hab ich recht?«

»Hören Sie zu.« Der Blick des Agenten wanderte bis zum entferntesten Ausgang und wieder zurück. »Der einzig machbare Weg führt durch diese Tür da. Wir gehen jetzt entweder weiter oder die kommen rein und holen Sie. Es gibt keinen Ausweg, Teddy. Wenn die hier reinkommen, dann ist das für die Präsidentin eine außerordentlich peinliche Situation.«

Jetzt konnte er sie sehen, eine ganze Ansammlung schwarzer Anzüge draußen auf der River Terrace. Auch dieser MPD-Detective, der ihm so zugesetzt hatte, war dabei. Alex Cross. Der eigentlich schon längst tot und begraben sein müsste.

»Sir, wir müssen los.«

»Sie sollen mich nicht drängen, verdammt noch mal! Haben Sie es schon vergessen? Ich bin Teddy Vance!«

Teddy rückte seine Krawatte zurecht und nahm eine Champagnerflöte vom Tablett eines vorbeihuschenden Kellners. Es kostete ihn viel Kraft, sie nicht in einem Zug zu leeren. Nur ein kleiner Schluck, ein weiteres freundliches Lächeln für den Saal, während das Blut in seinen Ohren dröhnte.

»Also gut«, sagte er dann. »Los geht's. Ich bin bestimmt in der Lage, ein paar von diesen Fragen zu beantworten.«

112

Dan Cormorant war geschmeidig und effizient, das musste ich ihm lassen. Er tauchte in das Gewimmel im Grand Foyer ein und fünfundvierzig Sekunden später mit Theodore Vance an seiner Seite wieder auf. Bis jetzt schien alles reibungslos zu laufen.

Dann blieb Vance stehen, ein ganzes Stück von der Tür entfernt. Er wandte sich zu dem Agenten um und sagte etwas. Cormorant steckte sein Mikrofon in die Tasche. Das war nicht gut, überhaupt nicht gut.

Angela Riordan stand neben mir und legte die Hand über ihren Ohrhörer, versuchte etwas zu verstehen. »Dan, was machen Sie denn?«

Er gab keine Antwort.

»Cormorant, gehen Sie weiter! Dan! Holen Sie Montana da raus, sofort«, sagte Riordan.

Sie bedeutete Agent Ridge, er solle hineingehen, doch dann hielt sie ihn fest. Vance drehte sich wieder um und setzte sich in unsere Richtung in Bewegung. Er hatte den Blick direkt auf uns gerichtet.

War er Zeus? Nach Aussage von Hannah Willis, ja. Und ich glaubte ihr.

Cormorant war nur einen Schritt hinter ihm und drei weitere Leibwächter hielten sich links, rechts und vor dem First Gentleman. Einer der Agenten an der Tür stieß sie auf, trat zuerst nach draußen und hielt Vance dann die Tür auf.

Dann geschah alles blitzschnell. Einer dieser Augenblicke, die sich einem ins Gedächtnis einbrennen und nie wieder gelöscht werden.

Cormorant wurde von Vance fast vollständig verdeckt, und ich sah nur seinen Jackettsaum nach oben schnellen.

Einen Augenblick später hatte ich meine Glock in der Hand, aber da war es schon zu spät.

Die .357 lag in Cormorants Hand, und er schoss Theodore Vance in den Hinterkopf. Vance flog nach vorn und schlug auf dem Betonboden vor dem Gebäude auf.

Was dann folgte, war Chaos. Unverständnis. Schrecken. Ungläubigkeit. Fast unmittelbar danach bekam Cormorant gleichzeitig mehrere Schüsse von den ihn umgebenden Agenten ab. Sekunden später lag er auf dem Boden, und der Schauplatz des Geschehens wurde zum Tollhaus.

Hunderte von Menschen drängten in heller Panik zu den Ausgängen. Sofort wurden die Vorhänge des Foyers zugezogen, sodass man nicht mehr nach draußen sehen konnte.

Ich konnte gerade noch erkennen, wie eine dichte Traube von Sicherheitsbeamten mit – so nahm ich an – der Präsidentin den nächstgelegenen Schutzraum aufsuchte. Ob sie wohl wusste, dass ihr Mann gerade erschossen worden war?

Riordan brüllte in ihr Funkgerät und versuchte sich trotz des Getümmels irgendwie verständlich zu machen. »Mehrere Schüsse! Montana niedergeschossen! Ich wiederhole: Montana niedergeschossen! Wir brauchen ein Notärzteteam auf der North Terrace. Nordseite. *Sofort!*«

Teddy Vances Sicherheitsleute hatten einen zweifachen Kreis um ihn herum gebildet, einen dicht am Boden und den anderen nach außen gerichtet, mit gezogenen Waffen. Mahoney und ich rückten etwas weiter nach außerhalb.

Die Pressemeute drängte bereits näher, ganz versessen auf ihre Geschichten, auf *irgendwas*. Überall Polizisten, jaulende Sirenen und ohrenbetäubendes Geschrei von allen Seiten, und das alles gleichzeitig.

Es war zwar noch zu früh für eine offizielle Theorie, aber ich war mir ziemlich sicher, dass ich wusste, was ich da gerade gesehen hatte. Cormorant war ein altgedienter Agent, ein Patriot, zumindest nach seinem persönlichen Verständnis. Er hatte gewartet, bis Teddy Vance das Gebäude verlassen hatte, und dann einen tödlichen Schuss abgegeben, wohl wissend, dass auch er anschließend getötet werden würde. Es war ein Mordanschlag und gleichzeitig ein Selbstmord gewesen… der letzte Akt einer blutigen Verschwörung und, auf Agent Cormorants ganz eigene Art und Weise, die letzte schadenbegrenzende Maßnahme, mit der er seiner Präsidentin zu Diensten sein konnte.

113

Erschüttert und erschöpft kam ich an diesem Morgen gegen halb fünf nach Hause. Vielleicht war die Zeit der Vampirstunden jetzt für eine Weile vorbei. Falls Bree nicht schon wach war, dann wollte ich sie wecken und ihr erzählen, was passiert war …

Aber sie war nicht einmal da. Bree war gar nicht im Haus.

Das wurde mir klar, als ich Tante Tias Strickzeugtasche neben dem Küchentisch auf dem Boden entdeckte. Tia schaute nach den Kindern, während die heilige Bree meine Nachtschicht im Krankenhaus übernommen hatte. Selbstverständlich. Sie wollte Nana ja genauso wenig alleine lassen wie ich.

Es hätte nicht viel gefehlt, und ich hätte mich gleich wieder ins Auto gesetzt, aber es war sinnvoller, Bree am nächsten Morgen Bescheid zu sagen und Tia dann nach Hause zu schicken. Wir waren gerade sehr dünn besetzt.

Also ging ich nach oben und legte mich aufs Bett, hellwach und völlig aufgedreht nach allem, was geschehen war, nicht erst in dieser Nacht, sondern schon während der ganzen letzten Wochen. Die Erschütterungen, die dadurch ausgelöst worden waren, würden noch nach Monaten, nach Jahren zu spüren sein, da war ich mir ganz sicher. Wir wussten immer noch nicht, wie viele andere junge Frauen Carolines Schicksal geteilt hatten, und vielleicht würden wir es nie erfahren. Auch kannten wir weder das Ausmaß der Verschwörung, die Zeus Schutz geboten hatte, noch diejenigen, die darin verwickelt waren. Theodore Vance war ein erfolgreicher und schwerreicher Geschäftsmann gewesen. Er hatte die Mittel besessen, um sich jeden Wunsch und jede Fantasie zu erfüllen. Anscheinend hatte er genau das getan.

Später musste ich noch meine Schwägerin Michelle anrufen. Und ich musste mir überlegen, wie viel ich ihr von der Geschichte ihrer Tochter verraten sollte. Es gab da einige Details, die in den Erinnerungen einer Mutter nichts zu suchen hatten. Manchmal frage ich mich, was sie in meiner Erinnerung zu suchen haben.

Ich war noch keine halbe Stunde zu Hause, da klingelte das Telefon draußen im Flur.

Ich sprang auf, um es noch vor dem dritten Klingeln zu erwischen. Angesichts der Ereignisse der letzten vierundzwanzig Stunden konnten alle möglichen Leute mich sprechen wollen.

»Alex Cross«, sagte ich im Flüsterton.

Und von einem Moment auf den anderen nahm das Leben erneut eine vollkommen andere Richtung.

»Alex, hier spricht Zadie Mitchell aus dem Krankenhaus. Wie schnell können Sie hier sein?«

114

Ich raste.

Ich raste zu meinem Auto in der Einfahrt.

Ich raste mit heulender Sirene zum St. Anthony's und jagte die Treppe zu Nanas Zimmer hinauf.

Als ich eintrat, saß Bree mit tränenüberströmtem Gesicht da. Und neben ihr, im Bett, mit Augen wie Schlitzen – aber *offen* – lag Mama Nana.

Regina Hope Cross, die zäheste Person, die ich in meinem ganzen Leben kennengelernt habe, war noch nicht fertig mit uns.

Ihre Stimme war lediglich ein Krächzen, fast ein Knistern, aber sie riss mich beinahe von den Beinen. »Wieso hat das denn so lange gedauert?«, sagte sie. »Ich bin wieder da.«

»Ja, das bist du.« Ich strahlte über beide Backen, als ich mich neben sie kniete und sie so sanft wie nur möglich küsste. Sie war immer noch an zwei Infusionen und an den Herzkatheter angeschlossen, aber die Beatmungs- und Ernährungsschläuche waren verschwunden, und es kam mir vor, als könnte ich sie nach Wochen langer Abwesenheit zum ersten Mal wieder sehen.

»Was habe ich verpasst?«, erkundigte sie sich.

»Nicht viel. Eigentlich fast gar nichts. Die Welt ist stehen geblieben ohne dich.«

»Sehr witzig«, meinte sie, obwohl ich es irgendwie sogar ernst meinte. Alles andere konnte warten.

Zadie und ein Kardiologe waren auch im Zimmer und überwachten Nanas Zustand. »Regina benötigt eine sogenannte LVAD, eine Unterstützungspumpe, die beim Ausfall der linken Herzkammer kurzfristig die Pumpfunktion aufrechterhalten kann. Das ist, abgesehen von einer Transplantation, die beste Möglichkeit, und wir können sie damit eher früher als später nach Hause entlassen.« Er legte Nana eine Hand auf die Schulter und sagte dann mit leicht erhobener Stimme. »Gibt es etwas, auf das Sie sich ganz besonders freuen, Regina?«

Sie nickte schwach. »Dass ich noch nicht tot bin«, erwiderte sie, und ich lachte mit den anderen mit.

Ihre Augenlider flatterten und fielen wieder zu.

»Sie wird noch mindestens ein paar Tage lang immer wieder zwischendurch einschlafen«, sagte der Arzt. »Kein Grund zur Sorge.«

Er sprach noch ein paar Minuten lang mit Bree und mir über den Pflegeplan, dann ließ er uns mit Nana allein.

Als wir zusammen an ihrem Bett saßen, sagte Bree, dass sie die Nachrichten gesehen hatte. Alle großen Sender berichteten live vom Kennedy Center, dem Weißen Haus und dem Haus der Vances in Philadelphia. Bereits jetzt hatte eine Art peinlich berührte Trauer eingesetzt, die nach und nach vom ganzen Land Besitz ergriff.

»Und? War das jetzt wirklich alles?«, wollte Bree wissen. »Ist es jetzt vorbei?«

»Ja«, sagte ich und war mit den Gedanken mehr bei Nana als bei Teddy Vance. »So gut es eben vorbei sein kann. Zeus ist tot. Das wissen wir jedenfalls sicher.«

Epilog

PHOENIX RISING (Annihilator)
Erschienen: 1990

115

Die Feiertage flogen in diesem Jahr förmlich an uns vorbei, und das ist mein voller Ernst. Damon hatte Weihnachtsferien und kam nach Hause, und an Silvester war Nana schon wieder so fit, dass sie – mit ein wenig Unterstützung von ihren Freunden – für die ganze Familie einen Rippenbraten zubereiten konnte. Es war der perfekte Abschied für das alte Jahr, nur wir sechs gemeinsam – auch wenn Ali und Nana es nicht ganz bis Mitternacht schafften.

Der Neujahrstag begann sehr ruhig. Ich hörte mir mit Nana ein paar Kapitel aus Ha Jins Roman *Ein freies Leben* an, machte Brunch für die Kinder und fragte Bree, ob sie mit mir am Nachmittag ein bisschen spazieren fahren wollte.

»Eine kleine Ausfahrt aufs Land, au ja«, sagte sie. »Gute Idee. Ich bin dabei.«

Draußen lagen die Temperaturen knapp unter dem Gefrierpunkt, aber die Klimaanlage sorgte für ideale Bedingungen. Ich legte Musik von John Legend auf, lenkte den Wagen nach Norden und sah ungefähr eine Stunde lang zu, wie die Welt an uns vorbeischwebte.

Erst als ich in Maryland von der I-270 abfuhr, merkte Bree, welches Ziel wir ansteuerten.

»Oh, klasse.«

»Oh, *klasse*?«

»Ganz genau, Oh, klasse. Extraklasse sogar. Ich liebe dieses Fleckchen Erde!«

Der Catoctin Mountain Park ist für uns mit vielen Erinnerungen verknüpft. Hier haben wir unser erstes gemeinsames Wochenende verbracht und waren seither auch gelegentlich mal zum Campen da, mit den Kindern oder auch nur zu zweit. Hier ist es das ganze Jahr über wunderschön… und an Neujahr geschlossen, wie sich herausstellte.

»Das macht doch nichts, Alex«, sagte Bree. »Allein die Fahrt war doch herrlich.«

Ich parkte den Wagen vor dem großen, steinernen Tor am Haupteingang und stellte den Motor ab.

»Wir gehen spazieren. Was sollen sie schon machen? Uns verhaften?«

116

Ein paar Minuten später hatten Bree und ich die Wanderpfade rund um die Cunningham Falls ganz für uns allein, so allein, wie es nur möglich war. Der Schnee war frisch, der Himmel strahlend blau … es war ein perfekter Tag in der freien Natur.

»Hast du irgendwelche Vorsätze gefasst?«, fragte ich sie.

»Na, klar. Ich will zu viel arbeiten, nicht mehr ins Fitnessstudio gehen und zu viel essen, damit ich schön dick werde. Und du?«

»Ich höre mit dem Recycling auf.«

»Gute Idee.«

»Und ich könnte ein bisschen weniger Zeit mit den Kindern verbringen.«

»Das ist sowieso klar. Sehr gut.«

»Und dann hoffe ich, dass ich die Frau, die ich liebe, nicht dazu kriege, mich zu heiraten.«

Bree blieb abrupt stehen – und das hatte ich auch erwartet. Ich nutzte die Gelegenheit, um den Ring aus meiner Tasche zu holen.

»Das war Nanas Ring«, sagte ich. »Sie möchte gerne, dass du ihn trägst.«

»Oh, mein Gott.« Bree schüttelte den Kopf und lächelte. »Alex, in deinem Leben ist doch gerade so viel Durcheinander. Bist du sicher, dass das der richtige Zeitpunkt ist?«

Bei jeder anderen Frau hätte ich gedacht, dass sie mir damit durch die Blume einen Korb geben wollte. Aber durch die Blume gibt es bei Bree nicht.

»Bree, kannst du dich noch an meinen Geburtstag erinnern?«, fragte ich sie.

»Na, klar«, erwiderte sie ein wenig verwirrt. »Da hat doch alles angefangen. Dieses ganze Tohuwabohu. Das war der Abend, an dem du das mit Caroline erfahren hast.«

»Bis dieser Anruf von Davies kam, sollte es eigentlich der Abend sein, an dem ich dich frage, ob du mich heiraten willst. Und da wir die Zeit nicht zurückdrehen können, würde ich sagen, hier und jetzt ist der optimale Zeitpunkt. Willst du meine Frau werden, Bree? Ich liebe dich so sehr, es ist wirklich kaum auszuhalten.«

Der Wind wurde stärker, und sie schob die Arme in meinen Mantel und umarmte mich. Dann küssten wir uns lange. »Ich liebe dich auch«, flüsterte Bree.

»Also dann, ja, Alex«, sagte sie schließlich. »Ich liebe dich so sehr. Ich sage Ja zu dir. Ja zu deiner wundervollen Familie …«

»Unserer wundervollen Familie«, sagte ich und küsste sie erneut.

Sie nickte, drückte sich fest an mich, ließ nicht zu, dass die Kälte sich zwischen uns drängte. »Ja, zu allem.«

117

An diesem Abend feierten wir noch einmal, zuerst mit chinesischem Essen und dann mit einer Flasche Sekt, zusammen mit Sampson und Billie, die wir zu uns nach Hause eingeladen hatten, um ihnen die große Neuigkeit zu erzählen. Niemand empfand mehr Begeisterung als ich, aber Sampson und Billie waren ziemlich dicht dran. Bree wurde kein einziges Mal gefragt, ob sie eigentlich verrückt geworden sei, dass sie mich heiraten wollte.

Sehr viel später lagen wir im Bett – also, nur Bree und ich natürlich – und sprachen schon über eine Sommerhochzeit, da klingelte das Handy in meiner Nachttischschublade.

»Nein, nein, nein.« Ich zog mir ein Kissen über den Kopf. »Das ist mein Neujahrsvorsatz: Nicht mehr ans Telefon gehen. Vielleicht nie wieder.«

Morgen früh mussten wir beide wieder zur Arbeit, aber bis dahin waren noch acht Stunden Zeit.

»Süßer …« Bree kletterte über mich hinweg und holte das Handy aus der Schublade. »Ich heirate einen Polizisten. Polizisten gehen ans Telefon. Finde dich damit ab.« Sie gab mir das Handy, küsste mich und rollte sich wieder zur Seite.

»Alex Cross«, sagte ich.

»Ich wollte einer der ersten Gratulanten sein, Alex. Du und Bree. Was für ein wunderbarer Abschluss.«

Ich setzte mich auf. Nicht genug damit, dass ich die Stimme kannte. Sie war ein eiskalter, *lebendiger* Albtraum.

Überall auf der Welt kannte man Kyle Craig als *Das Superhirn*. Ich kannte ihn als alten Freund, der mittlerweile mein ärgster Feind geworden war.

»Kyle, was ist der wahre Grund für deinen Anruf?«

»Mir ist langweilig, Alex. Niemand spielt so schön mit mir wie du. Niemand kennt mich so gut wie du. Könnte genau der richtige Zeitpunkt sein, um ein bisschen Spaß zu haben. Nur wir beide.«

»Ich glaube nicht, dass wir darunter dasselbe verstehen«, erwiderte ich.

Er lachte leise. »Da hast du ganz bestimmt recht. Und außerdem ist sogar mir klar, dass du nach dieser Sache mit Zeus erst mal eine kleine Pause brauchst. Also betrachte es als mein Hochzeitsgeschenk. Du solltest es dir nur nicht allzu gemütlich machen, mein Freund. Nichts währt ewig. Aber das war dir ja schon vorher klar, nicht wahr? Ganz herzliche Grüße an Bree, an Nana und natürlich an die Kinder. Und, Alex – *auf den Spaß.*«